COLLECTION FOLIO

W0273870

Pierre Péju

Enfance obscure

Gallimard

Cet ouvrage a précédemment paru
dans la collection « Haute Enfance »
aux Éditions Gallimard.

© *Éditions Gallimard, 2011.*

Pierre Péju est l'auteur de nombreux romans, notamment *Naissances*, *La petite Chartreuse*, prix du Livre Inter 2003, porté à l'écran en 2005, *Le rire de l'ogre*, prix du roman Fnac 2005, *Cœur de pierre*, *La Diagonale du vide*, et d'essais, dont *La petite fille dans la forêt des contes* et *Enfance obscure*, tous traduits dans plusieurs langues. Ancien directeur de programme au Collège international de philosophie, il a également réalisé des études sur le romantisme allemand, sur le récit, sur l'enfance et sur des peintres contemporains comme Miquel Barceló et Anselm Kiefer.

Quand nous avons dépassé un certain âge, l'âme de l'enfant que nous fûmes et l'âme des morts dont nous sommes sortis viennent jeter à poignée leurs richesses et leurs mauvais sorts, demandant à coopérer aux nouveaux sentiments que nous éprouvons et dans lesquels, effaçant leur ancienne effigie, nous les refondons en une création originale.

Marcel PROUST,
Le Temps retrouvé

L'enfant naît avec vingt-deux plis. Il s'agit de les déplier. La vie de l'homme alors est complète. Sous cette forme, il meurt. Il ne lui reste aucun pli à défaire. Rarement un homme meurt sans avoir encore quelques plis à défaire. Mais c'est arrivé.

Henri MICHAUX,
La Vie dans les plis

I. *L'Enfantin*

1. BROUILLARD D'ENFANCE

Sur le point de disparaître dans l'épais brouillard d'un matin de novembre, à Lyon, je vois un enfant qui s'éloigne sur un boulevard bordé de grands platanes dont les feuilles tombées forment un tapis atténuant le bruit des pas. Il ne va à l'école que depuis peu. C'est une des premières fois qu'on laisse l'enfant marcher seul dans la ville. La blancheur humide l'aveugle comme elle contraint les rares véhicules à progresser au ralenti dans un halo jaunâtre, mais il guette chaque silhouette inquiétante qui va surgir du néant cotonneux pour s'y enfoncer à nouveau. N'ayant plus aucun repère, il guide ses pas sur la clarté des premières boutiques ouvertes, une boulangerie, un bazar où l'on trouve mille bricoles qu'il s'efforce de distinguer à travers la buée de la vitrine, une blanchisserie, aquarium glauque dont le soupirail, qui crache de la vapeur, semble être la source secrète de la brume légendaire.

La ville, voilée de blanc, est aussi neuve et aussi vieille que le regard de l'enfant sentant que le vaste monde qui se dérobe est pourtant bien là, tout proche, et que jour après jour il va lui livrer des secrets. Chaque détail captive l'enfant, et l'effraie un peu : une fissure dans un mur d'où émergent des herbes glacées, une fenêtre à travers laquelle on voit des personnages muets aller et venir dans leur intimité, un chat ou un chien sortis de nulle part, une tranchée dans l'asphalte telle une tombe aperçue à la dernière minute, un homme errant drapé dans un long manteau, un landau vide qui avance tout seul, et des lettres bleues presque illisibles, comme si le brouillard lyonnais était une vaste page où s'écrit un texte mystérieux qu'une gomme efface au fur et à mesure.

Dans la ville encore endormie, l'enfant aveugle ralentit sa marche, persuadé qu'avec ce brouillard fantastique son retard à l'école trouvera une excuse. Par jeu, il traîne les pieds sur l'asphalte, afin de soulever des paquets de feuilles mortes collées les unes aux autres qui finissent par lui faire des bottes de géant. Sur les troncs mouillés des platanes, il prend le temps d'arracher avec l'ongle des morceaux d'écorce vert-de-gris, aux formes compliquées, pièces d'un puzzle inachevable qu'il jette sur son chemin comme des miettes d'énigme. Il imagine qu'une des allées qui s'enfoncent dans les immeubles sombres est un corridor secret à l'autre extrémité duquel on arrive dans un pays lointain éclatant de lumière. S'il parvient à découvrir ce passage, c'est par là qu'un jour il se sauvera. Il sait aussi que l'ouate qui obstrue les avenues, les places, les cours et recouvre le lit des deux fleuves l'efface lui aussi aux yeux de tous. Alors, bifurquant soudain, l'enfant s'engage au hasard dans une ruelle inconnue et commence à vagabonder dans les profondeurs de la ville submergée. L'opacité matinale du monde est aussi la promesse que tant de choses qu'il ignore finiront par prendre formes et couleurs. Avec lenteur. Avec le Temps, l'inépuisable réserve du Temps qu'un enfant croit avoir devant lui.

Quant à moi, homme de pierre désormais confondu avec le décor, je regarde pâlir et rétrécir la silhouette de cet enfant qui musarde sur le chemin de l'école. D'une seconde à l'autre, le voile blanc va le soustraire à ma vue, des nappes d'oubli vont l'absorber, le dissoudre... Enfant perdu, désormais. Vieil enfant étranger qui s'est en allé sans adieu. Et pourtant, plus il s'éloigne, plus il me semble le sentir encore près de moi, bien qu'il ne bouge plus et ne dise rien. Comme je voudrais entendre, même faiblement, son souffle ! Percevoir le bruissement des feuilles mortes sous ses pieds ! À nouveau, j'arracherais avec l'ongle des fragments d'écorce sur le tronc des platanes. Je collerais mon front contre la vitrine glacée du bazar et je m'esquiverais à n'importe quel angle de rue dans la blancheur des premiers temps.

Au bout du bras qui pend le long de mon corps, ma main engourdie attend qu'une petite main tiède s'y glisse. Il me faudrait esquisser un geste afin de vérifier que l'enfant est bien là, toujours là, jeune respiration et vieille compagnie. Mais j'ai peur que le moindre mouvement de ma part n'abolisse sa présence, qu'une clarté soudaine ne le chasse. Alors j'attends. Je guette un signe dans le blanc, comme l'enfant d'autrefois attendait avec patience que quelque chose advienne. Il est déjà tard. Ma main reste vide. Personne ne peut dire si le brouillard va se lever. L'incertitude, à propos de l'enfant que nous fûmes, est la chose au monde la mieux partagée. Fondu enchaîné...

2. UN SPECTRE FRÊLE

Avec le temps, il arrive que le *spectre frêle* revienne nous hanter. Notre lassitude, nos moments de distraction, de demi-sommeil ou de rêverie favorisent ses apparitions. Il peut aussi « revenir » alors que nous sommes très occupés. C'est le spectre de l'Enfantin ! Il n'insiste jamais, n'a aucune exigence, mais se tient près de nous, silencieux. Quel que soit notre âge, il nous accompagne un instant, puis disparaît. Remarquable discrétion de l'Enfantin ! D'ailleurs, il s'agit moins d'une apparition que d'une soudaine façon de sentir, à la fois incongrue et précise, accompagnée d'une impression de « déjà perçu ». Un geste que nous esquissons machinalement et qui semble habiter nos nerfs et nos muscles depuis toujours. Un élan soudain. Une fraîcheur. Mais aussi une frayeur ou une honte. Ou bien la certitude de retrouver, au moment le plus inattendu, le grain d'une voix d'autrefois, une lumière, un goût, une odeur pourtant perdus depuis longtemps. Pleins d'audace, nous osons tout à coup faire ou dire quelque chose dont nous ne nous serions jamais crus capables. Ou, au contraire, nous avons brutalement le sentiment d'être complètement perdus. Tout petits, traînant la misère de notre corps. Qui ne connaît, qui n'a jamais connu cette déréliction secrète, à la fois vertigineuse et douce, cette solitude immense, hors les mots, sans commune mesure avec ce que la condition d'adulte nous a appris à nommer « solitude » ?

Certains jours, il se trouve que ça revient par surprise. Faute de mieux, on dit qu'on se souvient, mais l'Enfantin n'a rien à voir avec ce qu'on appelle des « souvenirs d'enfance ». Ses blocs de clartés, ses visions détachées de leurs dates se dérobent le plus souvent aux récits les plus appliqués, et ne se manifestent qu'à travers cette façon brumeuse et décalée de considérer les choses, l'âme de l'enfant que nous fûmes se dissociant mal, comme le dit Proust, de celle des enfants que nous n'avons jamais été, de celle des morts et de nos sentiments actuels. D'où ces « refontes » auxquelles l'Enfantin peut donner lieu, ces « créations originales » dont, parfois, personne ne saura jamais rien. Car l'Enfantin est projet plus que nostalgie. Bachelard écrit dans *La Poétique de la rêverie*: « Un grand paradoxe s'attache à nos rêveries vers l'enfance: ce passé mort a en nous un avenir, l'avenir de toutes ses images vivantes... »

L'Enfantin se tient dans une ritournelle, un jeu de lumières et d'ombres, bref, des perceptions fantômes, en vrac, qui remontent à « quand j'étais petit »: elles dormaient dans ma chair mentale, et voilà qu'elles s'éveillent, intactes, toujours vivaces. En tant que création, l'Enfantin peut consister en un lambeau de texte littéraire. Fragments d'une œuvre plus vaste (Kafka), éclats au cœur du romanesque (Nabokov) ou moments singuliers chez un penseur (Walter Benjamin). Il peut se cacher dans une image, à l'arrière-plan d'une peinture, flotter sur un air de musique, mais presque toujours par accident. Ou par chance. Parfois, très tard dans une vie, l'Enfantin cherche encore quelque chose comme l'écriture qui lui aurait convenu. L'Enfantin se reconnaît dans ce désir de se couler dans une langue (un style), capable moins de le restituer que de l'incarner. Cette langue d'enfance, toujours mal parlée, balbutiée, a le charme de ces langues étrangères dont la musique nous paraît limpide. Car l'Enfantin ne se livre que par petites touches sensibles.

Dans *Premier amour* (un amour à six ans sur une plage de Biarritz), Vladimir Nabokov, grâce à la minutie qu'il sait mettre dans la restitution d'une enfance lointaine et heureuse, nous offre plusieurs échantillons d'Enfantin. Un petit garçon est éveillé au milieu de la nuit, dans la couchette de la Compagnie des wagons-lits d'un train qui relie Saint-Pétersbourg à Paris. Il garde les yeux ouverts. Il guette, tous les sens en alerte, selon cette faculté d'accueil désordonné et hypersensible qu'ont les enfants. Des années plus tard, l'écrivain Nabokov écrit : « De mon lit, sous la couchette de mon frère (dormait-il ? Était-il encore là ?), dans la demi-obscurité de notre compartiment, j'observais des choses et des fragments de choses, et des ombres et des parcelles d'ombres qui se déplaçaient prudemment sans aller nulle part. Les boiseries grinçaient et craquaient doucement. Près de la porte des W.-C., un vêtement sombre, accroché à une patère, et plus haut le gland de la veilleuse bleue bivalve se balançaient d'un mouvement régulier. Il était difficile de concilier ces approches hésitantes, ces frôlements calfeutrés, avec la course débridée de la nuit dehors qui, je le savais bien, défilait à toute allure, striée d'étincelles, illisible. »

Ce n'est rien, presque rien. Il s'agit pourtant

d'un dispositif déjà complexe : la découverte, par l'enfant, d'un contraste mystérieux et captivant entre la douceur et la lenteur de certains mouvements et la vitesse de l'express lancé dans la nuit européenne. Toute une expérimentation enfantine et muette passe par ce genre d'enregistrement silencieux, qui ne trouve, sur le moment, ni interlocuteur ni formulation ou conscience durable, mais qui laisse une empreinte profonde. Bien plus tard, c'est l'écriture qui permet de revenir à cette nuit qui caracole dans l'étendue sans limites tandis que dans le compartiment bien clos tout est presque immobile. L'écriture renoue, à travers le temps, avec cette expérience précoce d'une relativité sauvage.

Chaque enfance réelle est ainsi confrontée à des phénomènes et à des puissances illisibles. Des impressions toutes neuves qui, le plus souvent, resteront à jamais inexprimées mais qui, bien plus tard, sans raison apparente, feront retour et chercheront discrètement leur expression. N'importe quel adulte peut devenir, lors de rêveries privilégiées, l'auteur silencieux d'un vrai texte enfantin que personne ne lira jamais. De l'Enfantin écrit à l'encre sympathique. Quelques mots transparents sur une page blanche, vite tournée.

Les observations les plus marquantes des enfants se passent de mots, de signes distincts et de significations claires, même lorsqu'ils ont déjà l'usage de la parole. Ces observations peuvent, à l'inverse, engendrer une foule de « pourquoi ? » : mille questions posées comme autant d'énigmes dont personne ne leur fournit la clef. « Se rendre compte des faits n'est point de l'enfance », dit Victor Hugo dans *L'Homme qui rit.* « L'enfant perçoit des impressions à travers le grossissement de l'effroi mais sans les lier dans son esprit et sans conclure. » Cette dissociation originelle des perceptions jointe à cette amplification effroyable des détails sont caractéristiques de la sensibilité enfantine. Visions sombres ou images surexposées, toutes venues d'un monde dont on sent bien qu'il ne nous a jamais pleinement appartenu.

En quelques lignes, au début de *Ma mère*, Georges Bataille nous livre un pur morceau d'Enfantin. Il ne s'agit nullement d'une réminiscence : à travers d'épaisses couches de temps, une situation ancienne vient se superposer et presque se substituer à la situation actuelle d'un homme mûr en proie à l'inquiétude.

« Pierre ! Le mot était dit à voix basse, avec une douceur insistante. Quelqu'un dans la chambre voisine m'avait-il appelé ? assez doucement, si je dormais, pour ne pas m'éveiller ? Mais j'étais éveillé. M'étais-je éveillé de la même façon qu'enfant, lorsque j'avais la fièvre et que ma mère m'appelait de cette voix craintive ?

À mon tour j'appelai : personne n'était auprès de moi, personne dans la chambre voisine. Je compris à la longue que, dormant, j'avais entendu mon nom prononcé dans mon rêve et que le sentiment qu'il me laissait demeurait insaisissable pour moi.

J'étais enfoncé dans le lit, sans peine et sans plaisir. Je savais seulement que cette voix durant les maladies et les longues fièvres de mon enfance m'avait appelé de la même façon... »

Maladies et longues fièvres de la petite enfance rendent notre perception à la fois plus floue et particulièrement aiguisée. Tout nous apparaît à de grandes distances, en même temps qu'un faible bruit ou une forme minuscule se trouvent formidablement amplifiés. Bien plus tard, dans la vie, cette façon singulière de percevoir est encore possible, mais nous n'y cédons plus aussi facilement. Dans ce passage, le surgissement d'Enfantin est d'autant plus vif qu'il survient à la lisière de moments plus scabreux au cours desquels l'enfance du narrateur va être malmenée et mêlée au mouvement des passions adultes. Dès l'instant où Bataille parvient à faire exister, par l'écriture, le vide anxieux où retentit, inquiète et familière, la voix de la mère, la scène se met à me concerner aussi, à me toucher, et, d'une certaine façon, à m'appartenir. C'est aussi la voix de ma propre mère qui retentit ! Voix de toutes les mères au cours de n'importe quelle enfance anonyme. Voix hallucinée de la mère dans la pièce voisine de celle où s'éveille en sursaut ou en sueur l'adulte que je suis devenu. Un pur fragment d'Enfantin, qu'il soit textuel, pictural ou musical ou qu'il se manifeste très simplement dans un geste, un sourire, une intonation ou le grain de la voix d'un être de rencontre, contribue à révéler authentiquement quelque chose de ma propre enfance mais aussi, comme le montrera Walter Benjamin, à « sauver le Passé », à sauver un peu des promesses non tenues du passé.

3. LA CAVE

Si je choisis de faire le récit d'une très lointaine anecdote, c'est pour tenter d'en révéler le « noyau d'enfance ». Noyau plus dur, plus secret, mais aussi parfois plus menaçant que ce temps puéril que l'on se croit capable de reconstituer. Car l'Enfantin n'est jamais séparable d'une menace, de l'expérience originelle d'une peur, d'une honte ou d'un enchantement. De recoins sombres d'où la monstruosité, croit-on, va surgir. Mais aussi de recoins protecteurs et chauds, de cachettes, de territoires où vivent des bêtes. Terreur du vaste extérieur et réconfort primitif procuré par le rougeoiement des flammes... La peur, dans mon récit, n'est pas uniquement celle de « l'homme assis dans le noir ». Le spectre principal — que je le nomme Enfantin ou, pourquoi pas ? « enfantôme » — consiste en une impression très simple d'ombre et de lumière jointe au poids, que je sens encore, certains jours, au bout de mon bras, de la lourde lampe torche dont j'avais tant de mal à faire jaillir le pinceau lumineux. Ma lutte avec les ténèbres était si douloureuse physiquement qu'elle subsiste encore, tant d'années plus tard, dans la mémoire de mes phalanges, la paume de ma main, dans mes nerfs et mes muscles, et, bien sûr, dans la crainte archaïque et confuse, qui ne m'a jamais vraiment quitté, de « ne plus rien y voir » !

C'était un soir d'hiver... Je pouvais avoir dix ans, mais qu'importe... Je revois, je crois revoir, la page blanche sur laquelle j'étais en train de « faire un dessin » comme disent les enfants, de colorier frénétiquement, à cette époque où l'usage des crayons de couleur avait encore quelque chose de jubilatoire : l'odeur du cylindre de bois dont les copeaux s'allongent sous la lame du taille-crayon, les mines qui se brisent, et le rouge, le bleu, le jaune qui s'étalent généreusement et recouvrent la blancheur dans le respect approximatif de formes dessinées entre patience et impatience, mais avec une assurance qui un jour se perdra définitivement.

La vaste salle à manger de l'appartement familial était plongée dans l'obscurité à l'exception du halo de la lampe posée sur la table qui éclairait la feuille sur laquelle je m'acharnais à faire briller un soleil par un mouvement tournant du poignet, le jaune d'or semblant jaillir magiquement de mes doigts. Il y avait ce silence particulier des soirs d'hiver sur la ville, la nuit tombée très tôt, le temps à la neige, et le bruit étouffé des voitures sur le boulevard, derrière les persiennes déjà closes. De temps à autre, le passage d'un train : la voie ferrée était toute proche, et, aux nuances du fracas, je savais distinguer un lourd et lent train de marchandises d'un train de voyageurs, plus vif et sûr de lui. Le jaune coulait de mes doigts. Je prenais plaisir à inverser l'ordre des saisons, à créer de l'été en hiver, du soleil radieux au cœur des ténèbres.

« Pierre ! » cria soudain ma mère, invisible, de l'autre bout de l'appartement, « tu n'es pas descendu chercher du charbon à la cave, comme tu devais le faire ! Le seau est vide ! Allons, dépêche-toi... » J'avais effectivement différé puis oublié la corvée de charbon alors que j'étais en principe chargé, dès mon retour de l'école, d'en remonter de la cave un plein seau pour la nuit afin d'alimenter la chaudière du chauffage central. Du charbon en boulets. Du charbon noir comme les yeux des morts. Je détestais cette tâche mais m'en acquittais. Si j'avais été raisonnable, je me serais exécuté au moment où les dernières lueurs du jour se glissaient encore par le soupirail de notre cave. Le charbon formait un tas dans lequel il fallait pelleter. Mais j'avais attendu. Il était trop tard et, au ton de ma mère, je comprenais qu'il était inutile de rechigner.

Le crayon jaune tombe sur la page. J'abandonne mon paysage d'été et toutes ses couleurs et bientôt je descends l'escalier mal éclairé qui s'enfonce dans les profondeurs du vieil immeuble. La pelle de fer brinquebale au fond du seau. Choc métallique contre les marches. Dans le noir, je dois commencer à actionner la lampe torche. Je dis « actionner » car il s'agit d'une de ces lourdes lampes sans piles pourvues d'une dynamo et d'un piston épousant la forme des doigts sur lequel il faut presser pour faire jaillir la lumière. Mais mes doigts sont petits et le piston résiste. La dynamo émet une sorte de miaulement déchirant et si l'on cesse un tant soit peu d'appuyer et d'appuyer encore, le pinceau de lumière faiblit, devient jaunâtre, et tout retombe dans le noir. J'ai peur, et mes doigts s'engourdissent, mais je presse autant que je peux. Je pompe de la lumière de la main gauche tout en ramassant, de la main droite, le charbon à la pelle. Les boulets tombent dans le seau, bien long à se remplir. La peur au ventre. Je change la lourde lampe de main. J'enfonce à nouveau le piston. Cœur battant, mais surtout cette douleur très particulière dans les doigts, dans le bras. J'ai de plus en plus peur. À l'époque, aucun adulte ne prenait très au sérieux ce genre de terreurs enfantines.

Seul dans le noir, je m'en remets à ces miaulements de la lampe à dynamo, ma seule protection mécanique et magique contre la terreur qui augmente. Ma tâche achevée, le moment de remonter correspond au point culminant de mon effroi. Je n'ai plus la force d'appuyer sur la lampe. Je ne parviens qu'à faire sortir un faible halo devant mes pieds. Le seau est lourd, mais j'ai la force de le soulever. Ce qui me terrifie depuis longtemps, c'est l'homme assis dans le noir. Il est là, je le sais. Plus loin que notre cave, tout au bout du couloir. Il ne peut qu'être là, à m'attendre. M'efforçant de tourner le dos à l'endroit où je l'imagine, mes jambes se dérobent à l'idée que, tout au fond de ces ténèbres, l'homme assis dans le noir va se manifester.

Si je parviens à faire encore un peu de lumière, à l'aide de ma lampe si pesante, il ne se manifestera pas ! Mais la lumière a besoin de mes doigts, et mes doigts n'en peuvent plus. Lui, l'homme assis dans le noir, lui le Nyctalope, je sais que s'il émet le moindre son, ce sera comme un ordre auquel je ne pourrai qu'obéir ! Même s'il se contente de remuer un peu ou de renifler, cela voudra dire : « Approche, approche... » Il est assis. Il se tient derrière une table. Son territoire est le fond sans fond de la cave. Il va se racler la gorge ou renifler : « Approche, petit, approche... » Je le sens dans mon dos. Allez, encore un peu de lumière ! Encore un petit miaulement de la dynamo ! La plus faible lueur signifie que l'homme n'existe pas, que je ne suis pas obligé de le rejoindre, d'abandonner mon seau pas tout à fait plein pour m'enfoncer dans le noir. Pas obligé d'entendre non seulement son horrible voix mais la question insupportable qu'il s'apprête à me poser. Désespérément, ma main se crispe encore un peu. La lumière meurt au bout de mon bras engourdi. Je gravis les premières marches. La bouche de feu de la chaudière va avaler les boulets noirs et je vais retrouver mes crayons de couleur.

4. MÉMOIRE DES PHALANGES

Aujourd'hui encore, je sais quelle était l'intensité de mon trouble, je suis capable de revoir distinctement l'escalier et le couloir, je sens presque l'odeur de la poussière de charbon, mais lorsque je repense à l'être énigmatique que je croyais assis dans le noir et à la terrible question que je tremblais de m'entendre poser, je n'ai plus d'accès direct à cet effroi. Je me souviens de ma terreur sans être terrorisé.

Nathalie Sarraute, dans *Enfance*, évoque de tels instants de lointaine panique, vécus dans la pénombre de sa chambre de petite fille, à la seule vue d'un tableau qu'il fallait voiler pour qu'elle s'endorme. « J'ai beau me recroqueviller, me rouler en boule, me dissimuler tout entière sous mes couvertures, la peur, une peur comme je ne me rappelle pas en avoir connu depuis, se glisse vers moi, s'infiltre... C'est de là qu'elle vient... je n'ai pas besoin de regarder, je sens qu'elle est partout... Elle donne à cette lumière sa teinte verdâtre... » Sarraute écrit ce fragment au présent, sans commentaires, insistant sur l'impression lumineuse qui en est indissociable, mais elle ne nous révèle pas la façon dont ce souvenir lui est revenu. À quelle occasion ? À partir de quelles traces ou quels tremblements dans son corps adulte ? Peu importe. Il s'agit d'un pur constat. On écrit et brusquement l'Enfantin est là. Car l'Enfantin n'est pas forcément une question de mémoire, encore moins d'effort de mémoire. On découvre que la perception actuelle se double, sans qu'on y prenne garde, d'une autre perception.

En ce qui me concerne, une obscure mémoire de mes phalanges a conservé quelque chose de cette nécessité de serrer, de presser très fort je ne sais quel objet, afin « qu'un peu de lumière soit ! ». Aujourd'hui encore, j'éprouve le besoin, parfois irrépressible, de me servir de ma main, que ce soit en dessinant, en griffonnant n'importe quoi, en « écrivant pour dire d'écrire », les muscles des doigts crispés sur le stylo ou le crayon, de la même façon qu'autrefois mes doigts d'enfant, se contractant sur le lourd piston de la lampe à dynamo, s'épuisaient à vaincre les ténèbres, comme si le jaillissement de l'encre, de la couleur ou de simples traits pouvait produire une vacillante clarté. À ma peur infantile s'est substituée une phobie du

« fondu au noir », comme si je fuyais moins le risque du silence que celui d'un vide dépourvu de sens et d'images. Vide habité par le poseur d'énigme ? Faire compulsivement jaillir des formes ou des mots avec mes mains est peut-être une tendance analogue à cette rage du gosse de la cave luttant pour ne pas se laisser avaler par les ténèbres.

C'est à partir de telles contractions d'images, de telles réactions nerveuses et musculaires, que nous devenons ce que nous sommes, que notre âme s'infléchit et que notre créativité trouve sa puissance. Une « courbure de l'âme » qui exige du silence, un retour au silence après être passé par la parole. Ou l'invention d'une parole silencieuse. « Dis-moi quel est ton Enfantin, et je te dirai... » Quoi ? Quel est ton style. Quelle est ta fêlure.

Toute tentative de dire l'Enfantin de façon plus systématique demeure vouée à d'amers échecs. Il nous faut donc vivre avec ce qui est perdu. Vivre avec cette maladie de la perte, comme il y a une « maladie de la mort » (ce que Walter Benjamin appelle « l'enfant mort en nous », qui est aussi un mort vivant).

Dans *Enfance*, Nathalie Sarraute explique qu'après ce qui fut un difficile travail d'écriture, véritable ascèse textuelle, il lui sera désormais impossible d'atteindre non pas « son » enfance mais cette « enfance exacte » qu'est l'Enfantin : « Je ne pourrais plus m'efforcer de faire surgir quelques moments, quelques mouvements qui me semblent encore intacts, assez forts pour se dégager de cette couche protectrice qui les conserve, de ces épaisseurs blanchâtres, molles, ouatées qui se défont, qui disparaissent avec l'enfance... » Trop tard ! Ou encore trop tôt. Car l'Enfantin a des affinités avec la grande vieillesse, avec la proximité de la mort, de la fin. Et si Sarraute associe moments enfantins et mouvements, c'est parce que dans la mémoire très particulière qui convoque l'« enfantôme » peut subsister une trace ou le sillage d'un mouvement.

Dans *Enfance berlinoise*, Benjamin évoque sa première « boîte de lecture », un jeu contenant des lettres de l'alphabet qu'il faut manipuler afin de former des mots à partir de modèles. C'est dans sa main d'adulte que se tient le souvenir de cette boîte qui, enfant, l'a enchanté. Sa main droite disposait les lettres avec « docilité » et « abnégation ». Un « commerce avec les lettres », dit-il, qui « ne fait qu'un » avec son enfance. « Ce qu'en vérité je cherche en lui [ce commerce] c'est elle : toute l'enfance, telle qu'elle se trouvait recueillie dans le geste de ma main qui glissait les lettres dans la tringle où elles se rangeaient les unes après les autres pour former des mots. La main peut encore rêver à ce geste, mais elle ne peut plus s'éveiller pour l'effectuer réellement. Ainsi, souvent, je peux bien rêver à la manière dont j'ai appris à marcher. Mais cela ne sert à rien. Maintenant je sais marcher ; apprendre, je ne le pourrai plus. »

Une vieille main peut donc encore rêver! L'Enfantin est là! Le frémissement tardif des doigts, un picotement de la paume communiquent, à travers le Temps, avec le geste des enfants encore très petits qui, inlassablement, pointent un index vers les choses en s'exclamant: « ça? », « et ça?», « et ça? », attendant que l'adulte prononce le nom de l'objet. C'est tout le plaisir des imagiers: inoubliable dessin d'un tambour ou d'un gorille, accompagné de la suite des lettres qui forment le mot « tambour », « gorille ». Quelle trace nous reste-t-il, plus tard, de ce moment où il suffisait de désigner les choses pour que des syllabes, légères et définitives, se posent sur elles?

II. Écrire l'enfance

1. LA PEUR, LA HONTE, LE GOÛT DES POMMES VERTES

Un sentiment paradoxal accompagnait mes moments de frayeur enfantine lorsque je sentais que quelque chose de terrible allait m'arriver (et n'arriver qu'à moi, bien sûr !), ou mes moments de honte, lorsque le regard des autres, qui ne s'en doutaient même pas, me faisait désirer disparaître sous terre. Je veux parler de ce mélange de panique et de jubilation les premières fois où j'ai découvert qu'on pouvait être réduit « à soi seul », isolé dans sa peau, seul à affronter l'insupportable, montré ou traqué. Ma faiblesse et mon ridicule pouvaient faire naître en moi une sorte de fierté fiévreuse qui se mêlait à ma panique, comme si ce qui m'anéantissait était aussi un privilège, seul petit garçon au monde à être aussi malheureux. J'ai toujours été fasciné par le conte de Chamisso, *Peter Schlemihl*, l'homme qui vivait dans la honte du manque de son ombre vendue au diable. Fasciné par cette honte due à l'enfoncement dans l'humiliation dont il fait l'expérience. Mais fasciné aussi par la dignité solitaire avec laquelle, à la fin, Schlemihl « se fait » à cette perte définitive. Dans ma vie, ce récit me permet de m'orienter quand le manque, l'échec ou la perte sont là.

Cette expérience précoce et universelle du soi abandonné s'accompagne parfois d'une étonnante jouissance solipsiste : sensation enfantine de n'être qu'un sac de peau rempli de battements, de douleurs, de flux, de serrements mystérieux de ventre et de gorge. Un pauvre sac, mais qui porte mon nom, comme lorsqu'on s'entend appeler pour la première fois par son patronyme, les premiers jours d'école, au milieu d'un groupe d'élèves inconnus et un peu goguenards qui, eux, semblent coïncider avec leur nom, alors que la façon dont, publiquement, on vous nomme recèle quelque chose d'incongru. Ou bien comme lorsqu'on découvre son corps, perdu parmi d'autres corps, sur une photographie, ou qu'on surprend son propre visage dans un miroir : on a affaire à un étranger qu'il faut pourtant accepter comme étant soi-même. Les autres sont dans leur monde. Ils ne vous rejoindront jamais. Cette pénible certitude est inséparable d'une de mes vieilles terreurs.

Toute mon enfance, j'ai eu une peur panique

des clowns. La première fois qu'on m'a emmené au cirque, nos places étaient situées juste au bord de la piste. Je n'avais pas demandé à voir d'aussi près le reflet dans l'œil des tigres, ni la poussière qui s'échappe de la crinière des vieux lions, ni les gouttes de sueur tombant du front et des cheveux trempés des trapézistes lorsque s'étant rétablis sur leurs deux pieds, après des acrobaties dans les airs, ils saluaient, le corps moulé dans leur habit brillant, en se penchant très bas. Je me serais volontiers tenu dans une ombre plus distante, appréciant de n'assister que d'assez loin aux numéros successifs comme s'ils se déroulaient dans la lumière d'un rêve. Mais nous étions au premier rang et on m'incitait même à me tenir debout contre la petite barrière de bois qui nous séparait à peine des chevaux tournant en rond au grand galop, ou des jongleurs venant faire tourner leurs assiettes presque au-dessus de nos têtes. Le risque que je croyais courir de basculer à tout moment dans l'univers magique du cirque était dû à cette proximité et à l'excès de clarté, nos places privilégiées étant en permanence balayées par les projecteurs.

Les clowns ont jailli des coulisses au moment où je m'y attendais le moins. La peur m'a aussitôt figé. La musique enjouée qui accompagnait leur entrée, à grand renfort de trompettes, s'est immédiatement combinée, pour moi, à l'idée qu'il allait m'arriver quelque chose. Et cette idée était renforcée par les éclats de rire et les cris d'allégresse des autres enfants. Aujourd'hui encore la musique de cirque réveille en moi un vieux reste d'angoisse. La voix contrefaite des clowns, cette voix nasillarde et braillarde leur donnait des airs de faux humains extrêmement menaçants. J'aurais voulu fuir, mais j'étais pétrifié, les doigts crispés sur le rebord de la barrière.

Je n'avais jamais vu auparavant de spectacle de clowns. Ce que je découvrais ne me semblait pas drôle mais menaçant. De grosses têtes peintes, des corps difformes, des gestes mécaniques : je les voyais comme des créatures agressives se donnant mutuellement des gifles, des coups de pied ou de gourdin, se poursuivant pour s'arroser de liquides crémeux. Ils allaient finir par s'en prendre à quelqu'un, lui faire du mal. Tous les enfants qui m'entouraient hurlaient de rire alors que, moi, j'aurais voulu crier de terreur. Les rires eux-mêmes me glaçaient. Personne n'était donc conscient du danger ? J'étais perdu, mais fasciné.

Le clown le plus méchant, à mes yeux, portait en équilibre sur son front un seau plein à ras bord de la crème dont il avait déjà barbouillé son acolyte. Effectuant lentement le tour de la piste, en longeant la petite barrière derrière laquelle je me tenais, il faisait semblant de perdre l'équilibre, et menaçait de verser le contenu de son seau sur tel ou tel enfant. Le seau basculait tandis que le gosse, protégeant sa tête de ses bras, criait d'excitation, mais le clown rattrapait le seau à la dernière seconde et poursuivait son manège pour le plus grand plaisir de l'assistance.

Voilà qu'il s'approchait de moi. J'étais sûr qu'il m'avait repéré. Sous le grossier maquillage dessinant un sourire démesuré, j'avais remarqué les yeux mauvais et les dents d'un homme qui, lui, n'avait aucune envie de plaisanter. Il était sur le point de m'atteindre, quand l'autre clown, arrivé par-derrière, l'a décapité d'un coup de bâton avant de rattraper habilement le seau de crème. Dans un grand roulement de tambour, voilà que la tête du clown dont j'avais si peur avait disparu ! Les enfants jubilaient. Déchaînés, ils applaudissaient.

À présent, ce maudit clown acéphale titubait sur le sable de la piste tel un canard auquel on vient de trancher la tête et qui continue à marcher sur ses petites pattes. Un projecteur le suivait. Réduit à ce corps sans tête, le clown tendait les mains comme s'il voulait attraper quelque chose ou quelqu'un, et dans un grand pinceau de lumière blanche, je l'ai vu se diriger vers moi. Mains en avant, tâtonnantes et gantées de blanc. À petits pas, il me rejoignait. Cou coupé, il me voyait ! Cou coupé, il me cherchait et allait me saisir. Cette fois c'était de moi que la foule se moquait. Elle se réjouissait du mal qu'on allait me faire. Depuis le début, toute cette mise en scène grotesque était dirigée contre moi.

Je ne sais plus ce qu'il advint, ni si je hurlai ou me recroquevillai sous ma chaise comme je l'ai vu faire, bien des années plus tard, à mon fils lors d'un spectacle qui le terrorisait sans que je l'aie soupçonné. Mais je me souviens de m'être senti, au milieu de la foule enfantine, comme le seul destiné à subir un sort épouvantable. Il me semble aussi, confusément, avoir éprouvé ce jour-là, au moment où je fus forcément soulagé de voir que j'échappais à cette créature qui, toujours acéphale et comique, passait son chemin sans rien me faire, un pincement de déception, comme si j'avais été momentanément mis à part, en tout cas distingué dans la masse des enfants, et comme si j'avais joui du « tout seul », la panique d'être la victime se doublant de l'obscur sentiment d'être élu.

Ces moments, où ce que l'enfant prend pour un danger lui fait faire sa première expérience de la solitude sans remède, l'Enfantin parvient à s'en charger. Mais tout cela est difficile à dire. Un vaste mouvement d'effacement finit par avoir raison de toutes les nuances. Ainsi, la solitude enfantine due à la peur n'est pas exactement la même que celle qu'un enfant éprouve lorsqu'il a honte.

À l'âge de six ans, vers la mi-octobre, alors que je n'allais à l'école que depuis quelques jours sans avoir fréquenté auparavant une classe maternelle ni avoir eu l'occasion de me trouver au milieu d'un groupe d'enfants un peu nombreux, ma mère m'a proposé de mettre, sans que j'y voie sur le coup un inconvénient, la culotte de peau tyrolienne que je m'étais fait offrir, au cours de l'été, alors que nous séjournions en Autriche. Une authentique et inusable culotte de peau, particulièrement rigide, avec ses boutons de corne qu'on a un mal fou à défaire tant les boutonnières de cuir les emprisonnent, mais surtout avec cette braguette originale qui, lorsqu'on est parvenu à l'ouvrir, s'abaisse comme un pont-levis, avec enfin ces bretelles reliées par une bande transversale que décore un edelweiss ou une tête de cerf. J'avais demandé qu'on m'achète cette tenue car j'enviais les garçons du pays, qui, ainsi vêtus de cuir, me semblaient invulnérables. Ils portaient avec naturel ce genre de culotte, comme leurs pères, et j'avais la certitude que ce vêtement viril me permettrait de glisser sans mal sur les pierres ou les troncs d'arbre. Mais dès que je l'eus revêtu, la rugosité du cuir neuf, à force de frotter sur ma peau, m'entama le haut des cuisses. Le port de la culotte tyrolienne devint vite un petit calvaire dû à cette douleur mal placée comme aux difficultés de l'ouvrir quand j'en avais besoin.

Et voilà que j'acceptais de la porter à nouveau, cette culotte, et qui plus est, pour aller à l'école. À quoi pouvais-je songer ? Signifier par cet accoutrement que j'avais voyagé et séjourné dans un pays étranger, afin d'en imposer à mes premiers camarades ? Mon acceptation sans barguigner ni réfléchir de me déguiser de la sorte s'explique peut-être par mon inquiétude d'écolier et par le fait que j'attribuais encore au vêtement de cuir des pouvoirs protecteurs. Le porche de l'établissement scolaire à peine franchi, une vague de honte de plusieurs mètres de haut déferla sur moi. La présence des autres me faisait prendre conscience de la façon dont j'étais affublé. Chacun portait des habits discrets et neutres, des culottes certes courtes mais confectionnées dans d'épais lainages ou du velours côtelé de bon aloi et souvent assorties à une veste coupée dans le même tissu. Ils n'allaient pas tarder à me découvrir ! La honte est l'adhésion immédiate au regard de ceux que vous imaginez vous fixer avec mépris ou ironie. Pénétrant dans la cour de récréation, il me sembla que tous les yeux étaient braqués sur moi et que j'apparaissais petit et ridicule, mes cuisses nues et maigrelettes émergeant des jambes courtes de la culotte de peau.

Je portais pourtant de hautes chaussettes et un pull-over dissimulait mes bretelles folkloriques, mais je me ratatinais de honte. Soudain, je reçus sur les fesses une tape anonyme suivie de rires et de murmures. On voulait s'assurer des vertus protectrices de mon habit. C'est dans un état de totale confusion, avec l'impression que mon visage se vidait de son sang, que je suis entré en classe. J'aspirais à me glisser sous mon pupitre et redoutais que l'institutrice ne me demande de raconter quelque chose de mes vacances ou d'expliquer l'origine de ma tenue.

À la récréation, j'ai refusé obstinément de sortir, sous je ne sais quel prétexte, m'infligeant moi-même une de ces « privations de récré » comme j'allais en connaître par la suite. Mais, en cette matinée infernale et interminable, je n'étais pas au bout de mon calvaire : un besoin pressant ne tarda pas à me faire me tortiller sur ma chaise. Nouveau supplice, venu de mon corps, cette fois, et non des autres. Ce que je vivais, c'était une sorte d'initiation brutale à la présence normative d'autrui, et à l'absolue solitude d'un sac d'organes macérant dans le malheur d'être condamné à être là. N'y tenant plus, j'ai fini par demander la permission d'aller aux toilettes. Le ventre crispé, les cuisses serrées, j'ai traversé la classe comme un désespéré, et je me suis précipité jusqu'aux pissoirs des garçons, paroi de béton, grise et puante, située dans un coin glacé de la cour et le long de laquelle un peu d'eau coulait.

C'était compter sans la braguette à l'ancienne, sans les gros boutons en corne et les étroites boutonnières de cuir de cette culotte solide comme une armure. Je trépigne, frissonne, pleure et, d'un coup, sans que je puisse me retenir, l'inondation a lieu ! Le soulagement interminable et tiède tourne à la catastrophe, le cuir tyrolien aussitôt transformé en réservoir immonde, les jambes ruisselantes. Pour que ma liquéfaction soit totale, j'ai fondu en larmes. Jamais, au cours des six premières années de ma vie, je n'avais connu une honte aussi effroyable que durant ces minutes grises, seul et souillé, face à ce mur où de l'eau ironiquement glougloutait.

Un enfant est toujours seul avec ce qui lui arrive. Le trouble, la peur, la honte et bien d'autres affects accompagnent ses jours. Ces sentiments enfantins ne ressemblent pas tout à fait à ceux qui portent le même nom chez les prétendues grandes personnes. L'enfant les éprouve d'une façon plus brutale mais souvent plus éphémère, en raison de sa faculté de passer très vite à autre chose, de glisser vers une autre activité, un autre jeu. On parle d'insouciance, mais le souci enfantin existe.

L'enfant peut avoir momentanément la poitrine broyée par la terreur, être quelques instants écrasé par la honte, mais bientôt, il s'absente, se décale, et ne ressent déjà plus ce qui l'oppressait: il est un autre. Les instants vécus se succèdent sans forcément communiquer et donc sans être unifiés par la forme générale du Temps qui n'offre pas encore à ses sentiments, même les plus négatifs, un terreau très profond. Honte et peur sont de grandes plantes carnivores qui poussent sur le « tout seul » enfantin, mais elles n'ont que de minuscules racines.

Beaucoup plus tard dans la vie, la honte peut nous coller à la peau, se mêler à notre chair et à nos jours. Où que nous allions, quoi que nous fassions, nous la traînons avec nous. Alors que la honte ne fait qu'effleurer un enfant (même si elle peut causer des dommages à retardement). Pour que l'enfant demeure honteux, il faudrait qu'une autorité le rappelle sans cesse à sa honte. D'une façon analogue, il peut avoir de grandes peurs devant ce qu'il prend pour un danger, et puis ça passe. Quelques jours plus tard, il se remettra dans la gueule du même loup.

L'Enfantin est un théâtre paradoxal : l'extrême faiblesse et l'humiliation peuvent y être le point de départ d'une résistance ; et l'horreur peut s'y condenser dans une chose minuscule n'ayant en elle-même rien d'effroyable. Détail faussement inoffensif qui traverse le Temps mais dont la simplicité ou la pauvreté demeurent à jamais le signe discret du pire. À ce sujet, il me faudrait parler de la première fois qu'il m'a été donné de voir un cadavre. À la différence des longs siècles au cours desquels l'enfance ne fut pas préservée, mon époque a, autant que faire se pouvait, évité aux enfants d'avoir un contact direct et trop précoce avec les morts, avant d'escamoter systématiquement, pour presque tout le monde, les cadavres comme les agonisants. Ainsi, pour ma génération, la vision du premier cadavre compte-t-elle souvent comme une date importante, la réalité glacée et blanche du mort, surtout s'il était un proche, produisant en nous un choc, hors les mots, sans équivalent.

Le hasard a voulu que mon premier mort ne soit pas, comme souvent, un aïeul mort dans son lit ou à l'hôpital et auquel les parents considèrent que les petits doivent rendre une ultime visite. À Lyon, sur l'un de ces longs boulevards bordés de platanes qu'il nous fallait descendre puis remonter entre la maison et l'école, mon frère et moi avons rencontré un passant affolé qui venait de découvrir un suicidé à l'intérieur d'une pissotière publique comme la ville en comptait alors, de loin en loin sur les places ou au bord des trottoirs. Bien vite une troupe entoure le petit édifice et certains hommes entrouvrent la porte de fer derrière laquelle il y a, crie-t-on à la ronde, un pendu ! Sirènes hurlantes, pompiers et policiers arrivent. La foule grossit. Mon frère et moi, petits gosses discrets que l'émoi général rend invisibles, nous glissons au premier rang. Si bien que lorsque les pompiers arrachent la porte, nous nous trouvons pour ainsi dire derrière leurs bottes, dans les jambes des premiers badauds. Il me faut passer sur l'horreur de la scène, d'une part parce que aucune évocation du corps rigide, du visage gonflé et blanc, des yeux injectés de sang, des bras écartés et du léger balancement de l'inconnu suspendu dans le vide, les souliers au niveau de notre visage, ne pourrait rendre notre hébétude, et d'autre part parce que je sais que ce qui, sur le coup, me fascina, comme une horreur suprême, ce fut la « ficelle à gâteau » dont l'homme s'était servi pour se pendre. Un très fin et long et innocent cordon doré avec lequel j'avais vu maintes fois la vendeuse de la pâtisserie fermer les cartons pleins de babas ou de succès. Ficelle pratique et décorative, jusque-là associée à des instants festifs et à la gourmandise, qui s'avérait assez solide pour soutenir le lourd cadavre d'un adulte. C'est ce contraste entre le cadavre sombre et la ficelle d'or qui occupa soudain tout mon esprit, et bientôt la mémoire de cet événement.

Nous n'avons évidemment pas perdu une miette du décrochage, ni des efforts des pompiers pour extraire le mort du lieu exigu. Rentrés à la maison très en retard, sans échanger une parole, mon frère et moi dûmes tout raconter à des parents consternés. Je crois que je suis parvenu très vite à ne plus voir la scène qu'à partir du récit qu'il me fallut faire et refaire, aux proches, aux voisins, aux copains : les mots contribuaient à mettre l'horreur à distance. Je crois que je parvins à repenser sans effroi au visage et à la rigidité du mort, comme à des données physiques et physiologiques que j'aurais intégrées. Cependant un formidable dégoût mêlé de crainte s'était réfugié dans la ficelle à gâteau avec cette impression de solidité sèche et coupante qu'elle procure, jointe au souvenir de nœuds si fins qu'impossibles à dénouer. Le cordon doré de la pâtissière signifiait désormais, à lui seul, la mort par pendaison d'un inconnu dans l'odeur de la pisse et l'étroite obscurité de chiottes publiques. Comme si les restes du grand malheur humain, dont je n'avais pas une idée bien nette et ne m'étais jamais soucié auparavant, étaient accrochés à cette ficelle, noués par elle à ma cervelle. Longtemps, je n'ai pas pu regarder les mains d'une commerçante confectionnant un paquet avec ce genre de lien sans que reviennent l'image d'un cou serré par le terrible nœud, la pensée d'un inconnu qui, debout sur un chiotte, s'apprête à faire un pas dans le vide. Malaise et vertige déclenchés par quelque chose d'aussi léger et insignifiant qu'un cordonnet doré.

Roland Barthes expliquait que, lorsque nous regardons une photographie, notre intérêt, qui peut être faible ou intense, se porte en principe sur le sujet avoué mais général ou thématique que le photographe a voulu fixer. C'est ce qu'il appelle le *studium*, thème officiel ou annoncé de la scène : des enfants affamés, une fête de famille, une journée à la plage. Mais il existe un autre élément qui, dit-il, vient casser le *studium*. Un élément que je ne cherchais pas mais qui jaillit de la photo, vient me percer comme une flèche ou m'entailler comme un scalpel. Piqûre, coupure, tache, choc, coup de dé, dit Barthes. Il s'agit toujours d'un détail complètement secondaire, la semelle trouée d'un soulier, le pansement au doigt d'une personne située à l'arrière-plan, mais ce détail nous transperce, nous blesse, devient immense, au point que nous ne voyons plus que lui. C'est ce que Barthes nomme le *punctum*.

Comme n'importe quelle photographie, une

vision d'enfance comporte presque toujours son propre *punctum.* Un tout petit truc qui va prendre le dessus et qu'on va durablement associer, avec sa couleur et sa forme, tantôt à une abomination, tantôt à un bonheur.

Le « petit truc » à partir duquel se recompose une perception d'enfance peut être une odeur, un craquement, une saveur. Me reviennent aussi des bonheurs d'enfance : purs instants sans événements, avec leur goût de pomme et leur lumière déclinante, qui flottent comme des bulles sur un temps qui n'est pas chronologique. L'été, nous quittions la ville pour la maison de campagne, une ancienne ferme fraîche et sombre, sommairement aménagée pour la villégiature. Au mois de juillet, la durée des vacances me donnait l'impression d'être illimitée, riche de tous les possibles, mais à partir du 15 août, quelque chose basculait de façon pénible comme si tout était trop mûr, trop plein, trop avancé. Je commençais à attendre la rentrée des classes qui n'avait pas lieu, à cette époque, avant la fin septembre. Vers la fin des dernières longues journées, j'aimais disparaître, m'éloigner, quelques précieuses bricoles plein mes poches et un livre glissé dans ma ceinture. Je franchissais lestement le mur au fond du jardin, traversais un pré où paissaient des chevaux. Les hautes herbes bourdonnantes d'insectes m'arrivaient aux genoux. Je marchais jusqu'au mur à demi écroulé entourant une grange à l'abandon. Je le gravissais en faisant rouler quelques pierres, et m'y perchais, avec mon livre, sous un gigantesque pommier dont les branches, déjà lourdes de fruits, constituaient un rideau protecteur à travers lequel je pouvais voir sans être vu. Je lisais tant qu'il y avait assez de lumière. Je guettais, immobile, les jambes pendant dans le vide. Je n'avais qu'à lever le bras pour saisir, l'une après l'autre, des pommes encore vertes dans lesquelles je croquais à belles dents. Il me fallait tirer fort pour que la pomme se détache de la branche, avec parfois un rameau couvert de feuilles. Je mordais dans la peau du fruit dur, parfaitement lisse, déjà juteux mais tellement amer qu'il me fallait en recracher vivement les morceaux à peine mâchés, tout en gardant dans ma bouche le plus de jus possible. Le soir tombait très lentement. À travers les branches, je distinguais notre maison. Des silhouettes traversaient le jardin. On me cherchait peut-être. En croquant paisiblement mes pommes, les cuisses au contact des pierres branlantes et tièdes, je rêvassais à ce que je venais de lire, jouissant de mon invisibilité tandis que l'îlot familial s'éloignait et que l'espace illimité m'absorbait. Je suivais le mouvement très lent des chevaux et, dans le silence, j'entendais le rêche raclement de leurs dents broyant l'herbe du pré. Le soleil se couchait. La nuit tombait plus vite qu'au début des vacances. Là-bas, la fenêtre de la cuisine venait de s'éclairer. J'attendais encore et encore avant de rentrer dans la pénombre. C'était très peu de chose, mais vivre me semblait magnifique. Depuis, le goût des pommes vertes joint à cette impression qu'il suffit de tendre la main, à l'aveugle, au-dessus de moi, pour saisir un peu de chair acide et prometteuse me revient quelquefois. Le silence des pierres, le calme des grands chevaux dans les hautes herbes, la maison qui peut disparaître dans le noir et le vaste monde d'où semble venir un appel, oui, si peu de chose, mais contenu dans quelques bulles irisées qui flottent autour de mon crâne. Le miracle étant qu'elles n'aient jamais éclaté.

2. LE COGITO SOMBRE

Pourquoi tenter d'écrire l'Enfantin ? Pourquoi le laisser s'écrire par bribes, non seulement en nous mais comme « sous nos yeux », dans des blocs perceptifs, dans des images, des textes, des messages et autres productions ? Parfois dans une attitude... un style. Une démarche. Nous avons sans doute, par rapport à cette demi-obscurité des premiers temps, à cette « vie première », ce qu'il faut bien nommer une responsabilité !

Lorsque Walter Benjamin, en 1933, en pleine débâcle historique et intime, tente de recueillir, dans l'urgence, des fragments d'Enfantin provenant de son enfance berlinoise, ce n'est pas pour préserver, avec attendrissement ou nostalgie, de simples souvenirs d'enfance, mais, dit-il, « comme on arrache un objet à un incendie » afin de mener un (dernier?) combat « pour le Passé ». Un combat en faveur du Passé toujours opprimé et malmené. Le passé en général, passé très humain où l'intime n'est pas séparé de l'historique, qui court le risque d'être non seulement enfoui mais aboli! Catastrophe d'un éternel présent auquel l'humanité serait condamnée. Afin que le présent ne soit pas « totalitaire », il faut qu'il soit hanté par du passé. Il faut que le passé imprègne la chair et les nerfs de chaque individu. Dans sa préface à l'édition de 1978 du livre de Benjamin, Jean Lacoste est très clair: « *Enfance berlinoise* doit peut-être son existence à cette étrange et belle idée théologico-politique: nous avons envers l'enfant mort qui est en nous la même responsabilité qu'envers les espérances toujours en souffrance du passé. » Accueillir l'Enfantin, c'est toujours tenter d'empêcher, désespérément peut-être, le grand massacre du passé.

Écrire l'Enfantin relève d'une façon de vivre fondée sur le « rappel des possibles ». Henri Bergson disait que l'enfance, vécue dans son opacité, ses grossissements, ses lumières vives et ses petites ténèbres, se présente toujours comme un « bouquet de possibles ». Grandir, mûrir, vieillir implique que le bouquet se fane et diminue, que les pétales tombent. C'est pourtant cette multiplicité initiale de « possibilités premières », en tout cas théorique, qui contribue à faire l'humanité des humains. Elle est la chance ! Une chance que certains sauront saisir ou au contraire laisseront passer ! Car, le plus souvent, l'homme ignore qu'il est « plus général que sa vie et ses actes ». Ainsi parle Monsieur Teste, « double » de Paul Valéry. Son exceptionnelle lucidité exige qu'il ne brime pas, en lui-même, un certain « enfantinisme ». « Tout ce que je fais et pense n'est que spécimen de mon possible. L'homme est plus général que sa vie et ses actes. Il est comme prévu pour plus d'éventualités qu'il n'en peut connaître. Monsieur Teste dit : Mon possible ne m'abandonne jamais. »

Alors ? Comment vivre selon cette « généralité », en respectant ces « éventualités », en faisant en sorte que le possible ne m'abandonne pas ? Écrire l'Enfantin ne consistera jamais à recomposer la totalité d'un monde perdu, la totalité d'une époque enfuie, mais, au contraire, à garder à l'esprit l'ampleur de ce qui fut nécessairement perdu, comme on peut garder, sous les yeux, la carte de tout un continent, même si l'on ne fait qu'un petit voyage. Savoir que l'on est « plus général » que les événements qui semblent nous concerner.

Dans sa *Poétique de la rêverie*, Gaston Bachelard évoque les « Rêveries vers l'enfance », accordant une importance toute particulière à cette pensée première, comme étonnée par elle-même, qu'il appelle le « cogito sombre ».

« Rêvée et méditée, méditée dans l'intimité même de la rêverie solitaire, l'enfance prend la tonalité d'un poème philosophique. Un philosophe qui donne place aux songes dans la réflexion philosophique connaît, avec l'enfance méditée, un cogito qui sort de l'ombre, qui garde une frange d'ombre, qui est peut-être le cogito d'une "ombre". Ce cogito ne se transforme pas tout de suite en certitude, comme le cogito des professeurs. Sa lumière est une lueur qui ne sait pas son origine. L'existence n'est là jamais bien assurée [...] Il semble que la rêverie vienne rebondir sur l'insondable. L'enfance se constitue par fragments dans le temps d'un passé indéfini, gerbe mal faite de commencements vagues. »

C'est à partir de cette « gerbe mal faite » que se constituent simultanément notre singularité et notre lien avec les autres êtres humains qui furent « enfant avant que d'être homme », mais aussi notre lien avec les choses et une matérialité plus générale, voire cosmique. C'est sur le socle pourtant tellement fragile de l'Enfantin qu'une « communication » peut s'établir.

L'Enfantin émet aussi des lueurs qui, audelà d'un certain point, cessent d'être « individuelles ». Sources lumineuses associées parfois à une inoubliable odeur de sapin de Noël, de pomme cuite au four, de cordage humide ou de calfatage, et inséparables de gestes ou d'un usage du corps.

Dans son *Roman d'un enfant*, Pierre Loti écrit : « Comme si c'était hier, je me rappelle le soir où, marchant déjà depuis quelque temps, je découvris tout à coup la vraie manière de sauter et de courir... » Toujours des riens, donc, mais des riens originels. Persistance, dans les muscles de l'homme adulte, de la toute première sensation de saut sur place, de ce premier « essai » solitaire associé aux vives couleurs et aux éclats lumineux d'un instant suspendu dans le Temps. L'enfant se tient encore immobile dans la pénombre de la fin du jour. La nuit vient. Puis quelqu'un ranime le feu dans la cheminée : « Alors, ce fut un beau feu clair, subitement une belle flambée joyeuse, illuminant tout, et un grand rond lumineux se dessina au milieu de l'appartement, par terre, sur le tapis, sur les pieds des chaises, dans ces régions basses qui étaient précisément les miennes. » Et le petit Pierre Loti fait alors cette expérience, en une sorte d'extase, de sauter sur place, de se soulever en se propulsant pour la première fois de sa vie avec ses jeunes muscles : « De ce moment, je savais sauter, je savais courir ! J'ai la conviction que c'était bien la première fois... » Comment une aussi mince combinaison de perceptions et la « moindre rayure du tapis » peuvent-elles avoir, si loin dans l'avenir, de tels échos ? « Dans le cercle lumineux qui, décidément, se rétrécissait de plus en plus, je sautais toujours. Mais, tout en sautant, je pensais, et d'une façon intense qui, certainement, ne m'était pas habituelle. En même temps que mes petites jambes, mon esprit s'était éveillé; une clarté un peu plus vive venait de jaillir dans ma tête, où l'aube des idées était encore si pâle. Et c'est sans doute à cet éveil intérieur que ce moment fugitif de ma vie doit ses dessous insondables; qu'il doit surtout la persistance avec laquelle il est resté dans ma mémoire, gravé ineffaçablement. »

Car ce qui a sans doute contribué à condenser et à cristalliser de tels instants, c'est ce qu'on est en droit de nommer la « pensée ». Esquisse de réflexion. Naissance d'une idée. Non pas idée claire et distincte mais intuition enfantine que ce qui est en train de se jouer, ou ce à quoi on est en train de jouer, indique ou exige une sorte d'« au-delà de la sensation ». Au-delà qui reste flou, mystérieux. Une question qui se pose à l'enfant, comme en passant. Une rumination plus ou moins longue, brumeuse et sérieuse qu'on peut appeler « rêverie ». Une rêverie qui se déploie toujours selon des alternances d'exaltation et d'ennui solitaire. Et c'est peut-être ce que nous chassons, plus tard, le plus vigoureusement de notre souvenir: cette gravité inquiète d'une pensée qui ne se connaît pas encore mais qui a déjà la dignité de tout « ce qui se pense vraiment », entre étonnement et stupeur.

« À méditer sur l'enfant que nous fûmes », écrit Bachelard, « par-delà toute histoire de famille, après avoir dépassé la zone des regrets, après avoir dépassé tous les mirages de la nostalgie, nous atteignons une enfance anonyme, pur foyer de vie, vie première, vie humaine première » (*Poétique de la rêverie*).

La « vie première » palpite en marge des souvenirs codifiés ou recomposés. La reconstitution plus ou moins forcée de « l'enfant que nous fûmes » ne parvient pas à atteindre l'enfance elle-même. Aux traditionnels récits de souvenirs d'enfance qui abondent dans la moindre autobiographie, on peut faire le reproche que Sartre faisait à toute démarche narrative : ils sont inévitablement « inauthentiques » puisque, en feignant de commencer par le commencement, ils supposent que l'aboutissement actuel soit connu et que le passé soit fallacieusement retrouvé comme « annonciation et promesse ». Or les commencements n'annoncent rien, et le fil du récit impose un ordre qui n'a jamais existé. « L'enfance que nous racontons, nous ne l'atteignons pas », dit Bachelard. Alors, méfions-nous des approches trop intelligentes. L'enfantôme n'a besoin pour apparaître que de peu de choses : une intuition, un silence, une suspension du regard.

3. UNE HIRONDELLE NÉE D'HIER

Une leçon d'Enfantin peut nous être donnée au détour d'un texte dont le thème est tout autre. Comme celle que nous donne Alexandre

Vialatte dans sa fameuse *Célébration du petit pois*. Ou celles que nous donnent Kafka, Francis Ponge, Witold Gombrowicz et tant d'autres, au hasard de récits, de poèmes sans lien direct avec l'enfance.

« Une seule minute d'attention à une chose, et le monde s'arrête de tourner », dit Vialatte. « Une minute d'attention aux choses, elles deviennent fantastiques et incompréhensibles; dangereuses, menaçantes, irréelles. C'est ce qui est arrivé à Kafka. Tout son art est sorti de l'attention; d'une attention spécialisée. Regardez cinq minutes une oreille, un chef de gare, un morceau de bois, une écrevisse, et vous deviendrez rapidement fous. Il n'est rien de tel que d'isoler un grain de caviar, un petit pois ou un œuf de poule et de ne plus s'occuper que de lui pour ne plus croire à son existence. »

Approche métonymique du monde dont l'adulte n'est plus capable, ou qu'il néglige, alors que l'enfant a le nez sur le tableau ou sur un détail du tableau. Dans son assiette, chaque petit pois devient un bonhomme et la purée un champ à labourer, un désert où tracer des routes. Le regard enfantin, lui, produit des grossissements ou des rétrécissements permanents qui sont aussi des façons de s'allonger soi-même démesurément ou de rapetisser. Comme dans les contes. Comme en rêve. Comme Alice... Comme Pinocchio.

Visions de choses coupées de leur contexte et prises « une par une ». C'est ce que rappelle

George Orwell dans son roman *Un peu d'air frais* lorsqu'il raconte comment, un matin de sa petite enfance, il a soudain réalisé que le chien qu'il connaissait depuis toujours était effectivement son chien et que c'était ce chien-là et pas un autre, et qu'il avait un nom. Cela lui semblait soudain extraordinaire.

« Quand vous êtes petit, vous devenez conscient tout à coup de choses que vous avez eues sous le nez longtemps. Les choses qui vous entourent s'imposent à vous une par une, un peu de la même façon qu'au réveil. Par exemple, c'est seulement à quatre ans que je me rendis compte que nous avions un chien. Il s'appelait Nailer, c'était un vieux terrier anglais d'une espèce aujourd'hui disparue. Je me trouvai un jour face à face avec lui sous la table de la cuisine, et j'eus soudain comme la révélation qu'il nous appartenait et qu'il s'appelait Nailer. »

L'enfance est ainsi faite de « révélations » successives, à la fois banales et merveilleuses. Parfois effrayantes.

Il arrive qu'une telle minuscule révolution du regard trouble une fraction de seconde notre visage d'adulte, lui substituant des traits venus du grand Dehors énigmatique. Un Dehors paradoxalement plus intime que ce que nous appelons notre « vie intérieure ». C'est ce qu'on désigne parfois par « avoir une absence », une distraction. Le plasticien, le romancier s'exercent à susciter, tant bien que mal, de telles révélations. Toute création est un combat entre une langue apprise et cette langue bredouillée et malhabile de l'Enfantin.

Qu'est-ce que l'Enfantin ? C'est la nudité soudaine, le brusque abandon à l'instant présent, l'attention hypnotique à un détail, le changement du regard sur ce qui m'entoure, l'inexplicable nouveauté d'un geste, le détournement provisoire de l'usage des objets. « Au sortir de ma nuit première », écrit Pierre Loti, « mon esprit ne s'est pas éclairé progressivement, par lueurs graduées ; mais par jets de clartés brusques — qui devaient dilater tout à coup mes yeux d'enfant et m'immobiliser dans des rêveries attentives — puis s'éteignaient, me replongeant dans l'inconscience absolue des petits animaux qui viennent de naître, des petites plantes à peine germées. »

L'Enfantin ne coïncide pas avec « qui je fus ». Ne serait-ce que parce que je n'ai pas d'abord été « quelqu'un ». Loti écrit encore : « J'étais en ce temps-là un peu comme serait une hirondelle née d'hier, très haut, à l'angle d'un toit, qui commencerait à ouvrir de temps à autre au bord du nid son petit œil d'oiseau et s'imaginerait de là, en regardant simplement une cour et une rue, voir les profondeurs du monde et de l'espace... »

Ainsi va l'enfance lointaine ! Alternance de clairvoyances sans suite et de torpeurs obscures. Mais ces états laissent des traces. Les possibilités originelles ont lancé dans « les profondeurs du monde et de l'espace » leurs fils et leurs harpons, et c'est cette énergie des possibles que plus tard je viendrai puiser chaque fois que j'accomplirai un acte un tant soit peu créateur.

Baudelaire a établi pour la première fois une équivalence entre trois états (qui sont aussi trois « regards ») : l'enfance, la convalescence et la création. Dans « L'artiste, homme du monde, homme des foules et enfant », il dit que « la convalescence est comme un retour vers l'enfance. Le convalescent jouit au plus haut degré, comme l'enfant, de la faculté de s'intéresser vivement aux choses, même les plus triviales en apparence. Remontons, s'il se peut, par un effort rétrospectif de l'imagination, vers nos plus jeunes, nos plus matinales impressions, et nous reconnaîtrons qu'elles avaient une singulière parenté avec les impressions, si vivement colorées, que nous reçûmes plus tard à la suite d'une maladie physique, pourvu que cette maladie ait laissé pures et intactes nos facultés spirituelles. L'enfant voit tout en nouveauté ; il est toujours ivre. Rien ne ressemble plus à ce qu'on appelle l'inspiration, que la joie avec laquelle l'enfant absorbe la forme et la couleur » (*Le Peintre de la vie moderne*). On sent bien qu'une phénoménologie de la convalescence reste à écrire. Elle permettrait d'éclairer simultanément l'être au monde de l'enfant et les surgissements de l'Enfantin. Elle détaillerait cette « faculté de s'intéresser vivement aux choses », cet état très particulier qui donne la capacité d'« absorber la forme et la couleur ».

C'est dans la suite de ce texte que Baudelaire fait cette étonnante proclamation : « Le génie n'est que l'enfance retrouvée à volonté... » À quelle sorte de génie pense Baudelaire ? Il s'agit peut-être d'une simple disposition « à voir les choses autrement » qui concernerait non seulement l'Artiste mais — pourquoi pas ? — n'importe qui, dès l'instant que s'esquisse une initiative ou qu'un style singulier s'élabore. Une question de regard, de capacité d'étonnement, de fascination.

« C'est à cette curiosité profonde et joyeuse, poursuit Baudelaire, qu'il faut attribuer l'œil fixe et animalement extatique des enfants devant le nouveau, quel qu'il soit, visage ou paysage, lumière, dorure, couleurs, étoffes chatoyantes... » Animalité. Œil retourné à l'état sauvage...

Puis Baudelaire nous livre un véritable « noyau d'enfance » : « Un de mes amis me disait un jour qu'étant fort petit, il assistait à la toilette de son père, et qu'alors il contemplait, avec une stupeur mêlée de délices, les muscles des bras, les dégradations de la couleur de la peau nuancée de rose et de jaune, et le réseau bleuâtre des veines. Le tableau de la vie extérieure le pénétrait déjà de respect et s'emparait de son cerveau. Déjà, la forme l'obsédait et le possédait. » Baudelaire tient à nous préciser que son ami est devenu peintre avec ce commentaire : « La damnation était faite. »

En somme, la vie extérieure se donne à cet enfant comme un tableau en train de se faire, un tableau possible. L'Enfantin n'est autre que le retour aléatoire de ce *work in progress* datant d'une lointaine première fois. C'est pourquoi l'Enfantin ne s'accueille pas dans la passivité. Il invite à passer à l'acte. Quel acte? Chacun le sien, bien sûr. Une occasion offerte à notre maturité de démultiplier les sensations et d'élargir les significations.

Michel Leiris, dans *L'Âge d'homme*, tente de parler de sa vie d'une façon non pas crue mais « nue ». Il nous livre à cette occasion des « noyaux d'enfance » que seule son écriture exigeante pouvait extraire. Grossissements de détails anciens à partir desquels la vie adulte, toute la vie, prend un sens inattendu. « Je dois mon premier contact précis avec la notion d'infini à une boîte de cacao de marque hollandaise, matière première de mes petits déjeuners. L'un des côtés de cette boîte était orné d'une image représentant une paysanne en coiffe de dentelle qui tenait dans sa main gauche une boîte identique, ornée de la même image, et, rose et fraîche, la montrait en souriant. Je demeurais saisi d'une espèce de vertige en imaginant cette infinie série d'une identique image reproduisant un nombre illimité de fois la même jeune Hollandaise qui, théoriquement rapetissée de plus en plus sans jamais disparaître, me regardait d'un air moqueur et me faisait voir sa propre effigie peinte sur une boîte de cacao identique à celle sur laquelle elle-même était peinte. »

Comme chez l'enfant saisi par de « matinales impressions » qu'évoquait Baudelaire, on peut parler d'ivresse et d'attraction exercée par un dispositif formel. Pour Leiris aussi, « la damnation était faite » ! Mais Leiris va plus loin : il tisse des liens entre ce vertige d'enfance et des vertiges plus tardifs : « Je ne suis pas éloigné de croire qu'il se mêlait à cette première notion de l'infini, acquise vers l'âge de dix ans (?), un élément d'ordre assez trouble : caractère hallucinant et proprement insaisissable de la jeune Hollandaise, répétée à l'infini comme peuvent être indéfiniment multipliées, au moyen des jeux de glace d'un boudoir savamment agencé, les visions libertines. » À travers temps et espace, c'est moins une correspondance qui s'établit qu'une « confusion significative » qui s'opère entre le petit déjeuner, la fille moqueuse et les miroirs d'un futur bordel qui seraient disposés face à face afin de refléter érotiquement les corps à l'infini mais aussi — pourquoi pas ? — le sourire moqueur d'une multiplicité de femmes.

Il ne s'agit pas, comme chez Proust, d'une perception inopinée (gustative, olfactive ou auditive) qui « réveille » ou rejoint à travers le Temps une perception analogue enfouie qui, une fois « retrouvée », permettra de « ferrer » et de tirer des pans entiers d'existence passée. Il s'agit du surgissement d'un dispositif sensuel qui était là depuis toujours et attendait avec patience que l'écriture le révèle ou le laisse de côté. Chez Leiris, le « noyau d'enfance » naît de l'écriture et grâce à elle. Il est autant constitué par l'expérience infantile de la Hollandaise démultipliée que par l'expérience adulte de la sensation d'infini procurée par des miroirs dans un contexte érotique. Comme si l'érotique de l'adulte permettait la réactivation d'une impression d'enfance de type métaphysique. Comme si la vision « libertine » était inséparable de cette curiosité des premiers âges. C'est ainsi qu'entre d'anciens plaisirs enfantins fort simples et les jouissances complexes de l'adulte ont lieu d'étonnantes coïncidences. L'enfantinisme d'Éros est un continent. J'entendias un jour une femme parler, avec une candeur touchante, de ce qu'on pourrait appeler sa passion fellatrice, pratique qu'elle disait préférer à tous les autres plaisirs et postures érotiques, puis, très vite, elle y associait le goût du lait concentré mêlé d'un peu de miel. Elle se revoyait, petite fille gourmande, prenant pour son goûter du lait au miel. Installée, sous la table, entre les jambes de sa mère épluchant des légumes, elle suçait interminablement la cuiller gluante de ce mélange épais au goût lacté et fleuri. Plus tard, pour elle, toujours la tiédeur de l'abri, les lèvres, la langue, et cette saveur, apaisante et troublante.

Peu de textes littéraires sont allés aussi loin, dans le recueil de l'Enfantin, que le beau livre *Enfance* de Nathalie Sarraute. Avec la conscience du point au-delà duquel il est impossible d'aller. Cela tient à une méthode rigoureuse qui ne bride pas la création mais au contraire la stimule et fait de cet « anti-récit » une œuvre inégalée.

Nous entendons deux voix qui ne sont pas, d'une part, la voix de l'adulte devenu écrivain et, d'autre part, celle faible et tâtonnante de l'enfant dont l'écho nous parviendrait à travers d'épaisses couches de temps, mais des voix qui correspondent à deux modalités de l'écoute. Deux voix qui tantôt s'opposent ou se provoquent, tantôt dialoguent.

La première voix prête attention à des murmures, à des sonorités, qui semblent appartenir au monde enfoui de l'enfance. La seconde voix s'étonne, émet des objections, introduit sans cesse le soupçon : « Alors, tu vas vraiment faire ça ? "Évoquer tes souvenirs d'enfance"... Comme ces mots te gênent,... » ou « Est-ce que ce ne serait pas prendre ta retraite ? te ranger ? Quitter ton élément... »

La première voix parle toujours au présent. Modeste oracle, elle répète ce qu'elle entend : « Les voici de nouveau, ces paroles, elles se sont ranimées, aussi vivantes, aussi actives qu'à ce moment, il y a si longtemps, où elles ont pénétré en moi, elles appuient, elles pèsent de toute leur puissance, de tout leur énorme poids... » La seconde voix réinstalle le fruit de cette cueillette perceptive dans une temporalité : elle utilise l'imparfait, le conditionnel passé ou le plus-que-parfait. Elle corrige, rétablit, tente d'éviter les anachronismes : « des images, des mots, qui évidemment ne pouvaient pas se former à cet âge-là dans ta tête... »

Les épisodes évoqués surgissent dans le plus grand désordre. Un mot, la sonorité du mot, l'orientation d'un geste, des paroles restées énigmatiques éclatent moins dans la mémoire que dans cette attention que la disponibilité littéraire permet d'y prêter. Aucun jugement n'est porté. Aucune conclusion n'est tirée à partir de ce matériau brut. Deux voix nécessaires pour dire l'Enfantin. Tout l'effort d'écriture consiste à créer les conditions d'une hypersensibilité et d'une extrême vigilance simultanées. Travail de chimiste, ou de biologiste ! Éviter les mélanges ou les contagions. Accueil délicat, précautionneux : l'Enfantin exige une écriture « en train de se faire ». Une écriture vivante ou vacillante : « C'est encore tout vacillant, aucun mot écrit, aucune parole ne l'ont encore touché, il me semble que ça palpite encore... hors les mots. »

Il faut laisser subsister l'énigmatique et l'indécidable. Élaborer et travailler une langue claire et distincte au service de cet indécidable. Car dès le début de son entreprise, Sarraute se méfie de ce qu'elle nomme, à propos de l'enfance redite, le « préfabriqué », les « replâtrages ». Elle remet surtout en question une sincérité érigée en critère d'authenticité. En matière d'Enfantin, la sincérité, cette illusion d'adhérer de bonne foi à ce que l'on est en train de dire, n'est pas un critère satisfaisant. Il s'agit d'inventer d'autres formes d'exactitude. L'usage des deux voix empêche justement de trop participer à ce qu'on raconte et permet de respecter la volatilité des impressions dormantes en tenant compte de la façon dont « là-bas, tout fluctue, se transforme, s'échappe... tu avances à tâtons, toujours cherchant, te tendant... vers quoi? qu'est-ce que c'est? ça ne ressemble à rien... personne n'en parle... ça se dérobe, tu l'agrippes comme tu peux, tu le pousses... où? vers un milieu propice où ça se développe, où ça parvienne à vivre... ». Le « milieu propice » dans lequel l'Enfantin aura une chance, plus tard, de prospérer un moment peut s'appeler littérature ou création plastique, musique, style personnel, geste inimitable, audace soudaine. Mais il consiste surtout en une façon très légèrement différente d'être au monde, en une présence aux choses, aux autres, à soi-même qui, consciemment ou non, admet ou reconnaît cette présence de l'enfantôme. Comme si, désormais, ces amalgames de sensations et significations avaient le pouvoir d'amplifier ma perception de l'actuel. Écrire, c'est aussi s'augmenter, s'accroître...

Le mot allemand « *zerreissen* », par exemple, il lui revient, déclenché par l'écoute de paroles, elles-mêmes détachées, qui soudain se parlent toutes seules, « puissantes » et « pesantes », même si elles se sont tues pendant longtemps. Ces paroles orphelines (« non, tu ne feras pas ça ») font naître une présence (« une femme assise au fond d'un fauteuil dans le salon d'un hôtel où mon père passait seul avec moi ses vacances... »), puis un geste, celui de brandir des ciseaux pris dans une corbeille à ouvrage (« je le sens comme si je le faisais maintenant... je saisis brusquement les ciseaux, je les tiens serrés dans ma main... »), et enfin ce mot, « *zerreissen* », lorsque l'enfant lointain et en colère annonçait son intention de lacérer à coups de ciseaux un canapé. Complètement incongru, le mot allemand siffle, craque et déchire. Un mot parmi d'autres, mais dont la sonorité est inséparable de quelque chose de physique, d'un geste. Dans le corps de l'adulte déjà vieux, ce geste, autrefois accompli mais resté comme suspendu dans le Temps, dormait. Son retour ou son acceptation (son intégration) permettront éventuellement une ouverture minuscule à une nouvelle qualité de sensibilité. Laquelle ? Que nous enseigne l'Enfantin ?

Parmi divers enseignements on compte celui, particulièrement moderne, selon lequel nous serions aussi autre chose que des individus (coextensifs à leur être ou à leur discours), autre chose que des personnes (définies par leur statut sociojuridique), autre chose que des personnages (sous-tendus par le récit qu'ils font d'eux-mêmes ou qu'on fait à leur sujet), car l'Enfantin n'est pas une vaste bouillie d'oubli et d'impressions confuses, mais, en raison de sa persistance en nous, une réserve de singularités et de tendances, de forces en réserve, bref, de sensations préindividuelles (et donc impersonnelles) particulièrement efficaces. Singularités qui nous constituent en subvertissant l'individu, la personne, le personnage. En bousculant l'identité. Des mots, des cris, des présences, des mouvements qui ne sont plus ceux de quelqu'un en particulier. Mais qui, paradoxalement, nous semblent appartenir à notre intimité. Ce paradoxe est en lui-même stimulant.

Vladimir Nabokov a tenu à exprimer, en tant qu'écrivain, sa reconnaissance aux impressions qui, durant toute sa vie, ne cessèrent de « revenir » de son enfance : « Comme le cosmos est petit (une poche de kangourou le contiendrait), comme il est dérisoire et piteux comparé à la conscience humaine, à un seul souvenir d'un individu et à son expression par des mots ! Peut-être suis-je attaché à l'excès à mes toutes premières impressions, mais après tout je leur dois de la reconnaissance. Elles m'ont montré le chemin d'un véritable éden de sensations visuelles et tactiles » (*Autres rivages*).

L'écriture ne s'alimente pas aux premières impressions, c'est le contraire. Le retour des impressions est favorisé par l'audace ou la vigueur du projet littéraire. De même, la conscience n'est pas uniquement ce qui vise puis recueille de l'enfance, mais la conscience préoccupée par l'Enfantin parvient aussi à se produire elle-même, en une sorte de rebond. Par moments, c'est l'Enfantin qui devient la conscience !

Une approche psychanalytique risque fort de manquer l'Enfantin. Car l'Enfantin n'est pas « inconscient ». Il n'a pas subi de refoulement. Ses images ou idées, même les plus insolites, ne sont pas frappées d'un interdit d'accès à la conscience par quelque surmoi. Elles n'ont pas besoin d'exercer une pression pour se manifester à nouveau. Elles ne tentent pas non plus de se déguiser pour franchir les barrages d'une quelconque censure. L'Enfantin n'a pas recours au symbolique. Simple ou pauvre, il est également brut. Disponible et silencieux, il n'a pas été victime d'un oubli. Il est en attente : non pas refoulé, mais « inemployé ».

D'ailleurs, lorsqu'il survient, de façon aléatoire, il résulte autant de la mémoire que de l'imagination. Il appartient autant au passé qu'à l'actuel. Proust expliquait que le passé ne peut devenir du « Temps retrouvé » qu'à condition de ne surtout pas le forcer à revenir : « C'est peine perdue que nous cherchions à l'évoquer, tous les efforts de notre intelligence sont inutiles. » Ce type de passé, Proust affirme qu'il est hors de notre portée, mais qu'il se cache, parfois, dans « quelque objet matériel que nous ne soupçonnons même pas ». Mais surtout, prétend-il, « Cet objet, il dépend du hasard que nous le rencontrions avant de mourir ou que nous ne le rencontrions pas ». De toute façon, contrairement aux effets de soulagement ou de libération relative que la psychanalyse attend de la prise de conscience d'un certain passé refoulé, l'éclosion, en nous, de fragments d'Enfantin ne procure aucun mieux-être. Certes, il arrive que sa manifestation apparaisse comme un « véritable éden de sensations », mais elle peut aussi donner lieu à un ébranlement infernal de nos façons utilitaires ou socialisées de sentir le monde. Horreur ou dégoût de l'Enfantin ! Mépris pour ses bribes, recoins et clartés qui ne formeront jamais un Tout. L'Enfantin comme une machine grinçante et agaçante, broyeuse de certitudes.

La liberté nouvelle que procure le retour d'un peu d'Enfantin est moins existentielle que créatrice. Comme si ces perceptions et affections fugitivement disponibles avaient le pouvoir de nous enseigner un autre usage du monde, de nous révéler des portes dérobées, des possibilités de fuite.

III. Les enfants, les morts, l'animal

1. LE JEU DE LA MORT ET DE L'ENFANCE

L'Enfantin est une élaboration adulte à partir de sensations qui dormaient en moi, patientes, et semblant arriver d'un autre pays. Mais lequel ? Quelle peut être l'origine de l'Enfantin ? Quel est ce mystérieux lointain qui lui confère, sur le coup, une pareille intensité qui, dans certains cas, se mue en énergie créatrice ou en initiative ? Il s'agit d'un passé bien plus vaste que mon passé individuel, d'un Ailleurs qui m'est familier bien que je n'y aie jamais habité. Lieu où se sont accumulées de grandes figures et de petites perceptions. Du recroquevillé, mélangé à du frais. Du pur, du simple, avec du grimaçant. Un repaire de masques.

L'Enfantin revient de la mort : il nous met en communication avec un monde des morts. Des anthropologues attestent que nos représentations de la mort les plus archaïques associent fréquemment la mort et le « petit ». Comme si mourir c'était rapetisser. Comme si les disparus, les oubliés, les enterrés n'avaient plus leur taille d'êtres vivants. Réduits par la mort, mais du coup plus inquiétants ou menaçants. Cachés, enfouis, mais ressassant leur rage. Et rusés avec ça! W. G. Sebald rappelle cette croyance obscure ou ce fantasme: « L'expérience de la mort nous fait rétrécir, exactement comme une pièce de tissu qu'on lave pour la première fois » (*Austerlitz*).

Ainsi, les morts sont devenus des « petits » et ceux que nous appelons nos petits, ces enfants qui vivent avec nous, parmi nous, il nous arrive d'imaginer qu'ils ne sont ni innocents, ni inoffensifs, ni naïfs, mais qu'ils détiennent certains secrets concernant les morts. Comme s'il existait une étrange connivence entre enfants et trépassés, depuis l'origine de l'acte humain de penser, c'est-à-dire d'une conscience capable d'inclure dans sa perception du présent la représentation collective de « quelque chose qui n'est pas là », d'un Ailleurs, d'un au-delà. Constance d'un mélange de désir et d'effroi à propos du « retour des morts ». À cette grande peur archaïque se mêle une admiration de la puissance des défunts et un désir de faire appel à eux. Les morts! Petits, détenteurs de pouvoirs et pleins de rancœur... Nous redoutons qu'ils viennent nous hanter, nous persécuter, nous tirer vigoureusement par la manche pour nous emmener avec eux. Nos offrandes servent à les apaiser, à les dissuader de revenir, à leur demander d'exaucer nos pitoyables prières.

C'est à partir de ces préjugés et de ces pratiques que se déploie, dans les zones les plus sombres de notre esprit, la fameuse analogie entre les enfants et les morts. Bien avant d'être considérés chacun pour soi, par une mentalité moderne et pré-moderne, les enfants (pas les bébés) ont été vus par la plupart des sociétés sauvages ou traditionnelles comme formant un groupe de petites créatures, une meute indistincte. Comme les femmes, ils appartenaient aux non-initiés, hors cadre social, source d'inquiétude ou de crainte. Comme les morts, les enfants, qui ne sont encore rien, ne détiendraient-ils pas des pouvoirs inversement proportionnels à leur faiblesse apparente ?

C'est dans un souci de traquer dans les conduites contemporaines les restes de structures constantes, caractéristiques des sociétés humaines, que Claude Lévi-Strauss a médité les correspondances entre sacrifices et offrandes faits aux morts pour les apaiser, et les cadeaux qu'on offre aux enfants à l'occasion de fêtes qui leur sont consacrées : Noël, Halloween, la Saint-Nicolas, dans une véritable leçon de « structuralisme appliqué » (*Le Père Noël supplicié*). Pour Lévi-Strauss, la croyance au Père Noël, suscitée par les adultes chez les jeunes enfants, n'est ni la survivance d'une antique tradition ni un mythe (même moderne) mais un rituel adressé à une divinité artificielle fabriquée pour une classe d'âge. Et soudain, ce rituel se voit éclairé par sa ressemblance avec celui des Indiens Pueblo du sud-ouest des États-Unis qui croient, eux, aux « kachina ».

« Ces personnages, costumés et masqués, incarnent des dieux et des ancêtres ; ils reviennent périodiquement visiter leur village pour y danser, et pour punir ou récompenser les enfants, car on s'arrange pour que ceux-ci ne reconnaissent pas leurs parents ou familiers sous le déguisement traditionnel. Le Père Noël appartient certainement à la même famille, avec d'autres comparses maintenant rejetés à l'arrière-plan : Croquemitaine, Père Fouettard, etc. »

Mais chez les Pueblo, ce rituel renvoie à un mythe (qui n'existe pas en ce qui concerne le Père Noël).

« Ce mythe explique que les kachina sont les âmes des premiers enfants indigènes, dramatiquement noyés dans une rivière à l'époque des migrations ancestrales. Les kachina sont donc à la fois la preuve de la mort et le témoignage de la vie après la mort. Mais il y a plus : quand les ancêtres des Indiens actuels se furent enfin fixés dans leur village, le mythe rapporte que les kachina venaient chaque année leur rendre visite et qu'en partant elles emportaient les enfants. »

Ce que les morts viennent chercher, selon Lévi-Strauss, ce sont les enfants, de la chair fraîche, le sang de l'extrême jeunesse. Mais il va plus loin : « Si les enfants sont exclus du mystère des kachina, ce n'est pas d'abord ni surtout pour les intimider. Je dirais volontiers que c'est pour la raison inverse : c'est parce qu'ils sont les kachina. [...] Leur place est ailleurs : non pas avec les masques et avec les vivants, mais avec les dieux et avec les morts ; avec les dieux qui sont les morts. Et les morts sont les enfants. »

Les enfants sont « du côté » des morts. Même dans les sociétés qui dévalorisent l'enfance ou paraissent ne lui accorder aucune place, on peut trouver les traces d'une crainte inexprimée des êtres en bas âge. Certes, l'*infans,* celui qui ne parle pas (pas encore), est muet comme les morts. Mais se taire n'est pas « ne rien dire ». Les enfants ne prennent pas part à la conversation des adultes, comme les morts, qui se tiennent en retrait de la communauté des vivants, mais, s'imagine-t-on, ils n'en « pensent pas moins » !

Évoquant les enfants déguisés en fantômes, squelettes, vampires et sorcières lors de la fête d'Halloween, Lévi-Strauss revient sur cette coutume d'une persécution tolérée des adultes par les enfants. « Les enfants jouent les morts [...] mais qui peut personnifier les morts dans une société de vivants, sinon tous ceux qui, d'une façon ou de l'autre, sont incomplètement incorporés au groupe, c'est-à-dire participent à cette altérité qui est la marque suprême du dualisme : celui des morts et des vivants ? » Et finalement, à propos des jouets, en tout cas à propos de ce qu'une coutume a tenté de maintenir, vaille que vaille, jusqu'à son « désenchantement » par la société marchande : « La croyance où nous gardons nos enfants que leurs jouets viennent de l'au-delà apporte un alibi au secret mouvement qui nous incite, en fait, à les offrir à l'au-delà sous prétexte de les donner aux enfants. »

Ainsi, l'énergie que l'Enfantin produit en nous prend sa source dans ce besoin humain fondamental d'entretenir un lien ambigu avec un au-delà (qui est aussi un en deçà). L'enfant comme *go-between* entre nous et les disparus. Petit messager transparent qui ignore le message qu'il porte.

Selon cette structure duelle, l'enfant tient une place de choix dans la vaste série des oppositions qui forment la société : enfance / âge adulte, morts / vivants, au-delà / ici-bas, passé / présent, oubli / mémoire. Qu'une société ignore et maltraite l'enfance ou qu'elle lui accorde une importance excessive (se souciant de sa psychologie, de sa formation, de ses droits), il s'agit d'un seul et unique phénomène. Effroi et conduites de défiance envers des êtres fragiles qui ont des liens avec l'au-delà.

Arrière-enfance : vaste lande ou désert des déserts. Une demi-obscurité et beaucoup de silence. La complicité avec les morts se double d'une familiarité avec les animaux. Le regard, la griffe, la dent... La loutre devant sa cabane, la mouche qui vrombit derrière le rideau, le tigre et le chat. L'hirondelle à l'angle du toit, le rat dans la boîte à chaussures, cafards et cancrelats. Lapin blanc qui consulte sa montre... Eux aussi, les animaux, nous impressionnent par leur énigmatique mutisme. Par leur cri. Par leur chant, comme celui de Joséphine, dont le peuple des souris ne parvient pas à savoir si elle chante merveilleusement ou si elle couine. D'ailleurs, qui est cette Joséphine à qui Kafka consacre une longue nouvelle, peu avant de mourir? Souris cantatrice: folle ou sublime, qui sait? Mais elle a indiscutablement quelque chose de l'Enfantin, car personne n'ose être méchant avec cette drôle de bête: « Ainsi donc le peuple veille-t-il sur Joséphine à la façon d'un père qui s'occupe de son enfant quand celui-ci — sans que l'on sache bien s'il implore ou s'il réclame — tend sa petite main vers lui. » Au contraire, Joséphine, dans les périodes difficiles, tente de jouer les grandes, se dresse et exige de dominer le peuple des souris; ce qui fait dire au narrateur, qui est lui-même un mystérieux rongeur: « Il est vrai que les enfants aussi, à leur manière violente et incontrôlée, émettent ce genre d'exigences... » Kafka ne sous-entend pas que les animaux sont « comme les enfants », encore moins que les enfants sont un peu comme les bêtes. Son récit n'a rien d'une métaphore. À la fin de sa vie, Kafka concevait l'écriture comme une progression très libre et aléatoire à travers des situations, des images, des énoncés, mais surtout des territoires.

Vers le milieu de cette nouvelle, *Joséphine la cantatrice ou le Peuple des souris,* la perspective se renverse : le narrateur explique alors que c'est le peuple tout entier qui est à son tour enfantin ! Alors ? Où sont les enfants ? Qui sont-ils ? Toujours déjà vieux ? Toujours un peu morts ? La cantatrice est-elle l'enfant de ce peuple qui la vénère ? Un peuple n'est-il rien d'autre que de l'enfance en meute, un vaste grouillement enfantin ? Ou bien une communauté d'adultes bizarres ? Qui est ce peuple obscur auquel Kafka rêve éveillé ? « [notre peuple] est aussi pour ainsi dire prématurément vieux, l'enfance et la vieillesse n'évoluent pas chez nous comme chez les autres. [...] de là une certaine fatigue, une absence d'espoir qui traverse et marque largement le tempérament de notre peuple, pourtant si résistant et plein d'espoir dans son ensemble. » Tout le style de Kafka consiste à rendre ces retournements presque évidents. L'enfance se retourne en vieillesse, la légèreté en désespoir. L'Enfantin se manifeste là où on ne l'attendait pas, surtout dans les moments où l'on a l'impression que « ce n'est pas chez nous comme chez les autres ».

Ce n'est qu'avec le Temps que l'activation de l'Enfantin prend toute sa puissance. D'où la remarque de Proust : « Quand nous avons dépassé un certain âge, l'âme de l'enfant que nous fûmes et l'âme des morts dont nous sommes sortis viennent jeter à poignée leurs richesses et leurs mauvais sorts, demandant à coopérer aux nouveaux sentiments que nous éprouvons et dans lesquels, effaçant leur ancienne effigie, nous les refondons en une création originale. » Dans ce texte, Proust privilégie nos ascendants, mais pourquoi ne pas inclure aussi tous les défunts anonymes ? Tous ceux réels ou fictifs, divins ou animaux qui nous ont précédés ? Les résurgences caractéristiques de l'Enfantin rappellent la façon dont les contes, lorsque nous les entendions pour la première fois, nous paraissaient « déjà connus », leur décor « déjà vu », « Il était une fois... » nous ouvrant à une époque lointaine et intime. On sait que les contes sortent de la bouche des morts, et qu'ils impliquent une proximité des hommes et des animaux. Les contes nous arrivent avec l'écho de la voix de ceux qui les racontent depuis la nuit des temps. Tous morts. Vieux enfants éternels.

2. LE PETIT GARÇON ET L'HOMME QUI VA MOURIR

Sortis de la voix des morts, ou des voix familières qui prenaient, dans mon enfance, le relais de la voix des morts, les contes dont je me souviens encore m'ont laissé des images orphelines. Je ne suis capable de revoir que certaines scènes qui se sont détachées de la trame du récit et flottent dans ma mémoire mais constituent, à jamais, des repères ou des références. Ces scènes m'ont indiqué, très tôt, des « possibilités », ou des façons de vivre ou de se comporter qu'un enfant ne peut imaginer sans les contes. Sous le choc narratif, réaliste et fabuleux, il pressent que ces possibilités le concerneront un jour.

C'est à travers ces images des contes, arrondies, lissées, adoucies à force d'avoir été roulées par des milliers de narrations anonymes, que l'enfant a l'occasion d'entrer en contact avec certaines énigmes existentielles majeures : le désir, la cruauté, la mort, la richesse, la puissance, la solitude... J'ai gardé jusqu'à aujourd'hui le souvenir de la pénombre de la chambre où, les yeux ouverts, dans un grand silence perplexe, je méditais longuement sur le fait que des parents peuvent s'acharner à perdre leurs enfants au fond des bois. L'idée incroyable, mais pacifiée par le code du conte, faisait doucement son chemin, dans un espace mental situé entre fiction lointaine (ce n'est qu'une histoire d'autrefois) et réalité possible (est-ce que cela pourrait ou aurait pu m'arriver ?). C'est de la même façon que les mythes grecs donnèrent à penser les choses les plus complexes à toute une société, à des profondeurs que les philosophies n'atteindraient jamais.

Mais j'appartiens à une génération pour laquelle les récits, en plus des livres, venaient du cinéma ! Il ne s'agissait pas encore d'un déferlement d'images filmiques ingurgitées par milliers sur des écrans omniprésents, mais d'un rapport attentif et vaguement solennel à certains films, lorsque les parents jugeaient que les enfants pouvaient les voir dans les salles obscures. De ces vieux films, ma mémoire ne garde également que certains fragments étrangement lumineux.

C'est la passion de mon père pour le western qui a fait précocement pour moi, de ce genre hollywoodien, un équivalent de conte ou de mythe. Mon père faisait à tout propos allusion aux héros de l'Ouest et à certains plans qu'on qualifierait aujourd'hui de « cultes » : duels, solitude de l'aventurier venu de nulle part, attaque indienne. Il portait volontiers, certains jours, un petit gilet de cuir, un lacet noué autour du col de sa chemise, et surtout il collectionnait des armes dont un Colt Frontier, revolver mythique de la conquête de l'Ouest, qu'il utilisait lorsqu'il s'exerçait au club de tir, ou sous nos yeux, à la campagne, le dimanche, tirant sur des bouteilles vides qui éclataient tandis que nous nous bouchions les oreilles.

Il eut à cœur de nous emmener très tôt au cinéma pour nous faire découvrir ces westerns des années cinquante au fur et à mesure de leur sortie en France. Il y avait à Lyon un petit cinéma du centre-ville spécialisé dans les films grand public hollywoodiens et qui avait une séance le dimanche matin, à dix heures. Le repas dominical s'animait ensuite de l'évocation d'actes de bravoure ou de moments exaltants. Aller au cinéma était un petit événement et une fête : les actualités, le documentaire, le dessin animé, et enfin le film. Le décor de la salle aux sièges de velours rouge accentuait la solennité et créait les conditions du recueillement. J'y ai vu, entre sept et onze ans, d'autres genres de films, mais je me souviens surtout des westerns dont des scènes isolées sont restées gravées en moi alors que, comme pour les contes, j'en ai oublié le scénario.

Quarante ans se sont écoulés avant que je ne revoie le western intitulé *L'Homme des vallées perdues* (*Shane* en anglais), film qui m'avait bouleversé, à l'époque, car je m'étais identifié au petit garçon, fils de fermiers persécutés par des bandits qu'un aventurier de passage vient aider et délivrer à grand renfort de bagarres et de coups de feu avant de reprendre sa route, seul, à cheval, et de disparaître dans la plaine. Au cours de ces quarante années, j'avais fréquemment repensé à cette histoire, persuadé de me la rappeler avec exactitude : Shane l'aventurier (Alan Ladd) prenait les choses en main pour défendre la veuve et l'orphelin. Dans mon souvenir, le père du petit garçon était très vite tué ou blessé ou mis injustement en prison ; bref, il ne jouait plus aucun rôle, tandis que la mère, solide fermière blonde (Jean Arthur), n'était pas insensible au charme du sauveur maniant si bien son colt ! Comment aurais-je pu oublier la désespérante scène finale dans laquelle Shane, sourd aux supplications de l'enfant qui l'admire tant, repart sur son cheval sans se retourner tandis que la voix de l'enfant résonne dans le vide : « Shane, reviens ! Shane, reviens ! » Quarante ans que ces images en Technicolor hantaient ma mémoire : Shane coupant du bois, Shane frappant à coups de poing les méchants, puis Shane dont le départ sans adieu frustrait à jamais le gosse de fermier et l'enfant spectateur que j'étais. Quelle ne fut pas ma surprise en découvrant que durant tout le film le père du petit garçon n'avait cessé d'être présent, que son amitié avec l'aventurier était indéfectible et sa participation aux bagarres indéniable. À peine quelques regards ambigus de la mère en direction du torse musclé de leur sauveur aux yeux bleus !

C'est ainsi que les images, une fois installées en nous, qu'elles viennent d'un western ou d'un récit merveilleux, creusent leurs galeries au dessin imprévisible (ou trop prévisible). Elles nous sont offertes comme supports à des préoccupations plus obscures mais elles nous aident aussi à nous confronter mimétiquement, et comme par anticipation, à des situations qui ne nous solliciteront que bien plus tard.

J'étais sans doute trop petit pour pénétrer toute la gravité et la beauté du film de Fred Zinnemann intitulé *Le train sifflera trois fois* (en anglais *High Noon*: soit « midi pile »). Noir et blanc, extrême austérité des plans, peu d'action grandiose, un Gary Cooper taciturne et vieillissant, mais une tension intense. Je sais en être ressorti transformé, sans bien me rendre compte, évidemment, de ce qui venait de se passer en moi et je suis sûr que quelque chose de mon rapport au temps, à la solitude et à la mort est partiellement dû à ce western très particulier. Ce dimanche matin-là, les images du *Train sifflera trois fois* plein les yeux, mais aussi la musique, le regard triste de Gary Cooper, je suis sûr qu'une idée confuse concernant « la solitude de l'homme qui sait qu'il va mourir seul » s'était installée en moi sans que je le sache clairement. Oserais-je dire pour toujours ?

Dans une conscience d'enfant, un film comme un conte peut introduire le germe d'une pensée très grave. Ce jour-là, ce fut celle de la possibilité d'être abandonné par tous. Abandonné alors qu'on doit mourir. *High Noon* raconte l'histoire de Kane, shérif à bout de souffle d'une petite ville de l'Ouest qui rend son étoile car il vient de faire un mariage tardif avec une sorte d'ange blond (Grace Kelly) ; il apprend soudain qu'un bandit fou dangereux qu'il a autrefois arrêté et fait condamner sera de retour, dans le but de le tuer, par le train de midi, avec trois cruels complices bien armés. Kane pourrait fuir avec sa jolie jeune épouse sans se soucier de la petite communauté qu'il a protégée durant des années. Mais il décide d'affronter le bandit, d'en finir une fois pour toutes, et on sent que les colts vont parler. Lorsqu'il veut former une équipe pour affronter les quatre truands, Kane constate que chacun se dérobe, que la peur rôde et que même sa femme le désapprouve. Avant l'arrivée du train, il ne dispose que d'une heure et demie, et le film se déroule à peu près en temps réel, multipliant les plans sur des pendules. Que peut-il faire ? Même l'enfant que j'étais a pu comprendre qu'il s'agissait d'une autre solitude : celle de Kane seul face à sa propre mort.

Cependant, ce qui m'a surpris, en revoyant ce western bien des années plus tard, c'est qu'au moment où l'abandon du héros est le plus complet se déroule une scène qui n'avait pu que me marquer lors de la première vision mais que j'avais effacée lors de toutes mes remémorations. Cette scène existe comme un vide ou un gouffre, une sorte de trou dans le film mais aussi dans le genre western en général, et j'ai pu vérifier que toutes les personnes qui se souviennent de Gary Cooper abandonné ont, comme moi, bizarrement oublié ce passage très inattendu. Lâché par tous, Kane à qui il ne reste que très peu de temps (à vivre ?) s'enferme dans son bureau de shérif, s'assoit à sa table, pose la tête dans ses bras et pleure ! C'est alors qu'un très jeune enfant, qui se trouve là on ne sait comment, surgit à ses côtés. Kane sursaute. Le gosse lui déclare que si on lui donne une arme il ira avec lui afin qu'il ne soit pas seul à affronter les tueurs. À cet instant, quelque chose se passe et je suis aujourd'hui persuadé que ce surgissement de l'enfant (le plan est absolument réaliste mais possède un aspect merveilleux) n'a pas peu contribué à ancrer en moi la grave question que soulève ce film. Kane repousse la proposition de l'enfant mais il n'est plus le même. Qui est cet enfant venu visiter Kane au pire moment ? Qui est ce petit garçon, seul à ne pas laisser tomber celui qui va à la mort et qui, comme le dit la chanson, « n'a plus rien ni personne » ? Et surtout, comment avais-je pu oublier son apparition ?

Lorsque midi approche, Kane, armé, dans une solitude absolue, va affronter son destin. Il ne peut qu'avoir le dessous face à la Mort : c'est lui qu'elle vient chercher. Mais il est étrangement calme. Il accomplit ce qu'il a à accomplir avec une sérénité nouvelle. Arrivera ce qui doit arriver. Il lui faut y aller. Au loin, le train siffle ses trois coups. Peut-on penser, avec le recul, et ai-je senti alors que cette « visitation » fugace de l'homme qui va mourir par l'enfant qui n'a pas peur de la mort (parce qu'il est déjà mort ?) est la cause de cette transfiguration ? L'Enfantin, cet enfant silencieux qui revient auprès de Kane, est-il l'enfant qu'il fut un jour, ou l'enfant étranger, ou un reste d'enfance qui accompagne l'homme, qui pense qu'il va mourir ?

3. LA DOUBLE BÉANCE

La fosse du Temps. Le territoire illimité des fantômes. Vaste domaine où des fragments intemporels de contes se mêlent aux images émanées de ma propre enfance et aux « récits flottés » dérivant sur la légende familiale. Une fois, à l'âge de sept ans, j'ai fait l'expérience jubilatoire de « croire voir » dans un paysage réel de Bavière ou du Tyrol, avec ses villages pimpants aux maisons jouets, ses torrents, forêts, montagnes, grottes et roches, le décor exact de contes qu'on m'avait racontés ou que j'avais découverts moi-même dans les livres. Comme si je surprenais cette région d'Europe, où un voyage familial m'avait conduit fort jeune, en flagrant délit de « copier », sous mes yeux, des éléments d'histoires très anciennes. Les troncs des épicéas sombres étaient hauts comme des colonnes de temple et, progressant dans un clair-obscur, je m'imaginais marcher dans un temps où je n'existais pas encore. Je me livrais à un va-et-vient entre le papier glacé du réel et l'éclat coloré d'illustrations vaguement souvenues.

L'Enfantin est un accès authentique à cette béance de l'« avant moi », qui est aussi celle du « moi à peine ébauché », celle des premiers jours et des premières lueurs. Béance du « temps sans moi » fait des milliards d'instants qui précédèrent celui où j'ai été « jeté » en ce monde et de tous ceux qui suivront ma mort. Le hasard et la gratuité de ces deux vides, difficilement atteignables, du « sans moi » (avant et après) sont gouvernés par une temporalité singulière. L'idée d'un « monde sans moi » est la source d'un effroi spécifique.

Vladimir Nabokov choisit d'ouvrir le long récit de sa vie par une impression lointaine. Il revoit distinctement le moment où il regarda pour la première fois un petit film familial tourné peu avant sa naissance et il évoque la panique que ces quelques images en noir et blanc, pourtant banales, déclenchèrent en lui. Il parle du jeune garçon qu'il était alors à la troisième personne : « Il vit un monde qui était presque inchangé — même maison, mêmes personnes — et puis il se rendit compte que lui y était totalement inexistant et que personne ne s'affligeait de son absence. Il aperçut sa mère qui faisait un signe de la main depuis une fenêtre, à un étage supérieur, et ce geste inhabituel le troubla, comme s'il se fût agi d'un mystérieux adieu. Mais ce qui tout particulièrement l'effraya, ce fut la vue d'une voiture de bébé toute neuve, campée là, sur la véranda, avec l'air suffisant et abusif d'un cercueil ; d'un cercueil vide, qui plus est, comme si, dans le cours inversé des événements, jusqu'à ses os s'étaient désintégrés » (*Autres rivages*).

Douloureuse évidence de son absence, dans un décor pourtant familier, puis l'adieu de la main de la mère à la fenêtre, et enfin ce landau cercueil auquel personne ne prête attention. Peut-être le sien ? Mais dans quel sens va le Temps ? Cette impression de familiarité dangereuse rend ce vide de l'« avant moi » encore plus terrible. Il est le pendant de ma future disparition, de ma mort à venir. Nabokov poursuit sa méditation sur sa panique d'enfant : « La nature voudrait qu'un homme adulte accepte ces deux vides noirs, à l'avant et à l'arrière, avec autant de flegme qu'il accepte les visions extraordinaires de l'entre-deux. » Et, plus mystérieusement, il conclut : « À maintes reprises, mon esprit a fait d'immenses efforts pour distinguer la moindre lueur personnelle dans ces ténèbres impersonnelles, à l'un et l'autre bout de ma vie. [...] je suis retourné en arrière en pensée — une pensée qui allait en s'amenuisant irrémédiablement au fur et à mesure que j'avançais — jusqu'en ces régions éloignées où j'ai cherché à tâtons quelque issue secrète, sans autre résultat que de découvrir que la prison du temps est sphérique et sans sorties. »

Si, durant un court instant, je me penche au-dessus d'un de ces deux gouffres qui n'en font qu'un, je ne peux qu'être aspiré et comme emporté par un autre régime du Temps. Bien qu'adultes, individués et conscients, nous nous trouvons brusquement à l'étroit sur une petite plate-forme, entre deux mondes : celui où nous n'étions encore rien ni personne, et celui où nous ne serons plus rien. Nous voilà coincés entre l'indétermination d'une provenance et l'obscurité fatale d'une destination. Deux vides. Deux absences.

Ce n'est donc pas seulement des restes du tout premier âge que l'Enfantin réactive, mais une sorte de « pré-enfance » : un « manque d'être à la vie » qui répond à ce que Heidegger nommait notre « être pour la mort ». L'inquiétude provoquée par certaines intuitions ou visions du « monde sans moi » est symétrique à l'angoisse que provoque une « révélation anticipatrice » de ma mort. Alors, chacun va et se débrouille comme il peut, confronté à la « possible impossibilité de son existence » comme à la « possibilité de son inexistence ». Deux chocs ou deux échecs ! Je songe à tous les êtres qu'il m'a fallu ne pas être afin d'être celui que je suis. Je pense à tout l'être qu'il me faudra déployer avant de « ne plus être ». L'activité artistique consiste, entre autres, en une exploration tâtonnante de chacune de ces failles. Deux négativités, deux manques ou deux pertes, disposées comme des menaces de chaque côté de ma vie, qui sont aussi des occasions, humaines, très humaines, de créer. Considérer l'Art comme un antidestin, une parade au néant est certes un cliché. Mais l'Art est sans doute ce qui s'alimente à nos deux soucis et ce qui les relie : souci d'avant l'enfance et souci de mort. Nous progressons entre ces deux vides. Corde tendue, corde lâche. Marcher comme on danse.

Selon Heidegger, la plupart de mes face-à-face

avec la mort (ma mort comme perspective) sont inauthentiques puisqu'ils n'ont lieu qu'à travers le constat de la mort des autres, ou qu'ils sont dus au fait que je suis abstraitement informé qu'On meurt, qu'On finit tous par mourir. Je n'ignore pas que ça m'arrivera, mais la réalité de cet anéantissement me reste hors d'atteinte. Pas encore, pas pour l'instant... (« Encore une minute, Monsieur le Bourreau ! ») Voilà comment m'est épargnée ou comment j'esquive cette fameuse « angoisse de l'être esseulé qui marche à une mort certaine, mais indéterminée, en s'ouvrant à une menace constante jaillissant de son "là" lui-même » (*Être et Temps*). Je m'arrange pour que, là où je suis, la menace ne soit pas trop intense : paisiblement ou non, je parviens à vivre avec ce savoir inauthentique et l'idée de ses conséquences.

La même inauthenticité caractérise notre plus lointaine enfance et ce qui la précède. Car le plus souvent, nous nous contentons de savoir qu'« On est venu au monde ». Qu'On n'était pas là et puis qu'On est né. Profonde énigme ! Il a bien fallu que j'aie aussi une toute petite enfance... Tout est si loin, si flou. Comme On constate, chaque jour, qu'« il y a des enfants ». Il en faut, il en faut, évidemment... Mais ces évocations distanciées nous privent d'un accès authentique aux tout premiers temps. L'Enfantin, en tant qu'ouverture à la menace du « sans moi », est réfractaire à cette logique du On. Lui, il sait. C'est même son secret. Il voit un landau vide sur la véranda. S'il parvient à trouver son écriture, sa langue, il pourra parcourir le temps dans les deux sens. Comme tout véritable fantôme, il n'est pas la simple réapparition d'un mort ou d'un absent. Il est l'apparition paradoxale de ce qui a disparu, et même... disparu à jamais. Le temps des contes, ce temps que je croyais retrouver, enfant, dans un paysage de Bavière, est aussi le temps des disparus : temps parfaitement familier à l'Enfantin.

4. BESTIALITÉ

L'Enfantin peut être accompagné d'effroi mais aussi d'un « tragi-comique » très particulier. Ou d'un comique grinçant produit par les drôles de drames que causent ce qu'on nomme les « bêtises » des enfants, ou bien l'innocente bestialité dont ils sont capables.

Qu'appelle-t-on « faire des bêtises » ? Les bêtises enfantines consistent le plus souvent à détourner les objets de leur usage, à pervertir des fonctions ou à se servir de ses organes ou de ses membres d'une façon détournée ou brutale. Casser pour voir ce qui arrive, pour entendre le bruit que ça fait. Ouvrir pour voir ce qu'il y a à l'intérieur. Grimper, courir en faisant du tapage. Crier trop fort. Ne plus parvenir à se calmer. Manger ou mâcher des choses dégoûtantes, morve, papier, colle. Vider le fond de tous les verres de vin abandonnés sur la table par les adultes. Piétiner dans une flaque boueuse. Saisir le petit morceau décollé de la tapisserie et l'arracher afin de faire sur le mur de longues balafres blanches. Déchirer le canapé avec des ciseaux en annonçant : « Je vais le déchirer. » Autant d'essais, autant de tentatives ! Autant de tentations, aussi, dont l'Enfantin lorsqu'il se manifeste, par surprise, chez l'adulte réactive l'élan « coupé » il y a bien longtemps.

Alors qu'elle-même ne se souvient pas « directement » des faits en question, une femme m'explique qu'elle a été accompagnée durant toute son enfance, et même au-delà, par une petite légende familiale racontant sans relâche une grosse bêtise qu'elle avait faite, disait-on, à l'âge de quatre ans. Elle était montée toute seule dans une automobile et, comme elle l'avait vu faire par son père, s'était appliquée à desserrer le frein à main. La pente, le véhicule qui prend de la vitesse, l'impression de ne plus pouvoir l'arrêter. Avant que l'auto ne soit bloquée violemment par un mur, la petite fille avait sauté en marche ! C'était ce que racontaient ses proches qui, une fois rassurés, avaient choisi d'en rire.

Plus de peur que de mal... « Comme un singe ! Tu as sauté en marche, comme un vrai petit singe ! » Voilà ce qu'on lui a raconté pendant des années. Après avoir singé le conducteur, l'enfant avait fait un bond de singe. Cette femme, sans jamais parvenir à revoir authentiquement cette scène fondatrice, a constaté un jour, bien plus tard, les effets de cet événement qui n'était donc pas enjolivé. Se trouvant pour la première fois au volant d'une automobile, afin d'apprendre à conduire, elle a été saisie par une très vieille panique. Elle était certaine que le véhicule allait s'emballer, lui échapper, et qu'il allait lui falloir sauter en marche, d'un bond auquel tous ses muscles et ses nerfs de jeune adulte se préparaient. La seule issue ! Cette fois, c'est au pur Enfantin qu'elle avait affaire. Son pouls d'adulte battant comme son pouls enfantin. Conductrice émotive et cascadeuse de rêve. Petit singe éternel.

Sans cesse plane la menace, ou le désir, de retourner sur le territoire des morts ou des bêtes. Dans la nouvelle de Kafka *Rapport pour une académie*, un narrateur ambigu raconte doctement comment, avant de devenir humain, il a été un singe ! « Quand j'étais singe... » On comprend à divers détails qu'il est, au moins en apparence, resté singe, mais, explique-t-il, ses souvenirs de l'époque où il courait dans les taillis « avec sa bande » lui sont de plus en plus inaccessibles. Il est passé par divers stades ou phases. Son devenir homme raisonnable coïncide avec une longue gestation. Capturé, recroquevillé dans une cage de bois en position quasi fœtale (« les genoux repliés sans cesse agités de tremblements »), secoué de sanglots, quelque chose finit par lui arriver. « Aujourd'hui [déclare-t-il à l'académie qui l'auditionne], je ne puis bien sûr que décrire avec des mots humains ce que je ressentais alors en tant que singe, et je le déforme nécessairement... » Car lentement, sourdement, profondément, au fond de cette cage, est né le besoin de ce qu'il appelle « trouver une issue ». Besoin qui ne naît pas forcément chez tous les singes, qui gardent « l'air déboussolé de l'animal dressé, perturbé ». Lui, il lui a fallu « trouver une issue » ! Une sorte d'idée claire, distincte, mais bestiale : « Un beau raisonnement, et limpide, que j'ai concocté à partir de mon ventre, car les singes pensent avec leur ventre. Je crains que l'on ne comprenne pas exactement ce que j'entends par issue. » Une sortie de l'animalité qui n'est pas pleinement réussie, ni achevée, mais qui lui permet de s'entretenir avec de savants professeurs.

Métamorphose fragile... Qu'est-ce que cette issue, sinon le précaire « devenir adulte » que nous avons tous connu : passage du singe à l'homme, de l'enfant à l'adulte. Mais aussi l'enfance en tant qu'« issue » à l'état oublié de bête, ou à l'état de défunt. Et « grandir » comme issue à l'état infantile. La question restant celle des possibilités et impossibilités de revenir en arrière (on a du mal à décrire ce qu'on ressentait avant). L'Enfantin ne représente-t-il pas à son tour une issue, ou une illusion d'issue, au cœur de la vie adulte ? Mais issue vers l'arrière, cette fois, vers la marge...

On comprend mieux cette tendance archaïque à fantasmer les enfants comme des animaux qui grouillent, bavent, rongent et sont dépourvus de scrupules moraux, incapables de considérations réalistes ou rationnelles. Auteurs de grosses et petites bêtises, et de cochonneries diverses : « tu manges comme un goret », « tu picores comme un oiseau », « tu grignotes ton crayon, ton tricot, ou un vieux croûton, comme un rat ! », « tu n'es qu'un perroquet ». Comment contrôler, parquer, discipliner cette sauvagerie tellement spontanée ? Bêtise bestiale. Bêtises parfois perversement expérimentales...

La légende du *Joueur de flûte de Hamelin* nous raconte que les habitants de la petite ville étaient exaspérés par la prolifération des rats qui dévoraient leurs réserves de blé, grouillaient dans les caves et les greniers. Ils firent venir un puissant magicien qui à l'aide d'une flûte magique attira tous les rats qu'il entraîna derrière lui en une longue colonne couinante et sombre. Sous le charme de la musique, les rats se laissèrent alors noyer ! Mais les bourgeois de Hamelin, une fois leurs demeures dératisées, ne voulaient plus payer au musicien la somme promise. Alors l'homme aux pouvoirs diaboliques sortit une autre flûte : il joua en marchant à travers les rues, et tous les enfants, petits et grands, sortirent des maisons et le suivirent. Le pouvoir enchanteur, le pouvoir fatal de la musique est donc le même sur les rats et sur les enfants, nous dit le conte. Des enfants que le magicien noya de la même façon, en meute, en bande, afin de se venger. Enfance rongeuse, sale, morveuse et grignoteuse. Bon débarras ! Les gosses comme des rats : voilà ce que révèle la flûte enchantée !

Impossible de se faire une idée de l'Enfantin sans en traverser l'animalité, ramper dans des terriers. Si l'œuvre de Franz Kafka consiste, pour une part, en une formidable production d'Enfantin, c'est grâce à une présence bestiale (chiens, souris, cancrelats, chacals, chevaux ou créatures plus bizarres). Toute impression de « métamorphose » produit de l'Enfantin. On sent des modifications dans le corps, dans les organes. On est encore au fond de son lit. Réveillé tôt ou « couché de bonne heure ». Impossible de se lever. Alors, on découvre qu'on est devenu un abominable insecte ! Et ce changement monstrueux et banal cherche son écriture. Et l'écriture se tord sur elle-même comme un ver pour « réaliser » ce changement. *La Métamorphose* n'est pourtant pas le texte le plus chargé d'Enfantin de toute l'œuvre de Kafka. Grégoire Samsa, bien qu'écrasé par le constat de sa transformation en vermine, continue à raisonner comme un représentant de commerce très sérieux qui va être en retard à son travail et se soucie de ce que va devenir sa famille. « Qu'est-il advenu de moi ? pensa-t-il. Ce n'était pas un rêve. » Et puis, progressivement, son nouveau corps a ses exigences : se retourner, se servir de sa troisième paire de pattes, grimper au mur, prendre du plaisir à manger des choses dégoûtantes ou à s'accrocher au plafond.

Chez Kafka, l'imagination créatrice d'Enfantin repose d'abord sur l'écriture (ce qu'il appelle dans ses lettres « *das Schreiben* »). Cela passe par une langue très reconnaissable qui résulte d'une ascèse. Les mots, si l'on se laisse porter et emporter par leur sonorité, sont toujours des attracteurs d'Enfantin. Comme chez Nathalie Sarraute, qui extrait un noyau d'Enfantin à l'aide du bruit de déchirure du mot allemand *zerreissen*, on trouve, au début de *La Métamorphose*, des allitérations accordées à la transformation en bête : « *fand er sich in seinem Bett zu einem ungeheueren Ungeziefer verwandelt* ». C'est à travers la langue que ça revient : quatre mots suffisent à rendre la monstruosité, la vermine, le pullulement, la saleté et la transformation soudaine en un être « redevenu » petit, dépendant, baveux, enfermé dans sa chambre, qui indispose toute sa famille pourtant bien obligée de le supporter. Toute une coenesthésie enfantine : de la pensée venue du ventre...

On a raison de dire que le kafkaïen illustre toutes les absurdités bureaucratiques, tous les totalitarismes « sans issue », broyeurs de sens et d'individus, mais le kafkaïen est aussi ce retour toujours menaçant d'une lointaine enfance, ce risque non pas de « retomber en enfance » mais de découvrir qu'on y est, qu'on y était toujours, même lorsqu'on est perçu comme un employé modèle, un garçon sérieux, un arpenteur prêt à travailler. Petit, démuni, faible, ne comprenant rien au système dans lequel on se trouve. Chez Kafka, l'important n'est pas la culpabilité ou la honte, mais le fait de ne pas comprendre pourquoi on se sent coupable et honteux. Je suis traversé par la honte, mais je me demande pourquoi ! La culpabilité, elle aussi, poursuit sa trajectoire et fait son sale boulot tandis que je me ratatine, me métamorphose, ou bien qu'on m'égorge... « C'était comme si la honte devait lui survivre » (*Le Procès*). Je suis minorisé par les autres. Je suis incapable de comprendre ce qu'ILS veulent ou me veulent. Le pire, c'est que ça va se voir ! ILS vont me découvrir tel que je suis : une vermine. L'Enfantin rôde, comme la mort. Partout, des avertissements de son possible retour. Avertissements que je suis seul à entendre car ils passent par des coups de téléphone, des rires moqueurs de fillettes...

Dans *Le Château*, lorsque K. arrive à l'auberge, il tente de téléphoner afin de « demander la permission » de se rendre au château. « On entendit sortir de l'écouteur un grésillement tel que K. n'en avait jamais perçu au téléphone. On eût dit le bourdonnement d'une infinité de voix enfantines, de voix extrêmement lointaines, on eût dit que ces milliers de voix s'unissaient d'impossible façon en une seule voix aiguë mais forte, et qui frappait le tympan comme si elle eût demandé à pénétrer quelque chose de plus profond qu'une pauvre oreille. » Du plus lointain (en arrière?) au plus profond. Comme si l'individu déjà réduit à l'initiale « K. », et qui a tant de mal à se sentir normal, ou sérieux, ou « considéré dans l'exercice de son métier », et donc à se sentir adulte, était piqué, de manière prémonitoire, par un essaim enfantin.

Dans *Le Procès,* ce sont encore des enfants qui cernent ou harcèlent le personnage, sous la forme d'une bande de fillettes provocatrices, chez le peintre Titorelli. Elles se glissent sous le lit; l'une d'elles, bossue et âgée de treize ans, relève ses jupes. On les dirait au service de l'« ordre auquel on ne comprend rien » : le système judiciaire, la Loi. « Horreur », pense K., « les péronnelles. » Car les enfants peuvent se faire complices de systèmes impitoyables qui n'oseraient jamais aller aussi loin qu'eux dans la cruauté. Enfants soldats, plus guerriers que les vieux guerriers. Gamins tueurs et bourreaux, « pour de vrai », « pour de faux », en rigolant de toute leur petite gueule édentée!

Oui, permanente ambiguïté de l'Enfantin qui peut aussi se manifester de façon monstrueuse ou fantastique. Une porte dont on ne retrouve plus l'emplacement après l'avoir franchie, une issue sans issue, tel est l'Enfantin kafkaïen. Beaucoup d'Enfantin flotte au fil de cette œuvre. Petits et gros icebergs d'une enfance glacée... parmi bien d'autres icebergs (bureaux, chambres, machines et objets sans nom comme

Odradek). Certains fragments sont de parfaits blocs d'enfance : dans *Enfants sur la grand-route,* Kafka parvient à rendre l'extrême attention d'un enfant solitaire qui, un soir d'été, écoute les autres enfants en train de jouer sur la route, voit les oiseaux qui s'élèvent dans le ciel puis rejoint cette bande enfantine pour se livrer au grand désordre et à la bousculade de jeux indéterminés avant la tombée de la nuit. Absence de toute finalité. Lumière. Traces écrites. « Nous foncions dans le soir, tête la première. Il n'y avait plus d'heure, ni jour, ni nuit. Tantôt les boutons de nos gilets se heurtaient les uns les autres comme des dents, tantôt nous courions en conservant nos distances, la bouche en feu, comme des animaux sous les tropiques. » Courir pour courir. Le visage écarlate d'euphorie inquiète. Jeux bestiaux ou tropicaux. Moments décisifs et gratuits suspendus dans le Temps.

C'est à Gilles Deleuze qu'on doit la notion de « blocs » dans la composition littéraire kafkaïenne. Blocs parmi lesquels ceux qu'il nomme des « blocs d'enfance ». Selon Deleuze, l'enfantinisme des livres de Kafka proviendrait de leur « minorité littéraire », c'est-à-dire de la façon dont l'écrivain n'a pu que se faire « mineur » dans une langue « majeure » (l'allemand) : « Écrire comme un chien qui fait son trou, un rat qui fait son terrier. Et pour cela trouver son propre point de sous-développement, son propre patois, son tiers-monde à soi, son désert à soi » (*Kafka*). Il y a plusieurs sortes de « blocs » chez Kafka : blocs arcs, blocs segments, blocs séries, blocs d'intensités sonores ou posturales. Deleuze accorde une importance particulière aux blocs d'enfance : dispositifs, visions ou actes qui échappent à la famille, se dérobent à l'œdipe et, surtout, sans lien direct avec des souvenirs : « Car le souvenir d'enfance est incurablement œdipien. » Il dit que « le bloc d'enfance fonctionne tout autrement : il est la seule vraie vie de l'enfant ; il est déterritorialisant ; il se déplace dans le temps, avec le temps, pour réactiver le désir et en faire proliférer les connexions ; il est intensif et, même dans les plus basses intensités, en relance une haute ».

Avec cette notion d'intensité, Deleuze tourne en dérision la conception freudienne de « sexualité infantile », toujours référée à maman, toujours repérée à partir de papa, toujours familiale et œdipienne. Car tout est beaucoup plus compliqué, plus inventif et... plus intense. La passion enfantine se déchaîne et la jouissance enfantine a lieu dans des jeux, mais aussi au cours de rudes travaux et de tâches qui soustraient les enfants aux parents, au profit de personnages non parentaux et de situations directement en rapport avec la société, la précarité, la matérialité, ou la vie des bêtes. Le bloc d'enfance, dit Deleuze, « se déplace avec le temps, sur la ligne droite du temps, venant réanimer l'adulte comme on réanime une marionnette... ». Telle est bien la fonction existentielle de l'Enfantin, en tout cas sa potentialité : réanimer et stimuler l'adulte, l'inciter à l'invention, lui donner l'idée de faire un pas de côté. Quand l'Enfantin se manifeste, c'est l'ordre chronologique enfance-adulte qui est renversé. Dans *Mille plateaux*, Deleuze insiste sur ce point : le bloc d'enfance « n'est pas l'enfant avant l'adulte, ni la mère avant l'enfant ; il est la stricte contemporanéité de l'enfant et de l'adulte, leur carte de densités et d'intensités comparées et toutes les variations sur cette carte ».

5. CONSTELLATIONS

Bachelard ne parle pas de « blocs » mais de « noyaux d'enfance » : « C'est dans les souvenirs de cette solitude cosmique que nous devons trouver le noyau d'enfance qui reste au centre de la psyché humaine. C'est là que se nouent au plus près l'imagination et la mémoire. C'est là que l'être de l'enfance noue le réel et l'imaginaire, qu'il vit en toute imagination les images de la réalité » (*Poétique de la rêverie*).

Que signifie « vivre la réalité en imagination » si ce n'est « la jouer » ? Non pas la rejouer, mais essayer de la jouer à l'avance. Le jeu est une production gratuite de mouvement dans un espace libre ou indéterminé (comme on dit qu'il y a « du jeu » entre deux pièces d'une même machine). On joue avant même d'inventer des règles. Le jeu, tendance majeure de l'enfance et ressort artistique de l'Enfantin. Les possibilités du jeu, c'est ce qu'expérimente le romancier lorsqu'il s'aperçoit que ses créatures de papier le doublent, le trahissent, ont de drôles d'exigences, ou lorsqu'il observe les êtres réels qui l'entourent comme de possibles personnages. C'est ce à quoi l'acteur s'abandonne lorsqu'il « incarne » un personnage. Acteur, le seul métier qu'on part exercer, chaque jour, en disant : « Je vais jouer. » Jeu sérieux auquel s'adonne le peintre, aux mains pleines de couleurs. Ou bien le musicien qui fredonne en composant. Jeu du chercheur, qui, comme Alfred Wegener, a l'intuition de la dérive des continents alors qu'il s'amuse à regarder, innocemment, des blocs de glace en train de fondre. Derrière toute grande découverte ou invention, cherchez le noyau d'enfance ! Formes naissantes. Ritournelles. Récits imaginaires traversant les corps et les époques. Conceptions inédites du monde. Tous ceux qui jouent, tous ceux qui créent ou qui s'abandonnent, simplement, à une fantaisie personnelle sont soumis au « champ magnétique » du noyau d'enfance. La fission d'un tel noyau produit évidemment de l'énergie ! L'énergie des gestes neufs, l'énergie des images d'enfance. « Est image », écrit Walter Benjamin, « ce en quoi le passé et le présent se rejoignent pour former une constellation. »

Sur la voûte du ciel nocturne, l'imagination humaine s'est plu à relier des étoiles ou points stellaires, croyant reconnaître l'Aigle, le Loup, la Grande et la Petite Ourse, le Grand Chien, l'Hydre, les Voiles, la Lyre... Dans l'obscure clarté d'un autre ciel, on peut distinguer les innombrables « constellations enfantines »: la Cachette, la Cabane, l'Ennui, l'Atlas, Grandir et Rapetisser, les Indiens, les Marionnettes, les Bêtes, la Collection, le Grand-Père, la Saleté, l'Impudeur, la Maladie, la Fugue, la Vérité, les Bohémiens, la Lecture, etc.

LA CACHETTE. Pas d'enfance sans cachette, et pas de mémoire adulte sans souvenir d'une cachette. Le philosophe Ernst Bloch a choisi, significativement, de commencer son traité du *Principe Espérance* par quelques notes concernant le plaisir enfantin d'« être invisible »: « On se cherche un petit coin qui vous protège et qui vous cache. On se sent bien à l'étroit, et pourtant il est clair qu'on peut y faire ce qu'on veut. Une femme raconte: "Je ne pensais qu'à aller sous l'armoire, c'est là que je voulais vivre et jouer avec le chien." »

Walter Benjamin écrit dans *Enfance berlinoise*: « Je connaissais déjà dans l'appartement toutes les cachettes, et j'y retournais comme dans une demeure où l'on est sûr de tout retrouver à son ancienne place. Mon cœur battait, je cessais de respirer. Ici, j'étais enfermé dans le monde de la matière. [...] L'enfant caché derrière la portière devient lui-même quelque chose de blanc et qui flotte, un fantôme. La table de la salle à manger sous laquelle il s'est accroupi fait de lui l'idole de bois du temple et les quatre pieds sculptés sont quatre colonnes. » L'enfant se tient sous une table, derrière un lourd rideau, sous une armoire, mais ceux qu'il distingue par la fente ou dont il n'aperçoit que les pieds deviennent également des fantômes ou des monstres. C'est dans une lointaine cachette (refuge précaire d'où voir sans être vu) que s'est esquissée la possibilité d'un examen sauvage du monde.

LA CABANE. Une cabane peut servir de cachette, mais toute cabane exige qu'on passe beaucoup de temps à la construire. Avec les matériaux les plus hétéroclites, branches ou planches, mais aussi bien coussins empilés ou draps de lit relevés pour faire une tente. D'où la précarité de toute cabane, vouée à une destruction immédiate ou rapide. Mais offrant malgré tout un premier « chez-soi ». Décorable, consolidable, et permettant un grand nombre de rêveries sur la relation entre l'intérieur et l'extérieur. Car « dehors », lorsque je me tiens dans ma cabane, tout peut se passer : tempête de neige, nuit pleine de créatures inquiétantes, ennemis qui rôdent, ou bien la mer à perte de vue, pourvu que j'aie pris mentalement soin de situer ma cabane sur quelque esquif ou île déserte. Et la cabane offre aussi la possibilité d'un accueil : que je la peuple d'amis imaginaires, que je m'y réfugie avec un animal, une meute de peluches, un compagnon ou une compagne de jeu bien réels. Chacun porte en soi, même tard dans la vie, ce qui reste de la structure d'une très vieille cabane, telle une première tentative d'aménagement spatial de ma présence au monde. Combien de futures habitations ne seront que des substituts de cabanes ? Combien d'entre nous s'endorment clandestinement, chaque soir, dans une cabane à moitié détruite, en paille, en bois, en brique ?

LES BOHÉMIENS. Il y a bien longtemps que la pensée sédentaire se laisse imprégner ou inquiéter par une imagination nomade. Quel que soit le nom qu'on leur donne ou l'origine qu'on leur prête, des individus, solitaires ou en bande, traversent les villes et passent sur les routes. Sans territoire, sans scrupule, ils vont. On imagine qu'ils enlèvent les enfants afin de leur apprendre à voler ou à faire des tours de saltimbanques. Ernst Bloch écrit : « Préférable encore est la cachette qui se déplace, celle qui se compose d'êtres vivants ; dans ce cas-ci d'hommes proscrits ou de créatures étranges avec lesquels on part, parmi lesquels on passe inaperçu. [...] Une femme raconte : "Quand j'étais petite fille, je souhaitais constamment que viennent des cambrioleurs. Je voulais tout leur montrer, l'argenterie, l'argent liquide, ils devaient tout emporter et pour me remercier, ils devaient m'emmener aussi." » (*Le Principe Espérance*).

Dans le roman d'Hector Malot *Sans famille*, le père Barberin décide de vendre Rémi à Vitalis, avec qui il mène une âpre négociation de maquignons. Ils parlent de l'enfant trouvé, que la brave mère Barberin a élevé jusque-là, comme d'un animal. Sachant que Vitalis est directeur d'une petite troupe de théâtre ambulant, Barberin déplore que l'enfant ne soit pas difforme.

« — Je ne dis pas que c'est un vilain enfant [dit Vitalis]. Si c'était un vilain enfant, je n'en voudrais pas ; les monstres, ce n'est pas mon affaire.

— Ah ! Si c'était un monstre à deux têtes, ou seulement un nain...

— Vous ne parleriez pas de l'envoyer à l'hospice. Vous savez qu'un monstre a de la valeur et qu'on peut en tirer profit, soit en le louant, soit en l'exploitant soi-même. Mais celui-là n'est ni nain ni monstre ; bâti comme tout le monde, il n'est bon à rien.

— Il est bon pour travailler.

— Il est bien faible. »

Là-dessus, Barberin invite l'homme à tâter les membres de l'enfant pour vérifier sa résistance. Rémi pense alors : « J'avais déjà assisté à une scène semblable quand le marchand était venu pour acheter notre vache. Lui aussi l'avait tâtée et palpée. Lui aussi avait secoué la tête et fait la moue. »

Quand les baladins ne volent pas les enfants, ils les marchandent durement. Pourtant, l'imagination enfantine s'échauffe à l'idée de partir, de travailler dur, dans une troupe ou une bande, à l'abri d'une « cachette qui se déplace ». Vivre avec des voleurs qui m'apprennent à voler. Coucher chaque nuit dans des lieux différents en compagnie d'anti-parents dont il faut se méfier et d'animaux bizarres.

L'ATLAS. Thomas Bernhard ne sépare pas son goût adulte pour les atlas de l'exaltation enfantine que lui procurait, en classe ou ailleurs, l'infinie possibilité de voyager d'un continent à l'autre : « Encore aujourd'hui, l'atlas est ma lecture favorite. Toujours les mêmes points, toujours d'autres rêveries. Un jour, je pourrais être en réalité partout où je posais mon doigt. Parcourir la carte du doigt, pour moi, ce n'était pas une formule lancée distraitement, c'était un sentiment exaltant. Je rêvais à mes futurs voyages, à quel moment et de quelle façon je les ferais. Pendant la classe, mes regards pénétraient plus fréquemment dans les cañons entre les gratte-ciel de Manhattan qu'ils n'allaient sur le tableau noir devant moi où le maître étalait la morne image des mathématiques » (*Un enfant*).

Tout voyage comporte une part d'enfantin. Un peu comme si l'émotion du départ n'était pas due à l'appréhension de la nouveauté mais au retour clandestin de cette passion originelle avec laquelle on sautait du pôle Nord à l'équateur, enjambant des montagnes, séjournant longuement sur des îles ou dans des villes des antipodes... Tout voyageur est un ancien enfant géant. Mais les rêveries sur l'atlas permettent aussi à la terre de s'inscrire en nous, plis et replis, découpes et reliefs, la plus haute précision se mêlant à l'imagination la plus débridée. Ce que la géographie, devenue science, gardera toujours d'enfantin... Terre écrite, terre désirée, terre qui parle une langue perdue dont il ne reste que quelques mots en petits caractères, le long des fleuves ou des côtes...

LES BÊTES. Pour l'enfant, de la géographie à la zoologie il n'y a qu'un pas. Tout un bestiaire ! Un zoo, une jungle, une savane, la banquise, la forêt, les prés, peuplés de tous les animaux possibles. Oiseaux, félins, insectes. Griffes, crocs, cornes, serres, becs, pelage, plumage, ailes et antennes. Et les plus audacieuses hybridations. Parfois, un tout petit chien, un chat, ou bien un animal fabuleux ou merveilleux suffisent à éveiller chez l'enfant des intuitions compliquées. Dans « La loutre », Walter Benjamin retrouve une impression d'enfance à la fois sensuelle et prophétique. Le petit Berlinois aime particulièrement le Parc zoologique, lieu mythique de la ville. Dans l'incessant va-et-vient des tigres condamnés à une cage étroite, dans le regard perdu d'un buffle boueux, les enfants viennent déchiffrer le texte d'une énigme qui les concerne. Ils attendent, sans bien s'en rendre compte, une révélation, alors qu'ils vivent dans une indifférence totale à l'avenir. Benjamin, enfant, privilégiait un coin retiré du zoo où se trouvaient les cages d'animaux vaguement délaissés : « [...] ce petit coin du Parc zoologique portait les traces de ce qui allait venir. C'était un coin prophétique. Car, à la manière de ces plantes dont on raconte qu'elles ont le pouvoir de faire voir l'avenir, il y a des endroits qui ont ce don de prophétie. Ce sont des endroits abandonnés la plupart du temps, des cimes d'arbres aussi, qui s'appuient contre des murs, des impasses, des jardinets où jamais personne ne séjourne. Dans de tels endroits il semble que tout ce qui en réalité nous attend encore est déjà chose passée » (*Enfance berlinoise*).

Ce qui donnait une dimension prophétique à ce lieu, c'était, dit Benjamin, « la maison de la loutre », et la loutre elle-même, animal luisant qui ne fait que de fugaces apparitions dans son bassin et se cache bien vite dans la nuit de sa grotte. L'enfant pouvait demeurer des heures le front contre les barreaux, hypnotisé par cette loutre qui lui « annonçait » quelque chose qu'il ne pouvait pas comprendre. Ce qu'il découvrait, c'est qu'une sorte de fil le reliait à la loutre, au point de se sentir lui-même devenir une loutre lorsque, de retour à la maison, le front contre la vitre, il regardait par la fenêtre. Et ce lien, c'était la pluie. La pluie sur Berlin qui tombait près de son visage. Il imaginait alors que toute l'eau du ciel s'engouffrait dans les tuyaux et les égouts pour aboutir, là-bas, au zoo, dans le bassin de la loutre. Il y avait soudain deux loutres, deux enfants, reliés par une longue coulée de pluie. Beaucoup plus tard, à quelques mois de se donner la mort, Benjamin s'est souvenu de la vieille loutre, persuadé que, par son silence et son air préoccupé, elle lui avait annoncé quelque chose. Il retrouve son enfance berlinoise comme le signe d'un désespoir et la chance d'un salut. « La connaissance du passé ressemblerait plutôt à l'acte par lequel, à l'homme, au moment du danger, se présentera un souvenir qui le sauve. »

LE GRAND-PÈRE. Un vieillard qui dispose par avance les signes. Rôle de l'ancêtre. Ce n'est pas une question de sagesse ou d'expérience, mais plutôt la transmission discrète d'une folie, d'une vision. Thomas Bernhard a su dire le rôle majeur de son grand-père anarchiste dans l'orientation de toute une existence. Ce grand-père, en donnant des « leçons d'anéantissement », parle à l'enfant de l'effacement possible de tout ! « En théorie, il était possible tous les jours et à tout instant désiré d'anéantir tout, de faire effondrer, d'effacer de la terre. Cette pensée il la trouvait grandiose entre toutes. Moi-même je m'appropriai cette pensée et ma vie durant, je joue avec elle. Je tue quand je veux, je fais s'effondrer quand je veux, j'anéantis quand je veux » (*Un enfant*).

Écrire, plus tard, lui donnera le pouvoir de tout anéantir, le pouvoir de tout créer selon l'inoubliable enseignement d'un grand-père dont quelques mots prononcés à la table familiale avaient suffi à transformer « officiellement » une grosse bêtise que l'enfant avait faite en un exploit glorieux. C'est en tant que grand-père qu'il pouvait déclarer à la mère qu'elle ne comprenait pas son enfant. Car, dit Thomas Bernhard, « les grands-pères sont les maîtres, les véritables philosophes de tout être humain, ils ouvrent toujours en grand le rideau que les autres ferment continuellement. Nous voyons, quand nous sommes en leur compagnie, ce qui est réellement, non seulement la salle, nous voyons la scène et nous voyons tout, derrière la scène. Depuis des millénaires les grands-pères créent le diable là où sans eux il n'y aurait que le Bon Dieu ».

LES MARIONNETTES. L'existence de coulisses, de décors, de côtés (cour ou jardin, Guermantes ou Méséglise) renforce la fascination de l'enfance pour tout ce qui est théâtral. Combien de théâtres de marionnettes ont aidé un enfant à prononcer certaines paroles qu'aucune autre circonstance enfantine n'aurait permis de prononcer ? En faisant se mouvoir des pantins au bout de ficelles ou en glissant sa propre main dans le fuseau de l'habit, l'index enfoncé dans la tête, le majeur et le pouce servant de bras.

On m'avait offert, alors que j'avais une dizaine d'années, un théâtre de marionnettes avec rideaux rouges et décors en carton, et j'avais éprouvé, à m'en servir, une jouissance jusque-là inconnue. La toute-puissance du montreur se combinait avec l'invisibilité du diseur, mais je découvrais avant tout l'immense plaisir d'utiliser la langue française comme aucun propos quotidien ni aucune récitation en classe ne me l'aurait permis. J'avais demandé à ma mère qu'elle me prête une vraie pièce de théâtre : je n'en connaissais aucune. J'ambitionnais de donner le plus vite possible une représentation familiale. Ma mère, qui ne prenait pas ma démarche très au sérieux, m'avait remis un vieil exemplaire scolaire du *Cid*, tragédie dont je n'avais encore pas entendu parler. Surprise, et exaltante occasion, pour moi, de prononcer, avec difficulté mais respect, des alexandrins afin de « faire parler » un homme et une femme alors que ma voix n'avait pas mué. Mon émotion était due à cette possibilité d'articuler, au fur et à mesure que je les découvrais, des mots mystérieux et magnifiques, comme « honneur », « maîtresse », « trépas », « transports ». Tirades énigmatiques, lues laborieusement à voix haute. Une voix aiguë d'enfant derrière le décor de carton :

Je cherche le trépas après l'avoir donné.
Mon juge est mon amour, mon juge est ma Chimène :
Je mérite la mort de mériter sa haine.

De telles paroles abolissent momentanément l'enfance au cœur de l'enfance, d'une façon qui reste pourtant enfantine. Le mimétisme comme négation passagère de la condition puérile. Chez certains d'entre nous, le petit marionnettiste attendra longtemps son heure, les bras douloureux, mal dissimulé par le rideau. Goethe, au début des *Années d'apprentissage de Wilhelm Meister*, raconte une anecdote semblable. Devenu un jeune homme, Wilhelm passe tout son temps au théâtre, au grand dam de son père. Il s'est épris d'une actrice, poupée en uniforme dont le charme semble répondre à la vieille magie d'un premier théâtre enfantin.

Sa mère dit clairement les choses : « Que de fois ne me suis-je pas vu reprocher ce malheureux théâtre de marionnettes dont je vous ai fait cadeau pour la Noël d'il y a douze ans et qui fut le premier à vous donner le goût du spectacle ! » À quoi Wilhelm rétorque : « Ne dites pas de mal de ce théâtre de marionnettes [...]. Je vois encore cette soirée, je retrouve l'impression étrange qui me saisit au moment où, après la distribution des cadeaux habituels, on nous fit asseoir devant une porte conduisant à une autre pièce. Elle s'ouvrit, mais pas comme s'ouvre une porte ordinaire, pour aller d'une chambre à l'autre : l'entrée se parait d'une solennité inattendue, un portique s'élevait devant nous, voilé d'un rideau mystérieux. »

Derrière l'amour d'un jeune homme pour

une actrice, on découvre un tas de vieilles marionnettes, le « rideau mystérieux », la porte qui s'ouvre de façon étrange, le premier spectacle et le cadeau fait autrefois par la mère. Entre Wilhelm et Marianne, les marionnettes sont un lien amoureux, puisque ce retour d'enfance de Wilhelm accroît leur émotion. Elles présentent aussi le risque d'une diminution de leur amour dans la mesure où l'Enfantin est toujours solipsiste : il ne concerne, en dernier recours, qu'un seul des deux partenaires et, lorsqu'il se fait insistant, il devient cause d'un écart ou d'un désaccord.

LA LECTURE. Qui ne se souvient d'une sorte de tanière ou de terrier, d'un arbre creux, d'un débarras, d'une cabane où, après un chagrin d'enfance, il allait trouver refuge en compagnie d'un livre ? Tout est plongé dans le noir, mais sous les draps pleins de chaleur et d'odeurs, on braque une lampe torche sur une page couverte de signes. Plaisir de lanterne sourde. Plaisir clandestin de lanterne magique dans la solitude. Compact, dissimulable, plein comme un œuf, le livre se connecte à un lieu singulier qui permet à la fois l'immobilité et la fuite. Et, comme l'écrit Proust, « qui ne se souvient comme moi de ces lectures faites au temps des vacances, qu'on allait cacher successivement dans toutes celles des heures du jour qui étaient assez paisibles et assez inviolables pour pouvoir leur donner asile ».

Dans l'enfance, pour trouver l'apaisement des mots après l'épuisement des larmes, il faut s'installer dans d'invraisemblables postures, se recroqueviller, se rouler en boule ou se mettre à plat ventre sur le sol, mais surtout faire silence et plus ou moins souhaiter disparaître afin de passer bien vite de l'autre côté. Seuls certains recoins de l'espace et certains creux du temps permettent ce passage. Certaines lumières aussi. Chaque image avec ses couleurs a la fraîcheur des premières fois. L'enfant n'a pas avec les livres le rapport pratique, distrayant et parfois distrait qui est celui de l'adulte cultivé. Le livre est une machine à découvrir des possibles. Machine puissante mais qui fonctionne de préférence dans des angles morts.

C'est un peu de cette ferveur première, de cette spontanéité de la lecture, que nous tentons de retrouver, plus tard mais trop tard, lorsque devenus « grands » nous demandons encore beaucoup aux livres. Comprendre pourquoi certains textes nous restent exigerait d'apercevoir l'Enfantin qui les hante. Comme si les phrases de romans lus à l'âge adulte prolongeaient celles de petits livres dévorés dans une vieille clandestinité. Sommes-nous encore capables, rien qu'en tournant des pages, de nous embarquer à bord de grands navires, d'affronter des monstres, de découvrir le visage d'une fille endormie ou d'entendre le choc des batailles et la voix de vieillards morts il y a des milliers d'années ? En tout cas, ce ne sera plus jamais avec la même clarté, le même engouement.

Je me souviens d'avoir lu, calmement assis en tailleur, caché derrière les longs voilages et les doubles rideaux d'une fenêtre. Personne ne songeait à venir me chercher là. Les aventures d'Aladin et la lampe merveilleuse sont restées inséparables de ces voilages, des plis moirés de ces rideaux. Je me souviens aussi d'un jour d'hiver où, grippé et fiévreux, j'étais plongé dans le splendide album de *Babar et le Père Noël.* Dehors, il faisait un froid terrible. J'étais enfoui dans de profonds oreillers, l'album posé contre mes genoux remontés comme une montagne. C'était un livre neuf dont les pages craquaient en dégageant une délicieuse odeur de colle et d'amande. Babar glissait sur son traîneau, dans la blancheur, sous les flocons, à la recherche de la caverne du Père Noël. Par la fenêtre de ma chambre, j'ai vu qu'il commençait à neiger... Est-ce la répétition de cette petite magie que, plus tard dans une vie, on n'en finit pas de demander aux livres?

6. L'ENFANTIN COMME ASCÈSE

Nul n'est tenu d'accueillir l'Enfantin. Ne serait-ce que parce que les avantages sont minces et l'amertume rarement évitable. Mais aussi parce que l'Enfantin jouit d'une totale liberté d'apparaître, de demeurer un moment près de nous, puis de s'esquiver, pour des raisons qui nous échapperont toujours. C'est lui qui décide. Nulle promesse d'adoucissement de l'existence ou d'améliorations psychologiques, et pourtant, toute manifestation de cette basse enfance contribue à élargir momentanément notre horizon, à enrichir la gamme des clartés qui jalonnent notre vie, nous donnant simultanément une impression d'intimité et d'appartenance à un régime de signes beaucoup plus vaste, comme si les bribes de notre passé perdu, qui ressemble au passé perdu de n'importe qui, coloraient et démultipliaient notre présent. L'Enfantin comme une chance, et — pourquoi pas ? — comme la plus banale et la plus passagère des bénédictions.

Trouver les mots, trouver les images, trouver les rares instants qui restitueront, même sommairement, un fragment d'Enfantin, c'est sauver un peu d'impalpable, retrouver une faculté d'attention à la moindre chose.

Plus que la poésie ou l'art du fragment tels que la culture occidentale les a conçus, je ne vois guère que la pratique japonaise du haïku pour développer une attention au détail et une capacité de dévoilement équivalentes. On l'a vu, l'Enfantin n'est présent dans les textes littéraires, romans ou récits, que sous forme de courts fragments qui pourraient sans doute être encore réduits ou, plus exactement, distillés.

Les textes brefs et sans lien entre eux de Walter Benjamin dans *Enfance berlinoise* pourraient être encore dépouillés, ramenés à quelques mots essentiels : une sonorité, une couleur, un nom. C'est en tout cas sous une forme contractée que d'authentiques moments d'enfance existent, insistent et persistent un peu en nous. Lorsque Benjamin écrit « Manège », on peut rêver que les phrases qui évoquent ce plaisir enfantin de tourner, à califourchon sur un poisson géant ou un cheval ailé, se défassent, une par une, et que la vision ne tienne plus qu'en quelques mots :

Manège
Un poisson pour monture
La mère immobile.

Même traitement pour tel autre souvenir pris dans la prose comme dans de la glaise :

En retard à l'école
Soleil et silence
Mon ombre volée par le maître.

Le haïku, qui paraît si facile à qui n'en a pas mesuré les sévères exigences, témoigne de l'importance qu'une grande culture a pu accorder aux perceptions les plus infimes, les plus courantes et rares à la fois, en jetant sur elles un filet de mots aussi fin mais aussi solide qu'une toile d'araignée. Conduite enfantine, s'il en fut, consistant à prendre au sérieux des choses ou situations assez pauvres, mais souvent fort émouvantes, sans jamais rien en déduire. Art du « c'était comme ça », du « voilà ! », de la prise légère de quelques notes, en passant, ou, comme le dit Roland Barthes, art du « Tel ! ». Ainsi furent, dans mon enfance, telle vision, tel dispositif, tel arrangement d'objets familiers produisant sur moi à peine un choc, laissant un imperceptible impact.

L'Enfantin ne consiste souvent qu'en la ténuité d'un trait, d'une rayure ou d'une écharde dans notre mémoire, tel ce haïku d'Issa :

Poupée ancienne
chez le marchand de bric-à-brac
se dorant au soleil.

C'est la lisibilité fulgurante d'une pure contingence qui fait qu'il n'y a rien à en dire. Voilà... L'objet (ou le phénomène) que relate le haïku, l'impression fragile que ramène l'Enfantin n'apparaissent alors ni familiers ni extraordinaires. Ils se dérobent à la description comme à l'explication. J'étais encore petit, un jour, j'ai vu ça... C'est tout. La seule conduite possible est celle du recueil. Un recueil parfois uniquement mental, secret, mais dont le contenu complique et simplifie à la fois notre rapport au monde.

Toute l'attention que nous prêterons à l'Enfantin ne nous « soignera » jamais de rien.

À la différence de cet Infantile que chassent et pourchassent les amateurs de psychanalyse, il ne produira aucune plus-value de signification. Après ses rapides passages, je ne me « comprendrai » ni mieux ni moins bien. Au contraire, plus je prendrai de fragments dans ma toile, plus je verrai s'intensifier l'énigme que je suis à moi-même.

C'est pourquoi l'accueil de l'Enfantin ne peut guère consister qu'en une ascèse d'un genre spécial. Ascèse indépendante de toutes les transcendances ou croyances. Ascèse facultative et gratuite, sorte d'« exercice spirituel » au sens absolument profane que le philosophe Pierre Hadot donnait à ce terme : un acte de l'intellect, de l'imagination et peut-être de la volonté qui consiste à modifier sa vue, ou plutôt sa « manière de voir le monde », qui fait qu'« on n'est plus le même ». Hadot tenait à préciser : « Cet exercice peut être purement imaginatif, mais il peut correspondre aussi à une action physique comme l'ascension d'une montagne » (*N'oublie pas de vivre*).

L'Enfantin, chez Bataille, Leiris, Sarraute, Kafka et tant d'autres, est la coïncidence entre l'actuel et le temps perdu, ou la superposition d'une action présente et d'une action analogue ou légèrement décalée mais qui avait la puissance des premières fois.

Ascèse de l'Enfantin. Une ascèse qui consiste à laisser ce qui est non seulement « désenfoui » mais nettoyé du sable collant du souvenir s'unir à la trame de notre être, y greffer éventuellement des nerfs d'un nouveau genre. Rien de plus. Et quelle que soit cette union, éphémère parfois, elle est immanquablement tournée vers le nouveau, ce qui la prémunit contre toutes les nostalgies.

Et Pierre Hadot, pour montrer, ce qui est le sujet de son livre, la place qu'occupe chez Goethe ce qu'il nomme « exercices spirituels », de citer ce passage des *Entretiens avec le chancelier de Müller*: « Il n'y a point de passé vers lequel il soit permis de porter ses regrets, il n'y a qu'une éternelle nouveauté qui se forme des éléments grandis du passé ; et la vraie *Sehnsucht* [nostalgie] doit être toujours créatrice, produire à tout instant une nouveauté meilleure. [...] Ne nous sentons-nous pas, tous tant que nous sommes, rajeunis, amendés, grandis, par cette aimable et noble apparition qui déjà veut nous quitter ? Non, elle ne peut nous échapper, elle a passé dans notre moi le plus intime, elle continue à vivre avec nous, en nous. »

Dans ces dialogues, Goethe, à propos des événements marquants de notre passé, faisait une véritable critique de la pratique habituelle du souvenir, recommandant de ne jamais se le rappeler « de l'extérieur » (*er-innern*), « en lui donnant la chasse », mais en le détachant avec précaution de la trame de notre être intérieur auquel, depuis toujours, il était silencieusement mêlé.

L'exercice spirituel goethéen, tel que Hadot

l'étudie, se situait dans une longue tradition remontant aux sagesses et philosophies antiques. Avec quelque chose d'oriental aussi.

La modernité, qui s'est accompagnée d'une valorisation inédite et jusqu'ici toujours croissante de l'enfance, a facilité cette attention passagère que nous pouvons prêter à l'Enfantin qui a lui-même offert à l'Art, à la littérature et donc aux consciences contemporaines un nouveau territoire.

IV. La clairière de l'enfance

1. GÉNÉRATION

J'ai trouvé un jour, entre les pages jaunies et den-telées d'un livre que mon père avait dû lire lorsque j'avais environ un an et que personne n'avait ouvert depuis, un marque-page publicitaire en carton orné d'une belle croix rouge et sur lequel étaient imprimés ces mots :

En 1946, 900 000 enfants *sont nés à la France.*
Près de 100 000 risquent de mourir *avant d'avoir atteint leur première année*
Par manque de bon lait, d'hygiène, de layette, de soins médicaux, d'air et de lumière
Pour les sauver
AIDEZ
La CROIX-ROUGE FRANÇAISE

En somme, j'étais un rescapé ! Non de la guerre, mais des difficiles conditions de vie d'après-guerre. J'avais eu la chance d'avoir du « bon lait », une layette, de l'air et de la lumière. Pour les huit cent mille petits survivants dont je faisais partie, les améliorations allaient avoir lieu de façon accélérée, et notre génération nombreuse et pleine d'énergie n'allait pas tarder à occuper durablement l'économie et les représentations collectives.

Mais, à propos de lumière, je me rends compte que mon enfance ne s'est pas déroulée dans le plein éclat de ce que l'on nomme la « clairière de l'enfance », car dans les années cinquante un petit garçon habitant le centre d'une grande ville française, grise et fermée sur elle-même, ne pouvait pas encore connaître le déferlement d'attentions, de précautions, et surtout d'objets, de vêtements, d'activités, de spectacles, de livres, de magazines, qui dans un proche avenir allaient être destinés exclusivement aux petits. Cet enfant ne risquait pas non plus de passer entre les mains de dévoués spécialistes, puériculteurs, pédopsychologues et autres dogmatiques pédagogues. À quelques exceptions près, l'enfance n'était encore ni l'objet d'un intérêt spécifique ni un marché.

Des enfants, avec la paix, il en naissait des quantités, et tout le monde pensait que c'était une bonne chose pour l'avenir économique du pays, mais il n'y avait pas de place spéciale pour eux ni de temps à leur consacrer, avec la crise du logement et autres pénuries. Ces bambins abondants du baby-boom qu'on habillait et soignait du mieux qu'on pouvait, selon des modes appartenant encore à l'avant-guerre, avaient leur emblème : le visage publicitaire du « Bébé Cadum », joues rebondies, cheveux bouclés, sourire conquérant et... peau douce ! Envahissante réclame de cette époque, pour un savon qui invitait à l'hygiène et à l'attendrissement. Première manifestation médiatique d'une génération encombrante.

Combien d'enfants, nés la même année que moi, sont effectivement morts avant un ou deux ans ? Sans doute moins que ne l'annonçaient les prévisions pessimistes de la Croix-Rouge française, mais les jours de ma première enfance (qui ne s'écoulaient pourtant pas dans un milieu pauvre) ont été marqués par une sorte de précarité et de bricolage qui invitaient les gosses à se débrouiller dans un monde régi par les grandes personnes, ces adultes affairés qui estimaient qu'un enfant, nourri et habillé, n'a qu'à se distraire comme il peut, jouer avec ce qu'il trouve, ne pas se faire remarquer, ne pas gêner, ne pas parler si on ne l'y invite pas, ne pas trop poser de problèmes et faire ce qu'on lui demande.

Ni dureté, ni indifférence : plutôt une façon de considérer la présence des enfants à la fois comme une contingence heureuse et une réalité. Ni plus ni moins ! L'enfant des années cinquante devait se plier aux habitudes comme aux rythmes familiaux, manger ce qu'on lui donnait, rendre des services parfois pénibles, et, quand il n'allait pas à l'école, il pouvait se livrer à des activités puériles avec ses frères et sœurs ou les petits voisins, toujours à condition de ne pas faire de bruit à la maison et pas trop de bêtises dans la rue ou dans les cours d'immeuble. Sinon, réprimandes et corrections sévères, mais là encore sans drame ni pathos, en conformité avec l'éternelle conviction adulte, ferme mais bienveillante, que les gamins, il faut bien les dresser.

Peu à peu, de nouveaux jouets conçus pour cette époque nouvelle ont commencé à apparaître. Ils restaient rares et n'étaient offerts qu'à l'occasion d'un anniversaire ou de Noël. Mes grands moments de jeu sont restés associés à une matérialité sauvage : des morceaux de bois, des lanières, des élastiques, des bassines servant de tambour, du foin, des pierres, des caves et des greniers, des objets dépareillés ou récupérés. Tubes, boîtes, bâtons, et outils volés sur un établi en vue de quelque expérience illicite. Mais fort peu de vrais jouets, mis à part quelques jeux bon marché tels des cubes colorés, un puzzle de bois dont les pièces étaient les départements français, ou mon pistolet Euréka, au canon de fer dans lequel on enfonçait une fléchette à ventouse qui comprimait un ressort toujours grinçant ; ou encore un bateau de guerre en métal, des marionnettes, un chemin de fer datant de l'enfance de mon père dont la locomotive grésillait et sentait le brûlé.

La grande nouveauté correspondit pour moi à l'apparition des Dinky Toys, petites voitures de fer peintes, modèles français récents et marques américaines, avec leurs pneus en caoutchouc amovibles, solides et toujours rutilantes, en dépit de leur course folle s'achevant en général dans un mur. Je n'ai pas oublié certaines d'entre elles : la Ferrari rouge vif ou la Talbot Lago bleu ciel avec son échappement latéral argenté, ou mon camion Berliet avec sa benne jaune et ses larges pneus. Seuls les figurines de cow-boys et d'Indiens et les cyclistes en métal du Tour de France purent, de temps en temps, atténuer l'attraction exercée par les Dinky Toys et les courses automobiles sur carrelage ou parquet. Pourtant, aussi loin que je me revois m'amuser, seul, avec mon frère ou avec ceux qu'on appelait alors nos « camarades », je ne retrouve que de pauvres occupations au cours d'interminables jeudis pluvieux. Des gestes simples, mais des plaisirs parfois inoubliables pris avec tout ce qui me tombait sous la main. Bref, un vaste n'importe quoi ludique, une sorte d'*Arte povera* du jeu enfantin.

Ainsi, je me revois alpiniste de rêve, faisant le tour de l'appartement suspendu par les bras aux tuyaux du chauffage central fixés près du plafond ; je me revois enfermé dans un sombre placard où pendent des manteaux odorants : c'est une cabane en pleine forêt ; je me revois sur le balcon de l'appartement de ma grand-mère, clouant à l'aide d'un marteau et de clous les bouts de planche que m'a offerts le menuisier du dessous ; je me revois place Bellecour, certains jeudis de beau temps, conduisant sur les allées bétonnées mon cheval métallique à pédales et, plus tard, faisant du patin à roulettes autour de la statue de Louis XIV... J'avais tout de même, je l'ai dit, ce privilège de voir des films hollywoodiens, le dimanche matin dans ce cinéma du centre-ville où mon père nous emmenait pendant que d'autres allaient à la messe. L'augmentation du nombre des images, qui n'allait cesser de s'accélérer, est aussi venue pour moi des bandes dessinées dont il fallait attendre la suite, d'une semaine sur l'autre, dans ces magazines strictement interdits à l'école et mal vus dans les familles tant les éducateurs d'alors proclamaient que les cases illustrées détournaient les enfants des « vraies lectures ». J'ai donc associé très tôt bandes dessinées et clandestinité ! Mon grand-père m'ayant offert, contre l'avis de mes parents, un abonnement illimité à *L'Intrépide*, je le récupérais dès le passage du facteur dans la boîte aux lettres, le jeudi, le cachais puis m'y plongeais aux heures, nombreuses, où personne ne faisait attention à moi. Mais sur le chemin de l'école, les quelques pièces dont je disposais ou la monnaie gardée des commissions me servaient à acheter en secret *Le Journal de Mickey*, *Le Journal de Tintin* et bientôt *Spirou*. J'y ai contracté un goût intense du récit, la mention « à suivre », tellement frustrante, m'invitant à imaginer, pendant toute une semaine, ce qui allait arriver à mes héros favoris qui existaient pour moi, en dépit de leurs traits parfois sommaires, avec une étonnante intensité.

Les séries qui me captivaient étaient souvent les plus vulgaires ou les moins réussies graphiquement. J'aimais celles dont les personnages me mettaient en contact avec des milieux marginaux que je me promettais de fréquenter un jour, dès que je quitterais ma famille, dès qu'enfin je partirais ! Car partir a toujours été pour moi le conseil discret que donnent les histoires. Plus que les personnages des contes, les héros de bandes dessinées, dont certains proches du cliché, sont devenus pour moi des repères. Dans *L'Intrépide*, la série intitulée *Hardi John* fit naître en moi précocement des désirs d'îles lointaines, d'amitiés rudes ; cependant ce n'était pas à l'héroïque John, blond, téméraire et sérieux que je m'identifiais, mais à son ami Conterios, capitaine de goélette, malin, musclé, buveur et bagarreur, avec son maillot rayé et son perroquet, et dont l'épouse, splendide brune aux belles épaules et large décolleté, qui fumait avec cette expression ironique et distante, me troublait. D'autant que dans ces bandes dessinées les femmes étaient rares.

Avec *Le Journal de Mickey*, un permanent et innocent plaisir de lecture m'était évidemment procuré par les facéties de Donald et de ses neveux, mais une émotion d'une autre nature naissait des aventures de la petite

Annie, malmenée par le destin, toujours seule et pleine d'énergie, inséparable de son chien Zéro. J'éprouvais une légère honte à être sensible à ses ennuis (*La Petite Annie et la pension des mille malheurs*!) car c'était plutôt une histoire pour les filles. Malgré tout, j'enviais son état d'orpheline définitive et sa disponibilité totale, sans oser envier le fait d'être « sans parents ». Mes rêveries sur la petite Annie m'offrirent l'occasion d'élaborer des dizaines de scénarios, dans lesquels je me voyais sur les routes du monde, un chien pour copain, seul et prêt à tout, évidemment...

Familles et éducateurs, qui méprisaient les illustrés, n'allaient pas tarder à être « doublés » par la marchandise : désormais, il devenait rentable de s'en remettre à l'avis des enfants, à leur goût, à leurs exigences. Mais lorsque j'avais douze ans, les enfants ne se prévalaient pas encore, avec une arrogance naïve, de leur complicité avec la marchandise, ses performances et ses marques, pour narguer leurs ascendants. Je suis donc sorti de l'enfance avant la grande survalorisation moderne des petits Occidentaux et avant que l'infantilisme ne devienne une norme largement admise des comportements des plus âgés. Mon enfance réelle, en raison de son rapport originel à la rareté, a été globalement épargnée.

Les premières tentatives d'embrigadement se portèrent sur notre jeunesse à laquelle les vendeurs de toutes sortes proposèrent chansons, musiques, instruments, tenues vestimentaires, couleurs, styles et autres moyens de distinction alors que nous avions entre seize et vingt ans. Si nous nous sommes un peu rués sur toutes ces choses, ce fut en raison de la part de liberté que notre aveuglement leur associa quelque temps. Mais nous n'étions qu'à peine dupes, ce qui veut dire capables de participer aussi bien à cette tendance économique générale qu'à sa critique. Plus tard, cela produisit des as de la publicité et des agitateurs provisoires.

Les enfants que nous allions engendrer à notre tour ne perdaient rien pour attendre. Après s'être essayé de façon encore douce et amusante sur notre jeunesse, le marketing allait s'occuper de façon efficace des enfants des années soixante-dix. L'enfant représentait désormais l'emblème idéal d'une société invitée à s'amuser et à jouir, à affirmer la légitimité de pulsions que des millions d'objets consommables devaient satisfaire. Innocence impérieuse de l'enfant, fraîcheur de ses désirs. Sacralité profane de tous ces petits êtres auxquels on vous sommait de penser en priorité lorsque vous achetiez des aliments, une voiture, une maison ou lorsque vous preniez des vacances ! Non pas « enfant-roi », mais enfant « petit maître » ou « petit décideur », donc... « petit prescripteur » ! Activités ludiques généralisées, puérilité kitsch permanente, photographie de familles calibrées et niaisement souriantes censées incarner un idéal de bonheur. Multiplication des jeux, des habits, des livres, des objets. Glorification du « môme suprême ». Promotion d'un enfant abondamment illustré. Voilà à peu près ce qui s'est passé, en amont et en aval de ma propre enfance qui me semble aujourd'hui, lorsque des fragments précis m'en reviennent, dater d'une époque infiniment plus lointaine qu'elle ne l'est en réalité.

Le statut moderne de l'enfant est quasiment unique dans l'Histoire. Jamais comme dans la seconde moitié du xxe siècle on n'avait valorisé, pour le meilleur, puis survalorisé, pour le pire, la progéniture humaine, d'abord dans les pays dits occidentaux. Pourtant, en dépit des indéniables solutions de continuité qui séparent de grands blocs historiques et culturels, une même sensibilité humaine, des comportements et des gestes identiques se répètent à travers le Temps. Je veux parler de ces conduites banales et spontanées, de ces perceptions et réactions quotidiennes qui caractérisent, partout, les êtres humains et donc les enfants de toutes les périodes de l'Histoire. Les « processus d'infantilisation » ont amplement varié, d'une culture à l'autre, d'une époque à l'autre, mais il existe aussi des similitudes discrètes qui dessinent les contours d'une « condition humaine première », d'une enfance première, qui nous relient à ceux qui ne sont plus comme à ceux qui viendront après nous.

2. L'ÉCLAIRCIE

Dans le temps comme dans l'espace géographique, les sociétés ont réservé aux enfants les traitements les plus divers. Qu'elles soient dites sauvages, antiques, traditionnelles ou bien historiques (et donc déterminées par une conscience de l'irréversibilité du temps, et par l'idée d'un changement sinon d'un progrès possible), la plupart des cultures humaines ont tantôt dévalorisé, tantôt traité durement les enfants, quitte à considérer paradoxalement, comme en Afrique, leur venue au monde comme précieuse, car vitale pour le groupe. Chaque culture ou chaque communauté humaine a assigné une place à l'enfance, ainsi que des rôles précis et un statut. J'appellerai « l'Infantile » l'ensemble des discours et des représentations concernant l'enfance ainsi que l'ensemble des institutions, usages et coutumes qui encadrent sa présence, et « processus d'infantilisation » l'application effective et la conséquence concrète de ces conceptions de l'enfance et de ces institutions. L'Infantile désigne aussi, par extension, la façon dont les enfants réels sont amenés à se comporter et à conventionnellement réagir dans le cadre qui leur est imparti.

Dans la société médiévale, les enfants en bas âge étaient maintenus dans un état d'asocialité, puis mêlés à l'ensemble de la communauté, mais assez peu « familialisés », non parce que la famille n'existait pas, mais parce qu'elle était elle-même absorbée par sa participation aux tâches collectives. L'enfant, sans être privé d'affection, n'était pas l'objet d'une attention particulière et, bien vite, à partir de six ou sept ans, il devait prendre sa dure part au travail, sans qu'on tienne compte de son éventuelle fragilité. Ce processus, avec d'imperceptibles infléchissements, a duré des siècles, comme dure encore, en Afrique, un mode d'infantilisation qui consiste à survaloriser les enfants nombreux et en bonne santé, car ils sont « le socle de la famille et de la cohésion sociale ». Chaque enfant africain a de la valeur, non pour lui-même, ni même en tant qu'enfant, mais en raison de ce qu'il signifie ou représente potentiellement pour le groupe, pour le clan et plus particulièrement pour ses ascendants, lui, le futur soutien de ses géniteurs devenus vieux. En fait, dans l'Afrique contemporaine, plusieurs tendances sont à l'œuvre, souvent de façon conflictuelle : la scolarisation, rendue obligatoire par les États, se heurte à une formation d'origine initiatique qui se perpétue. L'enfant est donc pris entre une formation clanique et l'ébauche d'une éducation citoyenne.

Mais, en Occident, l'époque moderne a produit une éclaircie absolument singulière dans la vaste ténèbre infantile. La place considérable accordée à ce qui se passe dans le premier âge de la vie a été la « condition de possibilité de l'Enfantin ». Pour la première fois dans l'Histoire, la conscience occidentale se trouvait « pré-occupée » par l'enfance d'une façon spécifique. La « minorité » de l'être humain devenait un sujet majeur ! Comme jamais auparavant, le sujet occidental s'est inquiété de l'existence, en lui-même, d'un « pré-occupant » : premier occupant de sa sensibilité, ou sensibilité première. Cette fois, c'était en elle-même et pour elle-même que chaque enfance avait de l'importance et de la valeur. En très peu de temps, à l'échelle de l'Histoire humaine, le mouvement s'est amplifié, donnant lieu à une foule de soucis nouveaux : souci pédagogique, souci hygiénique, souci politico-juridique, souci psychologique, souci éthique. Jamais l'enfance n'avait constitué l'axe de tant de débats. Jamais elle n'avait été à ce point un symptôme, comme en témoigne la courbe exponentielle des livres consacrés à l'enfance, des récits d'enfance ou des théories dans lesquelles l'enfance tient une place centrale. C'est ainsi qu'au cours des trois derniers centrale un enfant hypothétique s'est mis à grandir d'abord lentement, puis démesurément, comme le Golem, au milieu des affaires sérieuses. Cet enfant s'est installé parmi nous sans précautions, comme Gargantua s'adossant aux tours de Notre-Dame. Présence énorme et bouleversante aux conséquences innombrables. Présence rafraîchissante et stimulante aux effets paradoxaux.

La « clairière de l'enfance » est cet assez long moment au cours duquel, dans la culture européenne, surgissent de nouvelles sensibilités, donnant lieu à des gestes créateurs inouïs, car l'Enfantin est la manifestation d'une « sensibilité isolée », de percepts orphelins, de sensations errantes. Comment inventorier tout ce que l'art moderne et bien d'autres pratiques doivent à l'Enfantin ? L'artiste, l'écrivain ont pu soudain arracher des visions et des langages neufs à la vieille gangue des codes et des traditions. Des décalages, des distorsions, des éclairages étonnants ont été rendus possibles grâce à la légitimation d'une enfance fantôme soudain autorisée à hanter la création.

Cette clairière de l'enfance est-elle en train de rétrécir, de se réensauvager ? La préoccupation de l'enfance est-elle en train, sinon de diminuer, en tout cas de ne plus être en mesure de réaliser ce qu'elle indiquait ou annonçait ? Un peu comme si nous n'avions plus les moyens, dans un monde où la virtualité et la marchandise envahissent et contaminent tous les aspects de la vie, de tenir les promesses contenues dans la « découverte de l'enfance ». La clairière de l'enfance n'aura-t-elle offert que durant trois siècles à peine un espace exceptionnel pour une émancipation inédite du sujet ?

3. LE SENTIMENT DE L'ENFANCE

La fameuse expression « *découverte de l'enfance* », avant d'être critiquée ou nuancée, a été introduite par Philippe Ariès. Il prenait pour point de départ la société médiévale, constatant le changement radical qui s'était opéré dans les conceptions et traitements des enfants en Occident. Au Moyen Âge, dit-il, « le sentiment de l'enfance n'existait pas ; cela ne signifie pas que les enfants étaient négligés, abandonnés, ou méprisés. Le sentiment de l'enfance ne se confond pas avec l'affection des enfants : il correspond à une conscience de la particularité enfantine, cette particularité qui distingue essentiellement l'enfant de l'adulte même jeune. Cette conscience n'existait pas. C'est pourquoi dès que l'enfant pouvait vivre sans la sollicitude de sa mère, de sa nourrice ou de sa remueuse, il appartenait à la société des adultes et ne s'en distinguait plus » (*L'Enfant et la vie familiale sous l'Ancien Régime*). Le renversement étudié par Ariès, même s'il a des causes concrètes (économiques et sociales), est de nature idéologique : il s'agirait, selon lui, d'un « sentiment » qui peu à peu grandit, prend conscience de lui-même et donne lieu à des comportements inédits. Véritable révolution de la sensibilité et découverte d'un « objet » : l'enfant. Philippe Ariès est revenu sur certains points de sa thèse. Dès 1979, il admettait que certaines tendances actuelles de notre société, dont il avait étudié les rapports à l'enfance dans la longue durée, commençaient à aller dans un sens strictement opposé : « Tout se passe comme si notre société cessait d'être "children-oriented", ce qu'elle était depuis le XVIIIe. Cela ne veut pas dire que nous revenons à des sociétés qui considèrent l'infanticide comme moins honteux, mais l'enfant est en train de perdre un monopole tardif, peut-être exorbitant, et qu'il revient à une place moins privilégiée pour le meilleur et pour le pire. Le mouvement amorcé du XVIIIe au XXe siècle se termine sous nos yeux. » Si le monopole accordé à l'enfant moderne a pu paraître « exorbitant », quels risques sa perte de privilèges lui fait-elle courir ? Qu'est-ce qui menace d'être « le pire », pour les enfants de la postmodernité ?

À force de restreindre et de préciser son concept, le mot « enfant » a fini par acquérir un sens particulier. Car, au Moyen Âge, le terme avait un sens très vague : on l'employait fréquemment pour désigner ce qu'on appellerait aujourd'hui un « gars ». La notion restait floue, même si certains traités médiévaux tentaient de distinguer ou de délimiter les « âges de la vie », tel ce livre au titre étrange, *Le Grand Propriétaire de toutes choses*, qui s'efforçait de séparer l'*infans*, le *puer* et l'*adulescens*.

L'*infantia* y désignait le petit humain de sa naissance à sept ans. La *pueritia* s'étendait de sept à quatorze ans, et l'*adulescens*, ou tiers âge, s'étalait, selon la magie du chiffre sept, jusqu'à vingt et un ans. D'abord un petit qui ne parle pas (*in-fans*), puis qui parle très mal, et cela, croyait-on, parce qu'il naît sans sa dentition définitive ! Puis un être encore fragile mais capable d'apprendre, c'est-à-dire d'être dressé. Enfin, un jeune individu capable de procréer et de fonder une lignée. Mais cette adolescence pouvait se prolonger jusqu'à trente ou quarante ans si l'individu n'était pas marié, comme s'il subsistait quelque chose d'enfantin chez le célibataire... Interminable enfance, ou pas d'enfance, c'était un peu la même chose.

La vie quotidienne des enfants n'était en rien distincte de celle des adultes. Des enfants partout, qui voient tout et entendent tout. Des enfants qui crient, qui travaillent dur. Des enfants dans les jambes... Des enfants dans le lit des adultes, entassés dans la pièce commune. Il n'existait pas alors de façon spécifique de parler aux enfants. Au XXe siècle, on a souvent cru que le conte était un genre mineur consistant en des récits puérils destinés aux petits. Rien n'est plus faux ! Les contes traditionnels, connus de tous et racontés, depuis le Moyen Âge, au cours de la veillée ou lors de fêtes et de travaux, s'adressaient à toute la communauté : grands et petits, jeunes et vieux, hommes et femmes. Chacun y puisait ce qu'il pouvait et les enfants avaient, comme les autres, l'occasion d'entendre les paroles du conteur indifférent à la présence de ces morveux assis à même le sol, avec les chiens et les poules. Pas de « traitements » adaptés aux enfants. Il était même courant de se gausser des mères et encore plus des mâles qui auraient eu tendance au « mignotage », cet attendrissement un peu bêtifiant inspiré par les tout-petits. Pas de vêtements particuliers pour les enfants et très peu de représentations d'enfants dans l'iconographie. « L'art médiéval », écrit Philippe Ariès, « jusqu'au XIIe siècle environ, ne connaissait pas l'enfance ou ne tentait pas de la représenter; on a peine à croire que cette absence était due à la gaucherie ou à l'impuissance. On pensera plutôt qu'il n'y avait pas de place pour l'enfance dans ce monde. » On connaît ces peintures qui représentaient l'Enfant Jésus ou les enfants de la légende de saint Nicolas comme des adultes miniaturisés: visage et musculature d'adulte, expression grave et même triste. Et si l'image de l'enfant très lentement s'affine, il faudra attendre le XVIIe siècle pour que des portraits d'enfants se multiplient. Des enfants enfin peints pour eux-mêmes. La peinture hollandaise, en raison de l'« avance » de la société dans laquelle elle se développait, a donné le ton, avec Rubens, Frans Hals, Van Dyck et tant d'autres.

Durant de longs siècles, l'enfance n'aura donc été qu'une maladie dont il faut guérir, une petite menace contre laquelle il faut se prémunir. Mort ou assassiné, un enfant n'est pas une victime à part entière. Qu'ils soient emportés par la peste, morts en bas âge ou qu'ils aient péri au cours de l'assaut donné à une ville, les enfants n'étaient pas comptabilisés. Lorsque les discours et les conceptions dominantes traitaient, de façon très marginale, de l'enfance, c'était pour l'associer systématiquement au crime, au péché, à l'abjection. Petite boule d'instincts. Chair dangereuse. Piège satanique. Ou bien animal sauvage qu'il importe de dresser tout en restant sur ses gardes. Comme le dit saint Augustin : « Si on lui laissait faire ce qui lui plaît, il n'est pas crime où on ne verrait l'enfant se précipiter. » Au début du XVIIe siècle, le dévot cardinal Pierre de Bérulle (mort en célébrant la messe !) s'écriait encore dans ses *Opuscules de piété* : « L'état enfantin est le plus vil et le plus abject de la nature humaine après la mort. » S'inspirant des thèses d'Ariès tout en les modifiant partiellement, l'historien Jean-Louis Flandrin insiste, dans *Le Sexe et l'Occident*, sur l'importance historique de ce phénomène de « découverte de l'enfance » dans la société occidentale. En plus d'une conscience nouvelle, au sens d'une perception et d'une prise en compte de l'enfance, Flandrin souligne l'émergence d'une conscience morale. Progressivement, note-t-il, « l'enfant est apparu pour être aimé et éduqué, et c'est dans la conscience de ces devoirs d'amour et d'éducation, c'est autour de l'enfant, que la famille moderne s'est constituée en cellule de base de notre société ». Il a donc fallu s'arracher à l'ancienne vision d'abjection et de crime pour inventer un « nouvel enfant » qui n'allait pas tarder à acquérir des droits et à nous créer des devoirs. Certes, les mutations économiques ont été déterminantes mais il n'était pas fatal qu'elles modifient à ce point le statut de ces petits êtres, alors qu'ils n'étaient qu'à peine perçus comme des acteurs sociaux ou économiques. Une « découverte » qui garde donc une part d'énigme...

4. ENCADRER L'ENFANT « FACTIEUX »

Le « moment de l'enfance » correspond donc exclusivement à une époque récente. La « clairière de l'enfance » est une conquête inséparable de la montée en puissance, à partir de la fin du XVIIe siècle, de la bourgeoisie urbaine, grande puis moyenne, et de l'extension irrépressible de l'individualisme, la famille devenant le pilier de la nouvelle économie et acquérant de ce fait, outre de nouvelles mœurs, une nouvelle identité juridique, et même une nouvelle façon d'habiter (l'espace « privé » puis « intime » prenant une importance grandissante, appartements, chambres personnelles, etc.). Une identité idéologique aussi, car, pour s'imposer, une famille doit produire une représentation d'elle-même où chaque membre a sa place, et surtout sa visibilité. Dans les portraits que la bourgeoisie affectionne, le père de famille doit se montrer accompagné de son épouse, procréatrice efficace mais modérée, et d'un nombre raisonnable d'enfants, eux-mêmes peints de façon « ressemblante ». Beaucoup plus tard, la photographie prendra le relais, en perpétuant le même dispositif. À travers des gestes et le regard des parents, avec des jouets négligemment posés à leurs pieds, les enfants doivent donner l'impression d'être l'objet de soins attentifs. Désormais, on soigne les enfants. Une mère a le droit de chérir les siens et un père de s'y intéresser, voire, à l'occasion, de se laisser attendrir ! Quitte à ce que les aristocrates se gaussent de « la complaisance des bons bourgeois pour leurs marmots ». Peu à peu, de nouvelles habitudes sont prises. Le clivage devient manifeste entre une mentalité aristocratique qui perdure et des mœurs bourgeoises qui ne font que s'esquisser, même si les initiatives les plus audacieuses sont souvent le fait de grands noms à particule. Mais pour la noblesse bon teint ou bon quartier, cette importance accordée aux enfants gardera toujours quelque chose de parfaitement ridicule, grotesque et surtout rabaissant. Se livrer à des puérilités, c'est se déshonorer.

L'aristocratie, jusqu'à la fin du XVIIe siècle, en tant que classe sociale en principe exclusivement déterminée par la tradition, n'a jamais élaboré de conceptions bien arrêtées de l'enfance. Elle n'y pense pas ou n'a pas le loisir d'y penser. Certes, les femmes deviennent grosses, certes, il y a des naissances. C'est une donnée naturelle comme une autre, une histoire de copulation et de ventre. La mort rôde autour des femmes dès qu'elles sont enceintes et elles accouchent de bestioles bien pâles et bien fragiles qu'on lange et qu'on laisse crier. Ce qui renforce l'idée que l'enfant n'a aucune valeur en lui-même. Pour qu'on lui en accorde, il faudrait d'abord qu'il survive, puis qu'on le baptise et avant tout, disons-le, qu'il soit mâle ! De plus, l'aîné seul est pris en considération en raison de ce qu'il signifie pour la perpétuation du nom, du domaine, du titre, des biens et privilèges. Les autres enfants sont l'objet d'une certaine confusion. L'entretien minimal des enfants est confié aux servantes, au mieux à des gouvernantes. À peine nés, on les expédie tous en nourrice. On est convaincu qu'une belle femme qui allaite son petit ne tarde pas à se faner et qu'un père qui gâche son temps avec ses enfants ébranle son propre pouvoir.

Durant presque tout l'Ancien Régime (mis à part les deux derniers siècles), un enfant ne peut être intéressant qu'en fonction du pouvoir qu'il détiendra un jour ou en raison du nom et du titre qu'il portera, de sa charge future. C'est l'hérédité qui est déterminante, non l'individualité. À peine sorti du berceau, il est défini par son rang. On raconte qu'un jour, au cours d'une chamaillerie de gosses, et peut-être d'une bagarre, le futur Louis XIV cloua le bec de son frère et le contraignit à capituler immédiatement en lui criant: « Je suis le roi! » Comme si son corps, si peu formé fût-il, et son esprit encore puéril étaient déjà et essentiellement ceux d'un souverain. Pour les gens du peuple, les enfants sont également de peu d'importance. En privé, on peut les aimer ou préférer certains, mais, dans l'imaginaire individuel et collectif, ils représentent avant tout des bouches à nourrir. Ils n'offrent une perspective de main-d'œuvre que tant qu'ils ne sont pas trop nombreux dans la même famille. Sinon, il faut s'en défaire, les placer ou les envoyer sur les routes. Parfois les abandonner. Entre le XIVe siècle et le milieu du XVIIe, les troupes d'enfants vagabonds sont une constante du paysage européen. « Dans les années de disette ou d'épidémie », explique Dominique Julia, « les effectifs des enfants errants se gonflent: laissés souvent seuls par la mort de leurs parents, tantôt abandonnés, tantôt fugueurs, ils vagabondent, demandent l'aumône ou volent pour survivre, s'associant parfois au monde de la criminalité adulte » (« L'enfance entre absolutisme et Lumières », in *Histoire de l'enfance en Occident*).

L'enfance est une marge, une friche. Il se dégage toujours, de ces nuées d'êtres en bas âge, une vague menace, leur faiblesse objective semblant contrebalancée par la force due à leur nombre. Leur pullulement reste quelque chose de mystérieux qui relève plus de la diablerie que du Bon Dieu. La misère, qui toujours menace le peuple, est encore accrue par un excès d'enfants qui, tant qu'ils sont en vie, et mus par un puissant instinct de survie et une absence de scrupules moraux, risquent de voler, de dévorer tout ce qu'ils trouvent, et — pourquoi pas ? — d'agresser et tuer. On pense que les enfants ont de multiples analogies avec les miséreux : comme eux, ils sont jouisseurs, joueurs, indociles, querelleurs, blasphémateurs, voleurs, dépravés et prêts à tout moment à s'enflammer, à pousser des cris. Il s'ensuit une errance systématique de « petits » que leurs parents abandonnent à huit, dix et même douze ans, ou bien qu'ils vendent ou laissent enrôler par quelque bataillon.

En amont, un nombre considérable d'avortements provoqués, au château, à la ville comme dans les campagnes, grâce aux méthodes éprouvées de « bonnes femmes », sans parler des décès dans les premiers jours de la vie causés par un manque général d'hygiène ou une absence délibérée de soins, en guise de régulation clandestine et brutale des naissances. Avec la mise au travail extrêmement précoce, on donne aux gamins des campagnes des tâches accordées à leur âge (garder les troupeaux), mais on les contraint parfois, sans scrupule, à participer aux activités les plus rudes de la communauté villageoise. Ce poids social et économique de l'enfance explique que dans un premier temps la doctrine chrétienne, en tant qu'émanation d'une religion pour laquelle Dieu s'est fait homme en se faisant d'abord « divin enfant », ait toujours eu le plus grand mal à imposer, particulièrement dans les milieux ruraux les plus coupés d'influences urbaines, l'idée que chaque enfant est précieux car « voulu par Dieu »... à condition, bien sûr, qu'il soit légitime !

Le « processus d'infantilisation » a également consisté, pendant des siècles, en des scolarisations certes partielles mais déterminantes. Cette scolarisation s'est faite par à-coups, avec des avancées, des reculs, des aberrations et d'heureuses surprises. Ses motivations sont extrêmement diverses. Elles vont de la stricte préparation à la cléricature d'un petit nombre de jeunes de dix à dix-sept ans à la lutte contre l'hérésie et, à partir de la Réforme, contre l'influence protestante. Lorsque des ordres religieux ou des autorités urbaines mirent en place des systèmes éducatifs, comme celui des « petites écoles », ce fut moins pour transmettre des savoirs ou instaurer des habitudes fécondes que pour inoculer aux enfants, férule en main, la soumission spontanée à l'autorité des maîtres. Mécanisation des mouvements corporels, récitation ânonnée des prières, châtiments. Même l'apprentissage de la lecture consistait le plus souvent en un sommaire déchiffrement des textes sacrés, celui de l'écriture étant négligé.

Avec l'institution de ce qui fut appelé « écoles », il s'agissait de se prémunir contre toutes les formes de subversion liées non à l'ignorance mais à l'absence d'apprentissages orientés. Tout l'Ancien Régime est traversé par ce grave souci, les autorités religieuses étant souvent plus inquiètes que les princes eux-mêmes ! Mis à part des personnalités d'exception telles que Comenius, célébré par Jules Michelet comme « le Galilée de l'éducation », tous ceux qui se préoccupèrent d'efficacité pédagogique et qui sont aujourd'hui considérés comme les précurseurs d'un enseignement « adouci » le firent à des fins de discipline et de contrôle. Charles Démia, dans la seconde moitié du XVIIe siècle, se distingua en valorisant la qualité, la sincérité et une très relative « démocratie » de l'instruction, tout en justifiant ainsi ses nouveaux règlements (1688) : « Si on ne les instruit pas, les enfants de pauvres deviennent indociles, libertins, joueurs, blasphémateurs, s'adonnent à l'ivrognerie, à l'impureté, au larcin et brigandage et deviennent enfin les plus dépravés et factieux de l'État. » « Factieux », le mot est lancé ! Si elle n'est pas éradiquée (plutôt que dépassée), l'enfance de l'être humain l'orientera vers le pire.

L'ambiguïté de ces diverses tentatives de « scolarisation » tient à ce qu'elles sont contraintes d'inventer des « traitements » de l'enfance, d'adapter sans cesse leurs méthodes afin de mieux inculquer des principes et de transformer des dogmes en réflexes. On ne vise pas une quelconque émancipation et encore moins l'autonomisation intellcctuelle de l'« individu », dont le concept n'a pas encore été élaboré. « Discipline » reste le maître mot de ces entreprises. L'éducation, comme un second baptême, se veut une fabrique sévère de sujets très chrétiens et soumis.

Toutes ces tentatives d'encadrement social et idéologique des enfants ne pourront pas durablement se réduire à de simples opérations d'enrégimentement ou de police des corps et des esprits. Ne serait-ce que parce qu'elles concernent toutes les classes sociales et qu'il est aussi nécessaire d'éduquer, mais avec infiniment plus de précautions, les enfants voués à occuper des fonctions ou des charges importantes. Du coup, c'est au cœur des familles, aristocratiques puis bourgeoises, et avec des projets précis relatifs au pouvoir et à l'économie, que le souci des enfants va se développer de façon plus poussée. Un très progressif « adoucissement » dans le processus d'infantilisation est désormais inévitable, un authentique intérêt pour l'enfance se substituant peu à peu à l'unique souci du dressage. Invention progressive de la « parentalité » et début d'une « vie de famille ».

Longtemps, la scolarisation restera un moyen

de lutter contre la subversion, qu'elle vienne de la misère ou de l'enfance ! Mais cette grande peur se renversera peu à peu en espoir, le rôle messianique du prolétariat se substituant à la crainte de la plèbe, l'enfance devenant à son tour promesse d'avenir. Une classe sociale et une classe d'âge, toutes deux « appelées », à tous les sens du terme, à jouer un rôle essentiel dans le surgissement de la mentalité moderne : la subversion n'étant plus systématiquement destructrice mais féconde. Et il faut reconnaître à Philippe Ariès d'avoir été l'un des premiers à établir cette analogie : « Il en est de l'enfant comme du tiers état selon Sieyès. On pouvait dire de lui entre 1780 et 1820 : qu'était-il hier ? Rien. Que sera-t-il demain ? Tout ! »

5. MISE AU MONDE DE L'ENFANT MODERNE

L'enfance, porteuse d'avenir, ne pouvait qu'apparaître comme la clef des mystères d'un individu à construire. Esquisse énigmatique mais déchiffrable de l'Humain en gestation. Plus question d'animalité, de saleté, de sottise infantiles, mais au contraire d'innocence, de disponibilité, de promesse : le germe de ce qui est culturellement possible. L'enfance ? Indice lumineux de ce que l'existence est genèse, transformation productrice. L'enfant devenant alors le principal repère, l'étalon à partir duquel on mesurera soit l'ampleur des progrès à accomplir, soit le chemin à parcourir pour s'éloigner des corruptions sociales ou traditionnelles. L'enfant de Rousseau, tellement naturel et authentique, devient la démonstration de ce que l'artifice social peut massacrer. Son simple examen devait contraindre les hommes à inventer des politiques capables de rétablir, par le Contrat social, un équivalent de la Nature irrémédiablement perdue. Enfant nostalgie, donc, mais aussi enfant promesse. Enfant toujours chargé de ses antiques symboles, enfant rat, enfant rusé, enfant nombreux, mais petit être brandissant héroïquement, contre les tyrannies, des armes bien trop lourdes pour lui. Enfant étendard, enfant Humanité, enfant peuple comme chez Victor Hugo. Cette embellie, cette absence toute neuve de méfiance à l'égard des enfants n'a pas tardé à se muer en attrait, qu'il soit philosophique, poétique ou pré-scientifique. De la clairière de l'enfance monte un appel suivi de nombreux échos ! Des précepteurs et pédagogues avaient depuis déjà longtemps contribué à attirer l'attention, de façon certes empirique, sur certains « dons » ou tournures d'esprit spécifiquement infantiles. Des médecins s'étaient même souciés des problèmes physiologiques de la petite enfance, des avantages et désavantages de l'allaitement, conduisant les mères à repenser la pratique de la mise en nourrice et leur rapport personnel aux tout-petits. Des familles au faîte de leur puissance, particulièrement en Angleterre dès le XVIIe siècle, s'étaient enorgueillies de consacrer aux enfants un espace spécial dans la maison : la nursery. Tendance de fond : il devenait évident que la venue au monde des enfants ne devait pas être une fatalité incontrôlable. Ce qui aboutissait non pas au choix d'une contraception conjugale, mais à un contrôle plus ou moins clandestin et systématique des naissances, par divers procédés condamnés par l'Église (coït interrompu, sodomie, masturbation, adultère). D'où la valorisation de la famille de taille réduite, et l'importance existentielle accordée à chacun de ses membres en bas âge.

Ainsi, la place de l'enfant grandissait. Par ailleurs, la peinture des mœurs et des coutumes de ceux qu'on appelait des « sauvages », l'étude des conduites et de l'« âme » de peuples qu'on pensait être restés à l'état de nature réorientaient les ébauches de théories de l'enfance. En comparant ces peuples à la société contemporaine, on y cherchait des arguments contre les conceptions aristocratiques qui prônaient qu'apprendre c'est uniquement « se conformer ». Pleins d'espoir, on s'efforçait de considérer les sociétés archaïques comme premières étapes d'une « formation » générale de l'humanité, elle-même susceptible d'une évolution positive. L'être humain en apparence le plus fruste était, croyait-on, porteur d'une promesse de progrès. Durant des siècles, les campagnes d'Europe ont vu surgir des « enfants sauvages », ces petits êtres abandonnés à la naissance et ayant vécu comme des animaux ou, imaginait-on, survécu grâce à quelque bête. Longtemps, personne ne se soucia de ces malheureux. Pas question d'y chercher quelque secret concernant l'enfance. C'est pourquoi la démarche du Docteur Itard, à l'extrême fin du XVIIIe siècle, est exemplaire. Il a prodigué pendant plusieurs années des soins à un étrange enfant hirsute, quasi muet, à la motricité de loup. Dans son rapport, il fait part de sa déception de n'avoir pas pu ou su réintégrer à la société celui qui, à ses yeux, restait un petit humain. Pour le grand Pinel, pourtant éclairé et novateur, Victor de l'Aveyron n'était qu'un cas clinique d'« idiot » irrécupérable, alors que pour Itard il était un enfant auquel a manqué une éducation socialisante prodiguée en temps voulu. La conviction « optimiste » de Jean Itard marquera durablement l'idéologie pédagogique et la conception moderne d'une psychologie génétique de l'enfant. Il y a toujours quelque chose à faire, ou à faire à temps, et la nécessaire formation des enfants doit être précoce et raisonnée.

Pourquoi tenter, toujours davantage, de comprendre les enfants ? D'abord « pour leur bien » mais aussi dans l'intérêt général : un enjeu politique majeur directement connecté au grand mouvement de démocratisation, d'individualisation et d'« égalisation des conditions » décrit par Tocqueville. Les origines de ce mouvement, dispersées ou hésitantes, sont déjà anciennes à l'échelle de la longue histoire de l'Occident. En termes tocquevilliens, l'adoucissement des conduites à l'égard des enfants et l'intérêt suscité par l'enfance sont une illustration de cette tendance « démocratique », observée en Amérique et que plus rien ne semble désormais pouvoir arrêter, qui pousse les êtres humains à désirer puis à réaliser la suppression des « distinctions », en droit tout au moins, n'importe quel individu étant fondé à exiger d'être juridiquement l'égal de n'importe quel autre. Ce rêve moderne d'égalité a une efficacité redoutable : il ne pouvait pas ne pas « profiter » à l'enfant, devenu un sujet aussi respectable que tout autre. Avec la démocratie, estime Tocqueville, « le père n'est aux yeux de la loi qu'un citoyen plus âgé et plus riche que son fils » (*De la démocratie en Amérique*).

Bien davantage qu'une « citoyenneté » potentielle, il s'agit d'offrir à l'enfant une citoyenneté mineure, certes, mais réelle. Une citoyenneté qui fonde, pour les mineurs, un droit qui vient lui-même s'inscrire dans les devoirs des individus majeurs et sera porteuse, un jour, de l'élaboration plus systématique des « droits de l'enfant ». Traité de façon plus douce, aux fins d'être plus juste, l'enfant devient à son tour l'emblème de ce qui ne peut qu'adoucir les Pouvoirs, qu'ils soient étatiques ou patriarcaux. Les temps nouveaux vont donc, selon Tocqueville, instaurer une famille aux antipodes de la famille romaine (dont le *pater familias* n'avait pas à rendre de comptes à propos du traitement qu'il réservait à l'*infans* et au nouveau-né) et aux antipodes de la famille aristocratique d'Ancien Régime dont l'honneur, les privilèges et les obligations hiérarchiques passaient avant toute considération du bien ou du bien-être individuel de ses membres.

Certes, pour Tocqueville, l'Europe est encore très en retard sur ce qu'a réalisé la jeune Amérique mais la nouvelle sensibilité familiale ne va pas manquer de se propager, sans violence, avec une sorte de naturel. Elle finira par paraître évidente, même au dernier despote patriarcal s'imprégnant fatalement, et comme malgré lui, de l'esprit démocratique : « Le père a aperçu de loin les bornes où devait venir expirer son autorité. » Si la démocratisation des mœurs profite à l'enfant, c'est parce que en temps démocratiques « la notion générale du supérieur devient plus faible et moins claire ».

Au fur et à mesure que le citoyen démocratique devient un « homme sans qualités », le petit humain devient un sujet sans infériorité. Ou, à l'inverse, c'est l'infériorité qui gagne en force et en légitimité. Tous les êtres faibles, démunis, handicapés, dévalorisés, dont l'enfant évidemment, sont amenés à relever la tête ! Ces mutations idéologiques ne tarderont pas à engendrer, avec des rapports familiaux apaisés, des sentiments inédits, ou la mise au premier plan de sentiments considérés jusque-là secondaires tels que la « fraternité », selon une primauté des liens horizontaux. Ce qui fait écrire à Tocqueville ce fameux passage de son chapitre consacré à la famille :

« Sous les lois démocratiques, les enfants sont parfaitement égaux, par conséquent indépendants ; rien ne les rapproche forcément, mais aussi rien ne les écarte ; et comme ils ont une origine commune, qu'ils s'élèvent sous le même toit, qu'ils sont l'objet des mêmes soins, et qu'aucune prérogative particulière ne les distingue ni ne les sépare, on voit aisément naître parmi eux la douce et juvénile intimité du premier âge. Le lien ainsi formé au commencement de la vie, il ne se présente guère d'occasion de le rompre, car la fraternité les rapproche chaque jour sans les gêner. »

Adieu jalousies, droit d'aînesse, rivalités, abaissement ou relégation du cadet ! Tout n'est que douceur, intimité, proximité. Les jeux et affections d'une enfance heureuse deviennent le paradigme de relations sociales sans histoires. La rudesse et la tension des mœurs aristocratiques s'effacent au profit de ces nouveaux agréments. « La douceur de ces mœurs démocratiques est si grande », poursuit Tocqueville, « que les partisans de l'aristocratie eux-mêmes s'y laissent prendre, et que, après l'avoir goûtée quelque temps, ils ne sont point tentés de retourner aux formes respectueuses et froides de la famille aristocratique. »

Il est né le démocratique enfant !

Bientôt l'émotion chaleureuse et permanente sera reine, et un irrespect de bon aloi sera de règle, mais les rapports humains seront tellement apaisés qu'on ne pourra plus en imaginer d'autres... Et dans ce contexte d'individualisme généralisé, et exacerbé, c'est encore dans sa famille bienveillante que l'enfant trouvera le milieu le plus propice à son épanouissement et à la réalisation de ce qu'il est lui-même, grâce aux « liens naturels » : « La démocratie détend les liens sociaux mais elle resserre les liens naturels. Elle rapproche les parents dans le même temps qu'elle sépare les citoyens », dit Tocqueville. Vision prémonitoire d'une communauté dépolitisée dans laquelle l'enfant, imaginé libre et heureux, sera, avec ses frères et sœurs, le ciment du couple comme de la famille idéale, fantasmée comme une bulle de bien-être flottant au-dessus du grand désert des relations sociales.

Égalitarisme, famille, douceur et... un intense « sentiment de l'enfance » : mais peut-être aussi une vaste grisaille démocratique. Pour être juste, il faudrait préciser que Tocqueville a su aller bien au-delà de ce tableau, plutôt positif, de la famille moderne en temps démocratiques en nous en brossant un autre, « postmoderne » si l'on veut, et plus pessimiste, conséquence de ce « torrent démocratique » qui emporte tout sur son passage. Il nous annonce des relations humaines devenues tellement individualistes et préoccupées de l'instant présent que les citoyens, « infantilisés » au pire sens du terme, ne parviennent plus à se soucier les uns des autres. Distance entre enfants et parents, indifférence entre proches et voisins : « Ainsi, non seulement la démocratie fait oublier à chaque homme ses aïeux, mais elle lui cache ses descendants et le sépare de ses contemporains ; elle le ramène sans cesse vers lui seul et menace de le renfermer enfin tout entier dans la solitude de son propre cœur. »

Alors, à peine institué, le lien horizontal se brise, et la solitude du cœur ne tardera pas à laisser place à un isolement des corps et des esprits, y compris au sein de ce qui subsistera des familles.

V. *Ribambelle*

1. « ENFANT COMPLET » ET FRAGMENTS D'ENFANTIN

La modernité s'est montrée très vite méfiante à l'égard de la famille. Quatre-vingts ans avant que Tocqueville ne prédise les grands changements familiaux apportés par la démocratie, toute l'utopie rousseauiste a consisté à proclamer que, pour sauver l'enfance, il fallait d'abord l'isoler, la mettre à l'abri de ce que toute société a de pernicieux parce que artificiel, la famille n'étant qu'un relais de la machine sociale. Cette conception, diversement interprétée, souvent déformée, inspirera de nombreux rêves éducatifs jusqu'à la fin du XXe siècle. Mais l'enfant de Rousseau diffère de l'enfant du *Traité de pédagogie* de Kant, ou de celui, ou ceux, qu'ont rêvé les romantiques. Il ne permet pas de prévoir ce que sera l'enfant gâté de la société de consommation ni l'enfant-vedette de la marchandise et du spectacle, et c'est à peine s'il laisse deviner celui sur lequel les psychologies politiques des années soixante et soixante-dix vont tant gloser, quitte à le vouer, sous prétexte de le libérer de diverses aliénations, à des traitements contradictoires dont il ne ressortira pas forcément indemne.

Soudain, que d'enfants ! Sujets de réflexion ou objets d'expérimentations pleines de bonnes intentions, au cours d'une époque relativement courte à l'échelle de l'histoire des mentalités... Bien vite, que de bâtards et d'orphelins théoriques ! Car même Rousseau n'a pas imaginé un unique enfant. Disons qu'on lui en doit au moins deux, puisqu'il faut dissocier son Émile, sorte de monstre théorique, figure abstraite de l'enfant qu'il importe d'éduquer, du Jean-Jacques des *Confessions*, fait de chair et d'écriture, et qu'on pourrait appeler « enfant de la rêverie productive ». Ce dernier galopin permet à Rousseau d'éclairer sinon de justifier une personnalité compliquée à la recherche d'elle-même. Rousseau prend aussi un plaisir sensuel à l'évoquer, inventant pour l'occasion une ébauche d'« écriture de l'Enfantin ». Écriture sans équivalent, ni dans le passé ni chez les contemporains de Rousseau. Lui, l'homme de rien, l'homme du tiers état, avait l'audace, en 1767, de parler de sa vie et donc de son enfance comme d'une chose importante, découvrant simultanément le rôle des sensations enfantines dans ce que nous devenons. Pour recueillir ces impressions premières, il créait un style, une tonalité, une musique qui n'appartiendraient jamais qu'à lui.

D'Émile, le premier enfant purement fictif de Rousseau, il ne faut pas dire qu'il est le modèle d'une pratique éducative « possible » mais plutôt qu'il est une sorte d'étalon permettant de mesurer l'ampleur de problèmes philosophiques, anthropologiques et politiques précis : nature de la Nature, formation de l'homme libre et donc du citoyen, successivité des états mentaux de l'individu. Pour les résoudre, et c'est toute la nouveauté rousseauiste, la prise en compte de l'« enfance de l'homme » et de l'homme dans l'enfant s'avérera nécessaire.

Pour Rousseau, cet état originel, positif et donc divin qu'il appelle la Nature « dégénère dans les mains de l'homme », ou plus précisément de l'homme en société. Selon lui, l'éducation doit à tout prix préserver l'enfant des méfaits de cette société, non seulement parce qu'elle est « artificielle », mais parce qu'elle est « contre nature ». D'où, dans l'*Émile*, ce dispositif pédagogique assez étrange, qui ne tient que par le « récit philosophique », et qui consiste dans le couple précepteur/élève : le maître prend grand soin de séparer l'enfant de tout ce qui risque d'aller à l'encontre des « rythmes » de son développement naturel en lui évitant le contact avec les « usages » et leur sophistication, il doit favoriser, dans une solitude agreste, le contact de son élève avec « les choses elles-mêmes », « loin des noires mœurs des villes, que le vernis dont on les couvre rend séduisantes et contagieuses pour les enfants ». Donc, campagne et isolement pour cet enfant théorique, afin de « préparer, en lui, de loin, le règne de la liberté ».

Entre les principaux préceptes de cette somme pédagogique qu'est l'*Émile* les contradictions ne manquent pas, mais l'essentiel est ailleurs : pour la première fois, après tous les a priori concernant la « mauvaiseté » de l'enfant qui ont caractérisé l'Ancien Régime, Rousseau affirme avec force et avec passion que l'enfant naît « foncièrement bon » dans un monde non pas de brutes mais de malheureux que leur imagination et leur « amour-propre » (opposé au pur « amour de soi ») ont pervertis. Le bonheur de ces individus, bonheur factice car uniquement social (on dirait aujourd'hui « spectaculaire »), ne dépendant que de leur intérêt, de leur fortune et d'un bien-être convenu. Ce renversement de perspective à propos des enfants, avec tout l'enthousiasme polémique de Rousseau, est déjà, à lui seul, révolutionnaire.

Mais il y a un deuxième apport majeur de l'*Émile* : il consiste en l'affirmation légitimante d'une sorte de « complétude de l'enfance ». Jamais auparavant l'enfant n'avait à ce point été considéré comme une entité qui se suffit à elle-même : « il faut considérer l'homme dans l'homme, et l'enfant dans l'enfant ». Certes, l'enfant humain est « perfectible », ce qui est la cause possible de sa perte que seule l'éducation peut éviter puisque, sans éducation, point de liberté ! Mais, dans tous les cas, le petit qui vient au monde *est* pleinement. Il est « naturel » au sens où il détient complètement en lui-même la nature de l'Homme, et potentiellement la liberté humaine. Le Livre I de l'*Émile* traite du tout petit enfant, mais on voit dans le Livre II apparaître et s'épanouir un garçon qui, à l'âge de douze ans environ, atteint une sorte de perfection enfantine. C'est pourquoi, d'après Rousseau, un enfant peut être « tout enfant » et en cela une créature respectable et légitime. Brusquement, grâce à Rousseau, l'enfant n'est plus regardé comme fondamentalement immature, voué à « grandir pour être », ou n'ayant d'intérêt qu'en vue de l'adulte qu'il va devenir. Rousseau nous force à admirer et peut-être à aimer un « enfant en soi », individu parfait parce que équilibré au cœur même de son enfance. Harmonieux en raison de son enfance. Charmant, total, mais éphémère !

C'est la première fois que l'enfance se met à compter à ce point dans la société occidentale. Elle est un âge absolu, un état à part entière. « Chaque âge », écrit Rousseau, « chaque état de la vie a sa perfection convenable, sa sorte de maturité qui lui est propre. Nous avons souvent ouï parler d'un homme fait ; mais considérons un enfant fait: ce spectacle sera plus nouveau pour nous, et ne sera peut-être pas moins agréable. »

Rousseau a donc installé durablement parmi nous le premier « enfant fait »: cet Émile de douze ans. Mais son autre rejeton, celui que retrouve le narrateur des *Confessions*, marque sans doute une avancée encore plus audacieuse. Au fil des premiers livres de ce long récit autobiographique, on découvre ce qu'il faut bien nommer la tentation d'une écriture de l'Enfantin. Tentation sincère mais tentative en partie avortée. Car Rousseau, réel précurseur, n'ira pas au bout de ce que l'occasion d'écrire sur lui-même permettait, ni même de ce que son intention déclarée promettait. Et pourtant, *Les Confessions* demeurent comme un monument et comme un repère sur le long chemin de la production moderne de l'Enfantin.

Certes, le poids des références (à saint Augustin, par exemple, qui avoue avoir été un enfant voleur de poires quand Rousseau s'avouera voleur de pommes) et le poids des intentions polémiques ou justificatives sont considérables. Rousseau se lance dans une entreprise autobiographique sans équivalent, d'abord dans l'intention d'être absous, plaint, ou en tout cas mieux compris par l'aveu moins de péchés précoces que de contradictions, voire d'incohérences psychologiques fondatrices. Des bizarreries apparentes qui caractérisent l'auteur exactement comme tous les hommes. Rousseau le singulier, Rousseau le solitaire valant n'importe lequel d'entre eux.

Les Confessions: un écrit sans contraintes qui permet à Rousseau de se livrer à ce vagabondage mnésique et littéraire, tout en jouissant de « s'offrir » en pâture à ses ennemis ou de susciter l'attendrissement compatissant du public; récit d'apparence naturelle et fruste qui est aussi invention d'une méthode complètement neuve de connaissance de soi; enfin, un texte qui, au passage, comporte des réflexions propres à justifier ou à nuancer des éléments de philosophie ou d'anthropologie traités dans ses autres livres. Il est donc facile de constater que, lorsqu'il apparaît, l'enfant autobiographique se trouve déjà pris dans les mailles d'un solide filet stratégique autant que pathétique. La polémique comme le masochisme ne sont jamais loin. Et Rousseau de proclamer que son livre restera « une entreprise qui n'eut jamais d'exemple et dont l'exécution n'aura point d'imitateurs ».

Cependant, à trop insister sur les intentions de Rousseau ou sur ses réélaborations, d'ailleurs assumées, on risque de passer à côté de tout ce qui relève, dans ce livre, d'une vraie nouveauté: cette jouissance d'écriture qui se confond avec la jubilation de la réminiscence. Ce qui, du coup, déclenche le plaisir de n'importe quel lecteur, emporté par le flux de phrases qui rendent leur auteur intensément présent. Présence humaine, charnelle et nerveuse, due à ce lyrisme spontané, à ces intonations et méandres d'une voix, de tout un corps mental qui se cherche et qui cherche. Montaigne comme unique prédécesseur. C'est le style inimitable de Rousseau, sa spontanéité apparente, qui donne à certaines anecdotes des *Confessions*, devenues célèbres et sources d'idolâtrie, une telle chair, une telle palpitation.

Est-ce cette omniprésence de l'enfance, sa persistance et son insistance admises jusque dans la « vieillesse » qui rendent ce qui est dit tellement évident, tout en produisant une véracité d'un genre nouveau ? Véracité qui ne tient pas à l'exactitude des faits mais à la justesse de la description d'un phénomène : « devenir soi-même ». Il y a chez Rousseau cette annonce novatrice de ce que l'enfant est encore et toujours au cœur de l'homme, et, à le lire, nous en venons à voir concrètement ce qui s'est passé pour Jean-Jacques petit, comme s'il s'agissait de notre propre enfance. Voilà en quoi *Les Confessions* parviennent à effleurer un peu d'Enfantin : « Quoique né homme à certains égards, j'ai été longtemps enfant et je le suis encore à beaucoup d'autres. Je n'ai pas promis d'offrir au public un grand personnage ; j'ai promis de me peindre tel que je suis, et pour me connaître dans un âge avancé, il faut m'avoir bien connu dans ma jeunesse. » Peu importe alors que les évocations par Rousseau de sa honte, de son masochisme, de son exhibitionnisme, de sa résistance vigoureuse à l'injustice ou que ses aveux de quelques forfaits puérils et démesurément grossis (la fessée, le ruban) soient plus ou moins des « mises en scène », car l'écriture emporte tout, une écriture dont l'authenticité nous pénètre parce qu'elle est subtilement et comme « naturellement » imprégnée d'enfance.

D'ailleurs, Rousseau en dit souvent beaucoup moins que ne le feront les écrivains du XXe siècle à propos de faits analogues ; pourtant, ses lecteurs fervents ont la certitude de connaître la scène, à partir de très peu de mots, comme s'ils y ajoutaient, sans s'en douter, des sensations nées de leur propre enfance, soudain réveillée, après un lourd sommeil ou d'autres révélations plus explicites que la littérature a produites après Rousseau et en partie grâce à lui.

Qui, par exemple, n'a tenté dans sa maturité, ou ne tentera dans sa vieillesse, de retrouver une petite chanson d'autrefois, ou, comme disait James Joyce, « un air doux et tendre, jadis aimé » ? Rousseau n'hésite pas à revenir sur de telles apparentes broutilles, et à accorder une importance littéraire et existentielle aux efforts que l'on fait pour se souvenir des paroles d'une chansonnette enfantine dont on a soudain l'air sur le bout des lèvres et dans le cœur : « Dirait-on que moi, vieux radoteur, rongé de soucis et de peines, je me surprends quelquefois à pleurer comme un enfant en marmottant ces petits airs d'une voix déjà cassée et tremblante ? » Et le philosophe déjà âgé parvient à nous convaincre de l'importance qu'il y a à retrouver, à partir de pauvres rimes qui surnagent, le reste d'une complainte. Ritournelle dérisoire, comptine ou chant mystérieux qui furent peut-être à l'origine d'une vocation musicale. Rousseau dit se souvenir de sa jeune tante qui chantait en brodant. Des mots et une mélodie traversent le temps. Ils tirent derrière eux le souvenir précis d'une robe et de son étoffe, d'un regard, d'une attitude, d'un moment, d'un décor. Et l'écriture s'attarde en ces méandres de la mémoire, consciente du silence de tant de « délaissés », comme s'il s'agissait de la plus essentielle des promenades mentales.

Sigmund Freud ne reprendra ce type de questions, sur un tout autre mode, que cent trente ans plus tard, la notion de « compulsion de répétition » venant éclairer nos déroutantes et incoercibles reprises de situations passées, même les plus pénibles, accompagnées de la certitude que seule la situation actuelle les a motivées. Marcel Proust n'établira ses correspondances entre deux saveurs ou deux bruits séparés par le Temps que près d'un siècle et demi après les intuitions de Rousseau sur le lien entre le chant de la tante et le goût du neveu pour la musique. Un goût survenu, dit-il, bien plus tard. Si ce n'est l'air d'une chanson perdue, ce peut être la sonorité d'un mot lointain. Un vocable incongru ou une expression bizarre qui, produisant alors un fragment d'Enfantin, surgissent dans notre tête. Ressassement ou rengaine.

Rousseau est le seul à s'intéresser au phénomène, et à avoir l'idée d'y consacrer un texte. Par exemple, qu'est-ce qui réveille chez ce philosophe devenu vieux (selon lui) la mémoire d'une injustice dont, enfant, il a été victime ? Se pourrait-il que ce soit la sonorité d'un seul mot ? Une sonorité intégralement préservée dans quelque oreille très fine et secrète de l'adulte ? Un mot idiot qui n'a jamais cessé de se crier à travers les âges de la vie ! Car, après avoir raconté avec émotion ce jour de son enfance où personne n'avait pu lui arracher l'aveu d'une faute qu'il n'avait pas commise (briser les dents d'un peigne), Rousseau évoque la façon dont il partagea, en « des transports convulsifs », sa colère avec son cousin, lui-même injustement puni : « Et quand nos jeunes cœurs un peu soulagés pouvaient exhaler leur colère, nous nous levions sur notre séant, et nous mettions tous deux à crier cent fois de toutes nos forces : Carnifex, Carnifex, Carnifex. » Belle énigme enfantine que celle de ce *Carnifex* ! Puissance magique du vocable irritant et soulageant, hurlé par deux enfants en train de sauter sur un lit ! « *Carnifex !* » Qui, à l'époque où Rousseau écrit ces lignes, aurait le culot de laisser l'écriture capturer une petite friture mentale aussi dérisoire ? Véritable « *Rosebud* » isolé qui retentit en plein XVIIIe siècle... Innovation due à cette sensibilité tellement singulière élaborant un style accordé à la modestie et à la difficulté d'une telle « recherche ».

L'Enfantin est fait d'une « coïncidence des âges » (le contraire d'une concordance des temps). Il y a de l'enfant dans l'adulte, comme il y a de l'adulte dans l'enfant et beaucoup de vieillard. On sait qu'il arrive à l'enfant, en pleine action, de s'arrêter net. Il pose alors brusquement sur les choses un regard profond, très grave, et plein d'une inquiétude qu'aucune parole adulte ne saurait apaiser. Il se fait vieux. Sans âge. Confronté à l'énigme. Tout en restant un enfant. C'est pourquoi l'accueil de l'Enfantin implique d'admettre que beaucoup de vie a été vécue et que certains secrets généraux d'une vie, enfouis dans les commencements, ne seront jamais découverts. Les passages des *Confessions* où s'esquisse de l'Enfantin sont inséparables de ces minuscules détails que l'écriture de Rousseau a l'art de saisir au vol. Rousseau le sait ou, plutôt, il le sent. Il mesure l'impression produite sur son lecteur à l'émotion qu'il ressent lui-même en écrivant (cœur qui bat, larmes...). Passons sur les épisodes maintes fois commentés du ruban volé, de la fessée administrée par Mlle Lambercier ou de la première vision de Mme de Warens. Honte, excitation masochiste, émoi sexuel précoce, Rousseau, dans un isolement littéraire complet, aborde ces moments et sentiments qui, pense-t-il, l'ont

« fait », et parvient à construire, plus qu'à retrouver, de petits tableaux authentiques du point de vue de l'Enfantin même s'ils s'écartent de la stricte biographie personnelle. Les plus touchants de ces tableaux sont peut-être ceux dont le lyrisme, dans une mousse d'adjectifs, laisse revenir, pour nous lecteurs comme pour Rousseau au moment de la rédaction, des sensations précises, suspendues à jamais dans le temps : s'éveiller, après une nuit à la belle étoile près de Lyon, seul, ébloui, affamé, mais joyeux, alors qu'on est encore un enfant (« mes yeux en s'ouvrant virent l'eau, la verdure, un paysage admirable ») ; ou bien s'approcher à pied d'une belle cascade, tenter de passer entre la chute d'eau et la roche, se retrouver trempé et y prendre plaisir : « [...] l'eau se divise et tombe en poussière, et lorsqu'on approche un peu trop de ce nuage, sans s'apercevoir d'abord qu'on se mouille, à l'instant on est tout trempé ». Car, parmi les constellations de l'Enfantin, on compte aussi celle qu'on pourrait nommer « la joie d'être mouillé », en barque ou au bord de la mer, quand l'eau qui gicle par surprise vient nous doucher et que l'indignation de circonstance masque mal une secrète jubilation.

Dès la fin du XVIIIe siècle, les choses vont aller très vite, et l'enfant que découvre et promeut la conscience collective va grandir par poussées de plus en plus fortes. Les écrits de Rousseau permettent de repérer clairement un « avant » et un « après ». Rousseau le décalé, Rousseau le singulier, est parvenu, grâce à son rapport particulier à l'écriture, à faciliter tout ce qui allait pouvoir se dire, se penser, se sentir, à propos de l'enfance. Son propre engagement sensuel dans ses textes et dans les débats de son temps contribua d'ailleurs à faire de lui une sorte de « philosophe enfant ». Rousseau est, au fond, authentiquement « enfantin », en raison même de cette posture solitaire, de cette recherche ombrageuse d'isolement et de cette façon de se sentir mentalement « pas comme les autres » qui, on le sait, accompagnent souvent les premières hontes comme les premiers émois. Une aspiration crispée et jouissive à l'insularité réelle ou symbolique, qui, comme chez l'enfant, spontanément égocentrique, se distingue mal d'une tendance à faire l'intéressant, à « bouffonner pour plaire », selon l'expression de Sartre. « Je ne me soucie point d'être remarqué, mais quand on me remarque, je ne suis pas fâché que ce soit d'une manière un peu distinguée, et j'aimerais mieux être oublié du genre humain que regardé comme un homme ordinaire » (*Mon portrait*, première esquisse des *Confessions*).

Est-il possible que la vieillesse connaisse encore des métamorphoses surprenantes ? L'homme âgé peut-il comprendre et accepter la présence et la puissance de l'Enfantin ? « Depuis qu'ayant passé l'âge mûr je décline vers la vieillesse, je sens que ces mêmes souvenirs renaissent tandis que les autres s'effacent, et se gravent dans ma mémoire avec des traits dont le charme et la force augmentent de jour en jour » (*Confessions*). Alors, en dépit du grand âge, que le charme opère !

2. KANT ET LE CRI DU BÉBÉ

Lecteur passionné de Rousseau, Kant parle d'un enfant encore plus théorique qu'Émile. Il reprend le problème de l'éducation là où l'auteur des *Confessions* l'avait abandonné, mais l'« avancée » kantienne est simultanément une régression tant l'enfant dont il traite reste prisonnier d'un projet exclusivement anthropologique et moral. Par rapport à la variété d'Enfantin que le texte de Rousseau a contribué à libérer et à la multitude d'engouements qu'il a suscités la réflexion kantienne se limite à une stricte intention pédagogique.

Producteur forcené de concepts, n'ayant pas l'ombre d'une préoccupation littéraire ou d'une conscience de ce que se « laisser aller » à l'écriture pourrait engendrer, Kant était incapable de s'abandonner à ce qui vient ou revient lorsqu'on accorde, en écrivant, une place textuelle à l'intuitif. Aucun espace chez lui pour cette matière autobiographique qui imprègne même ce que Rousseau croit écrire de plus général. Chez Kant, pas de « rêveries », encore moins de « confessions » (qu'eût-il eu, d'ailleurs, à confesser ?). On sait que la promenade journalière de Kant fut durant des années, toujours identique parce que uniquement hygiénique, alors que Rousseau fut de façon consubstantielle un promeneur vagabond, dans les paysages comme dans la sensibilité et la pensée. C'est ce rapport à l'errance, contrainte ou provoquée, qui, entre autres, contribua à accroître son souci d'une enfance réelle et idéale.

Si Kant s'est préoccupé de l'enfant, ce fut dans le cadre d'un projet de conduite de l'être humain vers sa propre humanité. Encore plus que pour Rousseau son projet répondait à un impératif de « progressisme ». Si, pour Rousseau, le petit d'homme devait être éduqué en vue d'une amélioration et d'un accomplissement personnels et dans la perspective d'un bonheur en compagnie de ses semblables mais individuel, pour Kant (qui n'admet pas que le bonheur soit, d'un point de vue moral, le motif de notre action) c'était avant tout pour le bien de l'Humanité qu'il fallait se faire pédagogue en donnant aux enfants un accès à la Raison et à la Moralité. D'où des méthodes pédagogiques bien différentes, puisque Kant refusait de croire à un enfant originellement « bon par nature ». D'où ses mises en garde contre tous les attendrissements ou traitements amollissants et ses appels à un apprentissage immédiat de la discipline : « La discipline », proclame-t-il dans son *Traité de pédagogie*, « est ce qui nous fait passer de l'état d'animal à celui d'homme. Un animal est par son instinct tout ce qu'il peut être ; une raison étrangère a pris d'avance pour lui tous les soins indispensables. Mais l'homme a besoin de sa propre raison. »

Une raison dont il risquerait de demeurer séparé, stagnant entre animalité et humanité larvaire et devenant dangereux pour lui et les autres. Car l'humain n'a pas d'instinct ! L'éducation va donc être chargée d'éveiller, voire de stimuler, chez le futur Sujet, le désir de faire un effort personnel pour s'arracher à une sorte d'infirmité biologique. Il plane d'ailleurs un grand mystère sur cet effort dont dépend la capacité de l'homme de se conformer à sa propre essence. Il s'agit pour l'éducateur de provoquer cet auto-engendrement, cette production autonome de soi-même en tant qu'être rationnel et raisonnable. La transmission est indispensable et une génération forme la suivante. « L'espèce humaine », dit Kant, « est obligée de tirer peu à peu d'elle-même par ses propres efforts toutes les qualités naturelles qui appartiennent à l'humanité. Une génération fait l'éducation de l'autre. » Tout repose sur ce « tirer de soi-même » : c'est le paradoxe de la condition de l'homme que de devoir tirer de soi-même et par soi-même, c'est-à-dire en « se forçant », les conditions de sa liberté. Ce que Kant a exprimé dans la célèbre formule de son article *Qu'est-ce que les Lumières*: « *Sapere aude!* Aie le courage de te servir de ton propre entendement! » Ce courage est très difficile à expliquer. Sans lui, l'accès à l'humanité est sans valeur. La peur pourrait avoir des effets analogues mais l'acte accompli n'aurait rien d'autonome. Alors, comment éveiller ce courage très particulier chez l'enfant? Cette question va troubler durablement la pédagogie. Rousseau prônait la préservation, voire la protection, chez l'enfant, de tout ce qui relève de sa nature; Kant estime que l'individu ne peut parvenir à la liberté qu'en se défaisant de ses penchants naturels, par une sorte de sursaut intérieur qui doit être à la fois volontaire et contraint.

Bien sûr, jamais Rousseau n'a prétendu qu'il fallait abandonner l'enfant à ses tendances premières, aussi « bonnes » soient-elles jusqu'à sa douzième année, pour la seule raison que l'état de nature est définitivement perdu et qu'un enfant qui demeurerait pleinement naturel deviendrait le plus malheureux des adultes dans la société telle qu'elle fonctionne désormais. Mais la naturalité de l'enfant reste un point de départ, une référence très précieuse sur laquelle on peut régler les traitements éducatifs qu'on lui réserve. Une fois l'enfance tant bien que mal préservée, la seule liberté que l'homme pourra s'offrir devra passer, selon Rousseau, par l'artifice du politique. L'état de nature étant perdu, seule une entente conventionnellement et contractuellement réglée entre les individus garantira une liberté qui ne sera donc pas, comme chez Kant, prioritairement morale.

À propos de l'aspiration humaine à la liberté, on trouve chez Kant une très surprenante méditation sur le bébé et sur ses cris, comme si dès sa venue au monde l'être humain manifestait vigoureusement son écart avec l'animalité en une intuition encore confuse de son futur état d'individu libre. Ce précurseur obscur, c'est le cri ! L'enfant « crie » en naissant, et ce hurlement au sortir du ventre de la mère intrigue Kant. Non, il en est sûr, ce cri différencie l'homme de la bête. Pas question non plus d'expliquer ce cri par une mécanique du souffle et par un passage analogue chez l'animal et l'homme d'une respiration sanguine à une respiration aérienne. Ce serait en rester à la physiologie. Or Kant est persuadé d'entendre autre chose dans ce vagissement du bébé, véritable énigme. Ce qui semble prouver l'originalité de ce cri, selon Kant, c'est que, dans une véritable sauvagerie, un tel bruit attirerait des prédateurs qui accourraient pour dévorer la mère et son bébé. Ce cri est donc sans rapport avec un instinct de survie. Il n'a rien à voir avec un réflexe ou une réaction physiologique. Il en est même le contraire ! Alors ?

Kant réfléchit à ce comportement tellement étrange du nouveau-né : « Quelle est donc l'intention de la nature, quand elle accompagne d'un cri la naissance de l'enfant, ce qui pour lui et pour sa mère est le plus extrême danger dans le pur état de nature ? Cela pourrait attirer le loup ou un porc et les exciter à dévorer l'enfant quand la mère est absente ou affaiblie par les couches. Aucune bête, en dehors de l'homme tel qu'il est maintenant, n'annonce ainsi son existence au moment où elle naît ; et la sagesse de la nature semble l'avoir voulu ainsi pour le maintien de l'espèce » (*Anthropologie*).

Kant a cette vision — ou hallucination — très personnelle d'un porc sauvage qui rôde et grogne et s'approche d'un petit bébé vagissant. Mais très vite il se rassure, aucun enfant humain ne surgit dans un « pur état de nature » et s'il peut se permettre de gueuler aussi fort, dès qu'il voit le jour et dans les mois qui suivent, c'est qu'il n'est pas « comme » les bêtes, qu'il n'est pas une bête et qu'il « s'annonce » immédiatement en tant qu'être humain. Une annonce est l'indication précoce d'un événement, événement non seulement possible mais certain (ce qui différencie l'annonce de la prédiction). Eh bien, ce cri, radicalement différent de tous les cris animaux, indique, par avance, ce que le bébé est voué à devenir. Bizarrement, Kant parle à la fois d'une intention de la nature et d'une proclamation primale et spontanée par le petit humain de sa propre humanité.

Tout se passe comme si Kant prêtait l'oreille à ces assourdissants couinements de la venue au monde humaine pour les analyser et y entendre, malgré tout, quelque chose qui annonce l'homme... Ce cri, dit-il, « n'a pas le ton de la plainte, mais de l'indignation et de la colère qui explose; ce n'est pas que l'enfant ait mal mais il est contrarié; probablement parce qu'il faut se mouvoir et qu'il éprouve son impuissance comme une entrave qui lui retire sa liberté » (*Anthropologie*). Une immense et pathétique « indignation » éclaterait donc, déjà, chez le bébé. En tout cas, une disposition à s'indigner: révolte immédiate contre une atteinte au statut de « personne », de personne en tant que fin en soi. Le bébé ne pense évidemment pas clairement cela mais tout se passe comme si son cri était l'extraordinaire condensation d'une rage provoquée par un manque de liberté. Il ne s'agit encore que d'un manque de liberté de mouvement mais, à la différence des bêtes, les bébés humains s'en offusqueraient tout de suite et sans le savoir: d'où leur cri.

Kant se tient ici assez loin de Rousseau, mais sa méditation sur un bébé cerné par des loups en est d'autant plus touchante, comme sont touchants ses efforts pour entendre dans le cri une « indignation » prémonitoire. En somme, le fameux et mystérieux effort que l'individu que l'on éduque devra avoir le courage de fournir, le nourrisson l'esquisse déjà en se débattant et en hurlant dans ses langes. Dans son *Traité de pédagogie*, Kant expliquera que l'éducation doit cependant « polir la rudesse » de ce tout premier « penchant pour la liberté ».

C'est là que le pédagogue intervient. Car c'est à partir de ce cri qui n'est pas animal, mais qui n'est pas pleinement raisonnable non plus, que la discipline est nécessaire : elle doit faire quelque chose de ce cri ; elle doit canaliser sa violence et modérer sa brutalité. « La discipline empêche l'homme de se laisser détourner de sa destination, de l'humanité, par ses penchants brutaux. Il faut qu'elle le modère afin qu'il ne se jette pas dans le danger comme un être indompté et étourdi. »

Discipliner l'enfant permet donc de le conduire vers ce à quoi il est destiné, à partir de son indignation originelle, en faisant en sorte que la brutalité et l'excès ne l'en détournent pas. En somme, la « destination de l'homme » est déjà tout entière dans le cri du nouveau-né. Restera alors, plus tard, à susciter le « courage », ce courage dont le mystère s'éclaircit un peu si on le considère comme analogue à ce sursaut originel. L'enfant une fois discipliné, il faudra encore l'instruire.

Kant a donné ses cours de pédagogie entre 1776 et 1787. Pris en notes par des étudiants, ils n'ont été publiés à Königsberg qu'en 1803. Nous voici à l'aube du XIXe siècle : tout le dispositif est en place. Partout en Europe, l'enfance est devenue une thématique incontournable. Cette vaste ouverture précède la Révolution française. Le surgissement de la question de l'enfance a des causes communes avec cet événement, mais, de façon symptomatique, les révolutionnaires ne la poseront pas. Pourtant, ce qu'a semé Rousseau comme les postulats pédagogiques de Kant ne cesseront d'occuper les esprits.

Loin des proclamations et programmes politiques, une enfance nouvelle va se manifester de manière complètement autonome, dans la littérature, les récits, les rêves, les revues, les projets utopistes, les chants, les nouveaux mythes et les nouvelles croyances : des centaines de figures d'enfants ! Toute une ribambelle !

3. ENFANT ÉTRANGER, ENFANT PROMESSE ET ENFANT PARADOXE

Place, à présent, à la littérature ! Ce sont les romanciers, les poètes et les peintres du XIXe siècle qui vont prendre le relais des penseurs et philosophes du XVIIIe. Entre 1800 et 1860, personnages, portraits et aventures d'enfants se multiplient. L'évocation de l'enfant s'accorde à merveille avec les divers projets « modernes » de bouleverser les sensibilités. Comme le bonheur, l'enfance transfiguratrice est une « idée neuve en Europe ». Faut-il parler d'une Europe qui, en voie de déchristianisation, s'emploie à sauver, comme elle peut, la singularité suprême du christianisme, sa

« bonne nouvelle » : l'incarnation du divin dans un enfant sauveur, le Tout-Puissant révélant sa bonté d'autant plus adorable, au sens littéral du terme, qu'elle s'annonce et s'affirme dans la plus faible des créatures humaines.

Allemagne, France, Angleterre : trois sensibilités, trois stratégies dix-neuvièmistes de l'Enfantin. Les romantiques allemands seront sensibles aux liens qui unissent l'enfance et l'angoisse. Victor Hugo, avec plus de nuances qu'on ne le prétend souvent, fera de l'enfant l'emblème de tout ce vers quoi l'Humanité doit tendre, ce dont elle procède et provient. Enfin, Lewis Carroll installera l'enfant au cœur du paradoxe, dans un incessant devenir et une permanente réversibilité des signes.

Avec génie, le romantisme allemand a saisi l'enfance dans toute son étrangeté. Ni pure ni bonne, elle est avant tout une énigme. Plus question de protéger l'enfant de la société en l'installant dans quelque campagne, mais de le perdre en forêt ! La forêt des contes constitue un extraordinaire bain révélateur. C'est dans son clair-obscur et ses enchevêtrements menaçants que les frères Grimm, acteurs majeurs du romantisme, plongent des petits garçons qui ne songent qu'à « s'en sortir » en grimpant aux arbres et en cherchant à distinguer une lumière, et des petites filles qui acceptent de s'y enfoncer, quitte à n'avoir d'autre perspective que celle de passer leurs jours auprès de nains, de sorcières ou de bêtes sauvages. Ou à devenir elles-mêmes sorcières !

Pour qu'un peu d'Enfantin apparaisse, il faut cette marge, cette indétermination sylvestre, loin de la demeure familiale et des relations avec les parents. Il ne s'agit pas d'enfants sauvages, mais d'enfants égarés, capables d'accueillir l'étrange et d'improviser des conduites inédites. Ils peuvent aimer ce qui est lointain, déroutant, voire monstrueux.

Certes, les romantiques allemands ont une conception nostalgique de l'enfance. Pour Novalis, qui ne peut aimer qu'une enfant, et une enfant qui ne tarde pas à mourir, il existerait une Vérité du monde, « toujours déjà perdue », que seuls des yeux d'enfant peuvent encore distinguer. Les Grimm n'écrivent d'ailleurs pas leurs *Contes de l'enfance et du foyer* seulement pour de petits lecteurs : ils cherchent une écriture, poétique ou littéraire, capable de préserver et de produire, à l'usage de tous, des noyaux d'enfance. La plupart des artistes romantiques revendiquent leur propre part d'enfance. Ils affectionnent les conduites infantiles, comme Clemens Brentano, littérateur vif-argent, changeant, pulsionnel, fantaisiste, tantôt enthousiaste, tantôt mélancolique, qui pratique avec sérieux l'absence de sérieux. Bettina, la sœur de Brentano, est surnommée « l'enfant » par Goethe avec qui elle entretient une abondante correspondance. Achim von Arnim, son époux, compose une des plus inoubliables figures enfantines avec Isabelle d'Égypte, petite princesse errante, audacieuse et familière des pratiques magiques, qui ne fait pas de distinction entre les humains, les bêtes et les mandragores. Mais l'enfant qui fascine les romantiques est aussi une menace ! Sous une apparente innocence se dissimulent de terribles savoirs. Oui, l'enfant est cet être qui a « vu » ce que nous, adultes, avons à tout jamais oublié. Mais qu'a-t-il vu ? Qu'a-t-il vécu ? Témoin aveugle et surtout muet d'un monde perdu, d'un monde parcouru de forces dont certaines sont maléfiques, l'enfant, qu'il en fasse ou non usage, dispose de pouvoirs. D'où notre crainte archaïque face au silence ou aux gestes énigmatiques de cet *infans* définitif.

À chaque extrémité du romantisme allemand se tiennent deux conteurs : Ludwig Tieck qui, dès 1798, explore des recoins de l'âme encore fort obscurs, et E.T.A. Hoffmann qui, entre 1816 et 1822, se réchauffe aux derniers feux de ce mouvement dont la clarté projette des ombres fantastiques. Maîtres du conte, ils sont aussi des maîtres de la peur, un effroi spécifique déclenché par quelque chose qui revient de l'enfance.

Pour Hoffmann, les enfants sont tantôt en contact avec une « horreur » qu'ils sont seuls à pressentir ou à distinguer, tantôt eux-mêmes dangereux comme si leur doux visage n'était qu'un masque plaqué sur une tête de gorgone.

Des petits, mais surtout des étrangers, sortes d'*aliens* discrets parfaitement à l'aise dans les lieux les plus troubles.

Dans le conte *L'Enfant étranger*, un petit garçon et une petite fille, Félix et Christlieb, vivent dans une famille sans histoires, en compagnie de parents bienveillants et compréhensifs. Mais ces deux gosses sont magnétiquement attirés par la forêt toute proche : quelque chose qui les concerne est caché dans les bois. Ils y vont courir dès qu'ils le peuvent. Ils s'y déchirent, s'y affolent, s'y ensauvagent, et rentrent le soir, fourbus. Mais, un jour, un oncle autoritaire vient rendre solennellement visite à la famille. Contrarié par l'état de ses neveux, il leur offre des jouets sophistiqués et fragiles et annonce qu'il va leur envoyer un précepteur. Pourtant, l'appel de la forêt reste le plus fort, les enfants y abandonnent leurs beaux jouets qui s'y brisent : plutôt qu'un faux couteau pour jouer, rien ne vaut un vrai couteau qui tranche et pique. Qu'est-ce donc qui les attire ? Hoffmann nous explique que la forêt est le territoire de... « l'Enfant étranger », un être mystérieux, secret, malin, terrible et doux que seuls les enfants peuvent découvrir. Pas seulement un esprit des bois, mais une puissance indéterminée en qui Félix croit reconnaître un garçon et Christlieb une fille ! L'Enfant étranger est donc l'Enfantin : extérieur aux enfants et en même temps leur familier, leur double. Capable d'accomplir des prodiges, toujours distant, mais plus « proche » d'eux que leur père, leur mère et toute leur famille. Enfant défamilialisant. Comme si l'Enfantin avait le pouvoir de venir hanter, de surprendre et de fasciner les enfants eux-mêmes, au cœur de leur propre enfance. Il est ce qui les détourne, au présent, de l'infantilisme (l'intérieur de la maison, la vie sous le regard des parents, les jouets fabriqués).

Lorsque l'affreux précepteur, nommé « Magister l'Encre », tentera de les discipliner, ils parviendront à l'entraîner dans la forêt où il deviendra un insecte géant, volant et bourdonnant, avant que l'Enfant étranger ne lui livre un combat titanesque, victorieux, libérant du même coup de cette tutelle les deux enfants éblouis et perplexes. Cependant, les plus belles pages de ce conte sont les dernières, quand le père, gravement malade, révèle que lui aussi, autrefois, a connu l'Enfant étranger mais qu'il l'a laissé échapper et qu'il a fini par l'oublier. Il exprime le désir de mourir en pleine forêt et ses dernières paroles sont une ultime recommandation : « Mais depuis quelque temps, les beaux jours de mon enfance se sont représentés à ma mémoire plus vivement qu'il ne m'était arrivé depuis bien des années ; alors cette charmante figure de l'enfant, touchante et admirable comme vous l'avez vue, m'est revenue à la pensée, et le même désir dont vous avez été saisis remplit mon cœur, mais comme il me fait mal ! [...] Je sens que je viens m'asseoir pour la dernière fois sous ces arbres et leur ombrage ; je vous quitterai bientôt, mes enfants ! Quand je serai mort, suivez avec constance les leçons de l'Enfant étranger. »

Leçon pour leçon, mieux vaut, dit le père, celle de la forêt et de ses mystères. N'a-t-il pas le profil de celui que nous pourrions nommer le « père suffisamment bon », qui se découpe ici sur fond de frondaisons remuantes ? Un père qui se souvient qu'« il a su », un père qui, pour cette raison, a laissé ses propres enfants approcher de ce qui est inquiétant mais qui est aussi la source d'un enseignement fondamental et singulier.

L'Homme au sable, d'E.T.A. Hoffmann, est l'histoire de Nathanaël, petit garçon qui, au lieu d'aller au lit, se tient caché derrière un lourd rideau et finit par surprendre son père et un mystérieux personnage occupés à fabriquer à l'aide de la magie et de l'alchimie un « être humain artificiel ». Vision obscure du père respectable en train de faire un autre enfant avec ce visiteur du soir que Nathanaël confondait déjà avec le légendaire marchand qui verse du sable dans les yeux des petits afin de les endormir. La terreur, chez Hoffmann, prend sa source dans cette inoffensive croyance enfantine dite du « marchand de sable ». Mais bien vite, il démontre que l'univers prétendument innocent de la petite enfance se retourne comme un gant en horreur. Afin que leur créature prenne vie, les deux hommes ont besoin de trouver de « vrais yeux ». « Des yeux ! Des yeux ! » entend Nathanaël du fond de sa cachette. D'effroi, il tombe brutalement évanoui à travers les pans du rideau, hallucinant que ce sont ses propres yeux que son père et son complice vont arracher pour parachever leur grand œuvre ! Petit espion découvert, mais surtout petit enfant affolé d'avoir cru trop ardemment à sa vision secrète. Qu'a-t-il vu ? Les manigances après tout courantes ou banales des adultes, le jeu de la nature et du surnaturel, du vivant et de l'artificiel, la volonté de savoir et de pouvoir, mais qui, « sous un certain angle », apparaissent comme des monstruosités. Attrait et répulsion confondus. L'enfant demeure celui qui ne parle pas, car ce qu'il ne peut dire il le tait, et s'il ne peut plus se taire, il crie ou perd conscience. Rêve et petite mort.

Le conte nous dit que tout le reste de sa vie Nathanaël sera obsédé par cette découverte visuelle originelle. Devenu un jeune homme, au lieu de sortir de l'enfance en oubliant ce qu'il a vu ou en transformant ce qu'il a vu en souvenirs, il gardera cette faculté première de double vue, cette tendance hallucinatoire persistante. À tout moment, la vision affolante de la première enfance revient. Soupçon, inquiétude et folie. Un marchand de lunettes et de télescopes peut cacher un « voleur d'yeux » ou, inversement, on peut prendre un automate pour une fille vivante qui danse : la poupée Olympia. Inexorablement la folie plane. La mort seule met un terme à cette effroyable façon de voir. Alors on se jette dans le vide comme dans le trou noir d'une longue-vue (!) derrière laquelle se tient un œil... L'Enfantin peut aussi être le retour du pire de l'enfance !

C'est à partir de *L'Homme au sable* que Freud élaborera, cent ans plus tard, son concept d'« inquiétante étrangeté » (*Unheimlich*), notion mise en lumière par Ernst Jentsch dix ans avant Freud, caractéristique majeure de l'Enfantin et beaucoup plus vaste que ce à quoi on réduit souvent la conception freudienne. Elle ne se résume pas à cette impression de « voir » le familier habité par une puissance menaçante ou à ce soupçon obsédant de la présence d'un inconnu dans le « bien connu », de l'autre dans le même, que Freud analysait comme le surgissement brutal et discordant de complexes archaïques non résolus dans la fausse tranquillité du présent (complexe de castration, fantasme du corps maternel, etc.).

L'inquiétante étrangeté consiste dans cette conviction de l'enfant qu'il n'appartient peut-être pas au *Heimlich*, au monde familial et familier, et qu'il est, de façon très confuse, étranger au monde qu'il habite, privé de toute intimité avec ses proches. Cette inquiétante étrangeté, Freud la réduit à une problématique exclusivement parentale, le « roman familial », en supposant que l'enfant fantasme qu'il est né d'autres parents que les siens. Or, ce qui est tellement étrange, tellement inquiétant, c'est plutôt l'impression de familiarité que donnent les « règnes » non humains, et même la monstruosité.

L'Ailleurs se présente comme le plus attirant des territoires. Partir, quitter la maison, en est la conséquence. Et l'étrange, le bizarre, le merveilleux, le fantastique, le monstrueux ont la même légitimité que la normalité perdue. C'est pourquoi le sentiment de l'*Unheimlich* accompagne presque chaque manifestation de l'Enfantin. Il est un affect majeur de l'enfance. C'est lui qui permet le mélange ou la superposition des règnes (animal, végétal, humain, minéral, mécanique ou technique, et règne du langage...). Les animaux, les arbres ou les pierres sont des proches. L'inanimé va s'animer. Le mort va vivre. Le vivant va révéler sa part mécanique. Les machines sentent et pensent « comme nous et autrement que nous... ». Tout parle. Mais on éprouve aussi à quel point le langage ne dit pas les choses, et même se tait, devient opaque. Les mots parlent d'autre chose que ce dont ils ont l'air de parler.

Freud n'avait pas négligé cette disposition de l'esprit humain, cette âme spontanément magique, mais il n'y voulait voir qu'une résurgence des croyances de ce qu'il nomme « nos ancêtres primitifs ». Croyances qu'il estimait surmontées ! Mais s'agit-il vraiment de croyances ou bien d'angles de vue intemporels et intempestifs ? Non pas toujours présents mais appartenant à ce grand présent transparent où se forme l'Enfantin. Zone trouble, zone grise de l'enfance. L'élément déclencheur du fantastique hoffmannien est la curiosité infantile. Un vilain défaut ! Sorte de voyeurisme somnambule ou insomniaque (voir depuis la rue obscure ce qui se passe dans les maisons, par les fenêtres éclairées). Façon excessive qu'ont les enfants de scruter, l'air absent, ce qui se tient devant leurs yeux. Un regard d'enfance parfois insupportable pour les adultes puisque rien ne leur sera jamais dit de ce qui est vu. Comparée à ce regard, la fameuse « vérité qui sort de la bouche des enfants » n'est qu'une demi-vérité. Ne serait-ce que parce qu'elle est « dite ». La bouche puérile n'articule qu'une pauvre vérité portant sur une apparence singulière ou une dissonance quelconque : broutilles, comparées à ce qui a été muettement regardé et n'accédera jamais à l'expression ! L'enfant braque ses yeux sur vous mais demeure, pensif et ruminant, dans le silence des bêtes !

Seules l'écriture d'Hoffmann et l'attention qu'ont prêtée les romantiques allemands aux aspects nocturnes de l'âme et aux recoins les plus troubles de l'esprit ont permis, à l'aube du XIXe siècle, de démontrer qu'existent des liens étroits entre enfance et folie ou que de la folie, toute la folie, est endormie dans un seul regard enfantin.

À l'orée du romantisme allemand, vingt ans avant Hoffmann, Ludwig Tieck, s'appuyant sur une connaissance intime des contes traditionnels, était parvenu à donner une puissante véracité littéraire à ce qui n'était qu'emblèmes, codes et symboles. Chez lui, la forêt des contes devient intensément forêt: forêt concrète et non plus idée de forêt; la sorcière est une vieille femme réaliste; l'animal est cet « autre » d'autant plus menaçant qu'il paraît proche. C'est en injectant une forte dose supplémentaire d'Enfantin dans les contes populaires que Tieck a réussi à révéler, pour la première fois peut-être, l'attirance de l'enfance pour l'Ailleurs. Terreur, cruauté et folie confondues. *Eckbert le blond* est un conte des plus terrifiants. Il touche en nous les points d'une acupuncture archaïque. C'est l'histoire d'une petite fille nommée Bertha qui, un beau matin, décide de s'enfuir de la demeure familiale pour se rendre dans la nature sauvage, chaos de roches et forêt profonde. Entre Blanche-Neige et Alice! Avec une spontanéité assez étonnante, elle se résigne bientôt à passer ses jours auprès d'une vieille femme boiteuse, en compagnie d'un oiseau magique qui pond des pierres précieuses et d'un chien bizarre. Vie de sauvageonne et de souillon comme en eurent tant d'autres héroïnes des contes traditionnels. Mais le style que Tieck invente consiste à tresser minutieusement ensemble le réalisme et le merveilleux. Authentique écriture d'enfance: le détail sensible et incongru superposé au symbole qui, du coup, n'est plus uniquement symbole.

Caractère indécidable de chaque situation, de chaque affirmation.

Un jour, Bertha, comme si elle se résolvait soudain à quitter les sortilèges de sa propre enfance, profite d'une absence prolongée de la vieille, et se sauve en emportant l'oiseau mais en abandonnant le chien à une mort certaine. Elle quitte la forêt et n'entend plus que très faiblement les aboiements suppliants du chien qu'elle a enchaîné. L'enfance s'éloigne, laissant derrière elle d'étranges cruautés. Elle passe et s'orpheline. Bertha pensait enrichir ses parents, mais ils ont péri entre-temps. Elle se trouve donc dans la plus extrême solitude. Riche mais perdue dans le monde, elle finit par étrangler l'oiseau pour faire taire son chant insupportable.

Plus tard, Bertha s'est mariée avec un seigneur, lui-même solitaire et taciturne, avec lequel, curieusement, elle n'a pas eu d'enfants. Un soir, elle doit recevoir un visiteur énigmatique, personnage sorti de nulle part dont son mari s'est entiché. Lorsque l'époux, aux intentions les plus troubles, insiste pour qu'elle raconte à leur hôte son enfance en forêt, elle s'exécute. Alors l'homme prononce le nom du chien qu'autrefois elle a laissé mourir. « Strohmian », dit-il. « Je vous imagine parfaitement, autrefois, avec le petit Strohmian. » Ce nom, Bertha l'avait oublié. Sa sonorité fait remonter d'un coup la bizarrerie et surtout la cruauté de cette période confondue avec les ombres de la forêt. Bertha tombe malade, devient presque folle ! Qui est ce visiteur du soir qui semble tout savoir ? Le fantôme du chien ? La vieille femme dont la fureur rattrape la petite fille devenue une femme ?

Ludwig Tieck a su dire à quel point l'Enfantin peut être tragique. Devenir adulte consisterait plutôt à s'alléger par amnésie, à s'arracher à cette banale tragédie originelle. Le retour d'enfance impliquerait forcément le rappel de quelque chose de terrible. Beau et terrible à la fois.

Ainsi l'enfant des romantiques allemands est-il toujours cet étrange étranger, petit fantôme d'une forêt réelle et mentale. Pour le romantisme, tout enfant est double, tout enfant est un double. Considérer un enfant, même le sien, c'est découvrir, « sous un certain angle », un *alien.* La vie nous contraint à tuer en permanence cette vieille enfance pourtant « intuable ». Une enfance qui revient, qui sort de la brume et prend très mal qu'on l'ait oubliée, qu'on ait des amours qui ne se soucient pas d'elle. L'écriture, le poème, la musique permettent plus ou moins d'accepter cet enfant étranger, toujours de passage, toujours plus vaste que notre simple individualité, puisqu'il est en relation avec le Tout. Écrire, au fond, c'est lui prêter attention. Novalis note dans son *Journal*: « Nous sommes en relation avec toutes les parties de l'univers, ainsi qu'avec l'avenir et le passé. Il dépend de la direction et de la durée de notre attention que nous établissions tel rapport prédominant qui nous paraît particulièrement important et efficace. »

Bien loin de ce clair-obscur germanique, le XIXe siècle français va élaborer une figure beaucoup moins trouble de l'enfance. Un réalisme clair et distinct joint à un progressisme vigoureux va engendrer l'enfant emblème, l'enfant promesse d'un monde nouveau et surtout meilleur. Ce que l'enfant fredonne, dans l'ennui ou la solitude comme dans la rue ou sur les barricades, c'est la chanson des lendemains. Si pour les romantiques allemands l'enfant nous rappelait notre dépendance de forces naturelles ambivalentes et de forces surnaturelles menaçantes, Victor Hugo va faire de l'enfant une pièce essentielle d'un vaste dispositif philosophique, poétique et politique, avec pour finalité rien de moins que l'avènement de l'Humanité. Pour Hugo, les forces sont principalement historiques et humaines, selon une vision grandiose de l'Histoire qui implique, avec le roulement des siècles, le gouffre, Dieu, Satan, le Peuple, Princes usurpateurs et Misérables, le poète pensif et les Infinis, Paris et le perpétuel soulèvement du Juste comme une vague immense, une clarté à l'horizon, et toujours... l'enfant !

Les enfants traversent l'écriture hugolienne des *Feuilles d'automne* à *L'Art d'être grand-père*. Symbole mandragorique ou emblème quasi universel, l'enfant se faufile, se glisse partout dans l'œuvre immense du poète, et il se trouve toujours là où quelque chose se passe : il parle ou chante, ou bien il sidère, capable par sa seule apparition de suspendre le Mal un moment. Une certaine lourdeur hugolienne provient peut-être de cette identification systématique de l'enfance à « ce qui vient » de meilleur ou à ce qui nous dépasse : « Quand l'enfant nous regarde, on sent Dieu nous sonder. »

Il est, à lui seul, tous les misérables puisque « l'enfant ne possède rien », et aussi le Peuple puisque sa faiblesse, toujours enjouée sinon joyeuse, se retourne en force en certaines circonstances. Toujours plus bas et maltraité, il incarne l'excès de spoliation, comme Petit Gervais, dans *Les Misérables,* à qui Jean Valjean vole sa pièce. Mais Petit Gervais est à l'origine de la rédemption de l'ancien bagnard dont toute la vie se déroulera comme une réparation de cette scène honteuse. L'enfant est la dernière et la plus petite des poupées gigognes de la misère : la grande poupée du Peuple contient les poupées misérables. La poupée Femme, exploitée parmi les exploités, contient la poupée Fantine, humiliée, brisée par l'ordre injuste. Cosette, livrée à la brutalité des Thénardier, est l'ultime figure de ce Mal immense. Pour Hugo, le mal fait à l'enfant qui agonise, meurt de faim ou de mauvais traitements, devient le pire qu'on puisse faire à l'Homme.

Il y a toujours un enfant, telle une perle, dans la boue des conduites humaines. Ainsi, Gavroche, un des cinq enfants des Thénardier, est à la fois le brave gosse et l'enfant courageux face à la veulerie, la rapacité et l'absence de scrupule de ses parents, demi-misérables qui écrasent plus faibles qu'eux. Gavroche est l'enfant hugolien par excellence, la grande icône enfantine bien française : populaire, agile, malin ou débrouillard, presque toujours gai et vif, plein d'humour, sans rancune ni ressentiment, ne se plaignant pas de son sort, s'arrangeant de tout, chez lui dans la rue, familier du Paris interlope, dormant à la dure, mangeant ce qu'il trouve, spontanément généreux et protecteur avec des mômes plus petits ou plus égarés que lui qu'il héberge dans le ventre de l'éléphant monumental devenu son domicile provisoire.

Les rues de Paris ne sont pas la forêt germanique : elles sont chargées d'Histoire et gardent les traces de grands mouvements populaires. Leurs pavés, sur lesquels les siècles ont roulé et où le sang a coulé, ont une mémoire. Ils sont vivants car ils peuvent épisodiquement se dresser en barricades, et Gavroche est une bonne et mauvaise herbe poussée entre les pavés parisiens. Il coïncide avec l'événement, se trouvant toujours « là où ça se passe ».

Victor Hugo s'est emparé, pour la magnifier, d'une figure qui hantait depuis un certain temps l'imaginaire républicain. Le tableau allégorique de Delacroix, *La Liberté guidant le peuple*, présente, aux côtés de la grande femme aux seins nus qui entraîne une foule censée la suivre, un petit garçon vigoureux brandissant deux pistolets. Ces deux personnages forment une seule et même figure, la madone de la révolte (révolution ?) et l'enfant du peuple, non pas repliés l'un sur l'autre comme une pietà, mais avançant ou chargeant côte à côte. Ensemble et séparés, unis non pas par l'esprit saint mais par un idéal commun. Le gosse de la barricade est saisi au moment où le formidable élan de l'Histoire l'arrache à sa propre enfance et le rend capable de tuer pour qu'advienne la justice nouvelle. La toile de Delacroix a été peinte trente ans avant la publication des *Misérables* et il semble que ses principaux éléments étaient gravés dans la mémoire rétinienne de Hugo au moment d'écrire certaines scènes. L'enfant révolté des romantiques français n'a donc rien de trouble, d'onirique ou d'étranger : il a le regard clair, il sait ce qu'il veut, et on se doute qu'il ira loin. Plus radicalement que les adultes qui l'entourent. Il est l'enfant-peuple, à la vivacité toujours naissante et renaissante. L'enfant, « frustré et entamé en surface, mais intérieurement intact ». Il est même plus peuple que le peuple car il en incarne la pureté profonde, la probité. Il est aussi l'enfant-ville, l'enfant-Paris. L'énorme ville dirait de lui : « C'est mon petit. » Dans *Les Orientales*, le petit Grec survivant des massacres de Scio refuse la consolation d'une fleur ou d'un oiseau pour réclamer de la poudre et des balles. Il réconforte le poète, lui signifiant qu'un avenir malgré tout est possible.

Hugo attribue à l'enfant un rôle messianique. Ce n'est pas exactement « par lui » que viendra la rédemption, mais c'est lui qui prouve qu'une rédemption (qui passe par la justice qu'il faut conquérir) est possible. La mort de Gavroche, enfant que même les soldats hésitent à viser, consiste en un sacrifice dérisoire et grandiose, qui annonce un Salut. Scène touchante parce que excessive. Scène « sainte », au sens hugolien du terme. La fameuse chanson « Je suis tombé par terre... », provocation enfantine avant la blessure mortelle, sonne d'ailleurs comme une prière : les saints invoqués se nomment Voltaire et Rousseau. Et l'effondrement dans la fange, « le nez dans le ruisseau », est l'annonce paradoxale d'une montée vers un ciel radieux : « Cette petite grande âme venait de s'envoler. » Si l'Allemagne romantique faisait apparaître un enfant étrange dans les plis et replis de la légende, l'imaginaire français a durablement installé l'enfant dans un grand mythe progressiste.

Pendant ce temps, en Angleterre... L'année même où Hugo publie *Les Misérables* (1862), un certain Charles Dodgson, plus connu sous le pseudonyme de Lewis Carroll, rédige *Les Aventures d'Alice sous terre*, future *Alice au pays des merveilles*. Difficile d'admettre qu'Alice puisse être l'exacte contemporaine de Cosette, tant les contrées du « non-sens » paraissent plus « modernes » que les malheurs de la petite fille hugolienne. Le texte carrollien semble en effet annoncer des œuvres plus tardives, du surréalisme à Henri Michaux en passant par Kafka. Comme si la modernité avait besoin de lancer ses lignes dans une nouvelle direction : celle de l'extrême attention que l'enfance prête aux signes et aux événements (les plus infimes), s'attachant à saisir un lien magique entre les mots, les choses et les corps, et opérant des rapprochements fulgurants et incongrus entre parole et mastication par exemple, entre un « pochon » et un « cochon », selon une physique sauvage de la langue. Alice ne monte pas sur les barricades, elle tombe dans un terrier. Son pays n'est pas la forêt, même si elle y passe, ni la jungle urbaine, mais un univers mental et linguistique.

Avec Alice, l'enfance habite un pays qui n'existe que par le pouvoir des mots. Grâce à Lewis Carroll, c'est le nominalisme enfantin qui s'étale soudain jusqu'à l'horizon, vaste surface miroitante. L'Enfantin est aussi un nominalisme spontané qui se dévoile au pays des merveilles. Ainsi, le nom désigne ou vise exclusivement une singularité, tandis que le verbe accompagne un événement au moment où il a lieu, et non pas une action en général. Par conséquent, l'être est toujours provisoire, instable, mouvant et volatil. Lorsque le faon demande à Alice : « Qui es-tu ? », elle ne peut que répondre : « Je ne suis rien pour l'instant. » Et lorsqu'elle retourne au faon sa question, il répond : « Je vais te le dire si tu viens avec moi un peu plus loin. Ici, je ne peux pas m'en souvenir. » Une analogie entre mouvement et mémoire !

Pour parvenir à sa découverte, Carroll le dilettante a eu recours à un dispositif inédit : la promenade avec les enfants. Carroll organise un rapport nouveau aux enfants. Ni père, ni précepteur sévère, ni éducateur, il est l'Ami. Un aîné qui appelle les fillettes ses « petites amies » et qui leur écrit des lettres amicales au rythme d'une pédophilie distante, discrète, asexuée et toujours pleine de politesse. En tant qu'ami, il se tient sur un même plan que les enfants. Ce « plan » est narratif, mais « ce qui arrive » dans son récit n'arrive que par les mots, selon un ping-pong incessant entre signification et sonorité, contractions et déplacements. Avec ce genre d'histoires on se trouve d'un seul coup, comme après une chute sans fin dans un trou, au cœur de l'Enfantin.

Car ce qui stimule Lewis Carroll, c'est que les enfants sont à l'aise comme des poissons solubles dans les eaux mêlées du paradoxe ! Petite meute pleine d'inconscient à fleur de peau, ils admettent, comme une évidence, que les contraires coexistent et que les objets ont une vie indépendante de leur nom. Porté et transporté par cette juvénile conviction que

« les mots font les choses », Carroll invente ou laisse l'histoire s'inventer toute seule selon une logique implacable mais folle.

La complicité de Carroll avec les enfants lui permet d'extraire une matière très différente de ce à quoi nous avait habitués le conte traditionnel européen. Les enfants lui donnent à tout moment la réplique. Bien des années plus tard, la petite Liddell qui avait servi de modèle à Alice, devenue Mme Hargreaves, se souvenait encore de la façon dont elle et ses sœurs relançaient leur grand ami M. Dodgson, toujours avec un sens aigu du paradoxe. Lorsqu'il leur annonçait : « La suite, la prochaine fois ! », elles répondaient en chœur : « Mais la prochaine fois, c'est maintenant. » Et l'histoire pouvait reprendre puisque le Temps lui-même dépend du libre choix de l'heure qu'il est.

On n'a peut-être pas assez insisté sur le fait qu'*Alice au pays des merveilles* a consisté en une création quasi collective, véritable production enfantine, comme si les enfants, par leur participation enthousiaste, dictaient à leur ami conteur le texte du non-sens. À l'excitation de l'écoute répondait chez Carroll le besoin personnel de découvrir, dans sa propre vie, quelque chose comme une « issue ». Et cette brèche par où « s'en sortir » se trouvait non pas chez les enfants mais dans une logique de l'enfance. De façon moins dramatique que Kafka qui lui aussi cherchait une « issue » du côté de l'animal et de l'enfance, Carroll était pris dans une sorte de « double lien ». Il était partagé entre sa foi, une conduite sérieuse et un intense désir créateur qui l'amenait à dessiner, à photographier et à tordre la langue de manière ludique. Solitaire et célibataire, gaucher et gauche, mal à l'aise parmi les adultes respectables, il se voyait pourtant affublé de la redingote du révérend. Raconter Alice à Alice, photographier les petites filles était sa façon de prendre la tangente, de bouleverser l'ordre prévu en faisant tout à l'envers, en inversant les syllabes, en fabriquant des « mots-valises ». La seule issue, pour lui, a consisté, tout de suite, à passer « de l'autre côté du miroir ».

Cette solution vitale ne concerne-t-elle qu'un individu dans la situation de Carroll ? Ou bien le cas particulier du révérend Dodgson ne met-il pas en lumière, pour tout un chacun, une nouvelle possibilité émancipatrice ?... prendre la main des enfants étant une manière de se dégager de toutes les mains autoritaires ou indicatrices d'un sens arrêté. « La complaisance envers l'absurde rouvre à l'homme le royaume mystérieux qu'habitent les enfants. Le jeu de l'enfance, comme moyen perdu de conciliation entre l'action et la rêverie en vue de la satisfaction organique, se trouve de la sorte réhabilité et dignifié » (André Breton, *Anthologie de l'humour noir*).

L'autre originalité de Carroll est bien sûr son identification exclusive de l'Enfantin à la petite fille. Comme si l'Enfantin était plus authentiquement incarné par le féminin. « J'adore les enfants », déclarait-il humoristiquement, « à l'exclusion des petits garçons ! » Une affirmation paradoxale et provocatrice qui souligne pourtant, sans avoir l'air d'y toucher, une dimension souvent imperceptible de l'Enfantin. Il s'agit moins des petites filles réelles, ou réellement existantes, que de ce qu'on peut appeler un « être petite fille » qui consiste en une disposition spontanée à la fuite, à l'échappée belle, à l'inversion des situations et des rôles, à un illogisme radical qui est avant tout la grande incroyance féminine. Autant de tendances que l'éducation des petites filles, surtout à l'époque de Carroll, s'employait à étouffer dans l'œuf, mais qui demeuraient latentes ou dormantes, et dont on voyait la trace chez les jeunes filles anglaises, vigoureuses, vives, subversives et sauvages, celles qui courent pieds nus sur la lande, se déchirent aux ronces et écrivent, elles aussi, des histoires bizarres, préservant le plus longtemps possible des audaces d'enfance. C'est donc un autre paradoxe carrollien que de trouver plus de radicalité, et plus de vigueur dans l'illogisme, aux petites filles qu'aux petits garçons. C'est cet excès que Lewis Carroll traque autant dans l'écoute des enfants que dans les visages et les corps des fillettes qu'il prend en photo.

Le jour où il photographie Alice Liddell en petite mendiante, sa mise en scène ne fait pas apparaître une variété anglaise de Cosette, en dépit des haillons. On dirait plutôt que le vêtement déchiré, dégageant l'épaule nue, et que le mur lépreux auquel l'enfant s'adosse ne sont là que pour que naisse, soudain, une certaine expression que seule la vitesse de la photo, même exigeant la pose, permettait de capter. Expression de petite fille et expression de l'Enfantin : un regard de fausse soumission se renversant en défi, une vigueur et une fragilité mêlées, une ironie et un goût du jeu, et quelque chose de plus profond qui, bien sûr, se tait.

Ce qui se dégage de cette photographie est analogue à ce qui se dégage des retournements langagiers et événementiels d'*Alice au pays des merveilles*. Lorsque Walter de la Mare affirmait que ce récit était le seul livre de non-sens écrit pour des enfants à n'avoir rien d'infantile, il indiquait que ce qui est atteint et « sauvé » par Carroll enrichit, à partir de l'enfance, la sensibilité moderne dans son ensemble.

Alice ne cesse de se désincarner en échappant, par goût candide de l'aventure, à toutes les identifications et déterminations concrètes : Qui est-elle ? Quelle taille a-t-elle ? Trop grande ? Trop petite ? Qu'est-ce que tout cela veut dire ? Il n'y a aucune stabilité des choses ni fixité du sens. Tout bouge et surtout tout se renverse ou se décale. Ne pouvant compter sur une identité, on ne peut pas compter non plus sur la possession de quelque chose. Lorsque Alice demande au Chapelier de quitter « son » chapeau, il proteste qu'il ne peut s'agir de « son » chapeau, bien qu'il l'ait sur la tête ! Ce n'est qu'un chapeau, parmi ceux qu'il vend, et qui pourra appartenir à quelqu'un d'autre. Possessif de propriété ou d'usage ? Infime glissement parmi d'autres... On comprend que l'Enfantin consiste en bonds agiles de question en question : le lièvre de mars sera-t-il aussi fou en avril ? Si tout le monde est fou, alors personne ne l'est ? Alice prend-elle dans ses bras un bébé ou un... cochon ? Nez retroussé ou groin ? On peut voir des chats sans sourire (et aussi sans souris), mais peut-on voir un sourire sans chat ? Et si je ne mâche pas mes mots, peut-on dire que se disputer donne de solides mâchoires ?

Avec Alice, l'Enfantin montre sa faculté de changement incessant. Alice va de la surface à la profondeur, ou bien de l'autre côté du miroir. À l'horizontale, elle passe sans arrêt d'une case à une autre. Par intermittence, elle perd son nom propre. Elle perd même les noms communs qui se mettent à lui échapper, à s'échapper. Finalement, c'est le sens lui-même, après le « bon sens », qui est pulvérisé à force de petits et grands écarts (signifiants ou sonores). Dans *Sylvie et Bruno,* une fois passée à travers la glace, elle découvre un reflet du salon pas tout à fait symétrique. Jamais elle ne s'étonne vraiment. Découvrant sur la table un livre énigmatique car indéchiffrable, elle comprend qu'il est écrit à l'envers et que le présenter devant un miroir peut le rendre lisible. Mais c'est une deuxième inintelligibilité qui survient. Les mots ressemblent à des mots mais « ils ne veulent rien dire ». C'est le fameux poème du *Jabberwocky* (casse-tête des traducteurs, qui ont opté pour bredoulocheux, balbuvracie, baragouoqueux, barjagorée, etc.). Pur délice du baragouin, jouissance bredouillante et combinatoire : nous sommes au cœur du plaisir du jeu avec les mots, manifestation de la toute-puissance enfantine qui pose que les noms ne sont pas seulement la forme de l'apparition des choses ou de la manifestation des êtres, mais celle de leur production et de leur distorsion illimitées.

'Twas brillig, and the slithy toves
Did gyre and gimble in the wabe;
All mimsy were the borogoves,
And the mome raths outgrabe.

Il était grilheure ; les slictueux toves
Gyraient sur l'alloinde et vriblaient ;
Tout flivoreux allaient les borogoves ;
Les verchons fourgus bourniflaient.

Il fallait le sérieux de l'humour anglais pour parvenir à sept strophes du même acabit. Tout un charabia qui « dit » malgré tout quelque chose. Plus tard, Alice rencontre Humpty Dumpty qui énonce la théorie de ce rapport enfantin au langage : il prétend que lorsqu'il emploie un mot, « le mot signifie ce qu'il lui plaît qu'il signifie » ! La question est de savoir « qui est le maître », dit-il. Mais lorsqu'il s'évertue à décomposer les mots monstrueux (mots-valises) afin d'éclairer leur signification, ses explications sèment un trouble encore plus grand car elles sont soit « tirées par les cheveux » (l'alloinde est une allée qui s'étire au loin), soit complètement arbitraires (le borogove est « un oiseau tout maigre d'aspect minable, dont les plumes se hérissent, comme un lave-pont qui serait vivant »). Alors, perplexe mais toujours calme, Alice se répétera, en guise de conclusion et de consolation, le mot « abracadabrant ».

Alice est le joli prénom du grand Enfantin radical que la modernité a su retrouver. Rien de psychologique ni de politique dans l'Enfantin engendré par le texte carrollien. Il s'agit d'une fêlure plus secrète mais très efficace qui fait éclater le langage à coups de paradoxes, une fêlure vouée à s'élargir durablement en une faille illogique, néologistique et antimétaphysique, sur les bords de laquelle fleuriront nombre d'œuvres modernes.

Désormais, grâce à la littérature, l'Enfantin est solidement installé dans la conscience européenne (ou occidentale). Transparent peut-être, mais résistant comme un cristal. Ses effets se déplacent sur une ligne entre folie et poésie. La dimension faussement délirante du *Jabberwocky* esquisse cette ligne qui se présente comme une tangente à deux cercles: celui qui enferme la langue schizophrène (et l'Enfantin peut très bien se lover dans des plis et replis schizos), et celui à l'intérieur duquel se déroule *Le Grand Combat* d'Henri Michaux :

Il l'emparouille et l'endosque contre terre ;
Il le rague et le roupète jusqu'à son drâle ;
Il le pratèle et le libuque et lui baruffle les ouillais ;
Il le tocarde et le marmine,
Le manage rape à ri et ripe à ra.
Enfin il l'écorcobalisse.
L'autre hésite, s'espudrine, se défaisse, se torse et se ruine.
C'en sera bientôt fini de lui ;
Il se reprise et s'emmargine... mais en vain
Le cerceau tombe qui a tant roulé.
Abrah ! Abrah ! Abrah !

L'Enfantin va et vient entre petites récréations et grande création. Chacune d'elles consiste en la recherche d'un espace de jeu, d'une langue perdue, d'une fuite sur place ou droit devant soi, de compagnonnages bizarres, de complicités fugaces et d'aventures vouées à rester secrètes.

4. GRANDS CHEMINS ET BAS-FONDS

Pour se faire une idée de la prolifération des figures littéraires d'enfants au cours des deux derniers tiers du XIXe siècle, puis à l'aube du XXe, il faudrait énumérer pêle-mêle titres célèbres et noms de personnages. Longue période au cours de laquelle foisonnent romans pour enfants, romans dont le héros est un enfant ou autobiographies. Mode ? Engouement sincère des gens cultivés ? Besoin d'explorer ce « nouveau continent », l'enfance, dont une sensibilité toute neuve a révélé les contours ? Ces livres sont le produit d'un nouveau « processus d'infantilisation ». Publication à grand succès de textes et feuilletons destinés aux enfants ou ayant un enfant pour protagoniste. Chefs-d'œuvre ou récits littérairement médiocres, on y trouve, parfois à l'insu de leurs auteurs, d'authentiques fragments d'Enfantin. Lignes de fuite, échappées ou conditions orphelines.

C'est en 1838 qu'est édifié un mémorable monument à l'enfance. *Oliver Twist*, de Dickens, est le premier ouvrage de la littérature anglaise dont le héros est un enfant et surtout où l'enfance exploitée et corrompue devient faiblesse parmi les faiblesses, mais aussi résistance et énergie. Oliver, orphelin de l'ère victorienne, passe de l'échoppe d'un marchand de cercueils qui le maltraite à une bande de voleurs sans scrupules conduite par l'ambigu Fagin. Un petit dans les bas-fonds de Londres, vite familier de l'univers du crime. Dickens excelle à tirer des effets dramatiques du contraste entre ce qui devrait être innocence et une société sans pitié. C'est le réalisme très singulier de son style qui fait que ses lecteurs de tous âges ont senti, eu peur ou ont rusé comme Oliver. La langue de Dickens parvient aussi à évoquer immédiatement le détail ou la substance de chaque scène en restituant odeurs, couleurs, saveurs, d'une façon très proche de la faculté enfantine d'« attention aux choses ». Avec *Oliver Twist*, l'enfance, d'autant mieux exprimée qu'elle est saisie dans les conditions les plus rudes ou les plus injustes, se met à exister aussi vigoureusement que le prolétariat dans les premiers textes d'inspiration socialiste. L'enfant pathétique, sujet d'autant plus moderne qu'il paraît désamarré. D'autant plus révélateur et existant avec force qu'il est coupé de ses origines, qu'il est nomade ou perdu.

« Je suis un enfant trouvé » : proclamation initiale de Rémi dans *Sans famille*, qu'Hector Malot, admirateur de Hugo, publie en 1878. Un gamin vendu comme on vend une vache. Emmené par l'étonnant Vitalis (dont le nom est tout un programme), il va se joindre à ses animaux savants, et former avec eux une « bande » nomade, marginale, loin des familles, des villages et des étables. Bande interlope, confrontée à la sauvagerie de la nature, comme dans l'inoubliable épisode des loups, ou à la société établie et « normale ». Ce roman réaliste et populaire s'installe dans la mémoire des jeunes lecteurs. Grande « perspective d'enfance ». Appel d'air et d'espace. Chacun se souvient, comme d'un songe excitant, des situations ambiguës, de tout le dispositif asocial et non familial. Le plaisir pris au nomadisme et au détachement l'emporte sur la question « Qui est Rémi ? ». Les problématiques psychologiques et sociales plus conventionnelles auxquelles Malot tenait beaucoup sont oubliées. Reste la route, de village en village, les animaux savants, la nature changeante, un glissement au-devant de ce qui advient au jour le jour, alors que la lourde question des origines sombre plus ou moins dans l'oubli.

Presque toutes les histoires, devenues des classiques de la littérature dite « de jeunesse » ou de l'éducation républicaine française, comportent simultanément une structure moralisante ou normalisante et des indices de marginalité ou d'égarement. C'est toujours la bizarrerie que retient la mémoire d'enfance ! Solitude sans plainte. Abandon. Injuste délaissement. Qu'est-ce qui fit, par exemple, le succès scolaire et populaire du roman de Daudet *Le Petit Chose*? D'abord ce surnom par lequel tout enfant peut se sentir concerné. Qui ne s'est pas senti secrètement « chose » ou « machin », imperceptible petit être qui ne se sent pas à sa place ? On oublie le dénouement heureux du récit des aventures du nommé Daniel Eyssette, mais on « voit » le petit Chose, malingre, pauvre, déraciné, empêtré dans sa blouse et perdu dans la brume. La réussite finale du héros, le « tout finit bien » de ce roman publié en 1868 n'ont guère d'importance comparés à certaines scènes dans lesquelles solitude, faiblesse et sentiment d'être perdu permettent paradoxalement de laisser se manifester la vieille angoisse montée d'une lointaine enfance.

La jeune Amérique devait elle aussi se doter d'un héros à la mesure des nouveautés qu'elle élaborait ou du rêve qui la fondait. Ce fut *Huckleberry Finn*, paru en 1885, inoubliable épopée d'un petit garçon qui s'est enfui de chez un père ivrogne et qui dérive sur un radeau le long du Mississippi, avec pour seul compagnon un esclave, lui-même en fuite, nommé Jim. Une île, un esquif fragile, des poursuites, du danger, des aventures à chaque atterrissage, un dur contact avec le crime et la corruption des hommes, mais surtout de la pensée dans une tête d'enfant, comme cette prise de conscience si fraîche et si neuve d'une analogie entre le petit Blanc errant et le paria noir. La rencontre improbable entre un nègre et un gosse comme discret dispositif utopique. *Huckleberry* comme livre fondateur d'une certaine idée démocratique américaine s'édifiant à partir d'une geste enfantine et romanesque.

L'enfant solitaire n'en finit pas de subir violence et injustice ! En France encore, les sourdes misères du *Poil de Carotte* de Jules Renard (1894) permettent au lecteur d'éprouver, par identification ou projection, l'ampleur du rejet d'un enfant par toute sa famille : une mère qui le déteste, une fratrie qui le méprise ou se moque de lui, un père mauvais. Quelle formidable série de tableaux des minuscules atrocités ordinaires dont le milieu familial est capable ! Descente dans un désespoir d'autant plus atroce qu'il est vécu comme « banal » par l'enfant qui n'a jamais connu rien d'autre. Calvaire presque normal. D'où l'immortelle formule « tout le monde ne peut pas être orphelin » à laquelle feront écho, soixante ans plus tard, les réflexions de Sartre appréciant sa chance d'avoir eu un père mort assez jeune pour que le petit Poulou puisse s'imaginer ne pas avoir de surmoi.

Les titres éloquents prolifèrent : *Martin l'enfant trouvé* d'Eugène Sue (1846) ou le méconnu *P'tit Bonhomme* de Jules Verne (1891). L'enfance toujours présentée dans une situation de dénuement, d'orphelinat, de manque. Dans *P'tit Bonhomme,* avec la méticulosité descriptive qu'on connaît à son auteur, le paysage grandiose de l'Irlande renforce la grande déréliction enfantine, mais aussi la fait retentir, l'emporte à travers une lande, la confronte aux dures conditions de vie du peuple irlandais. Là encore, malgré l'issue heureuse et l'apparence de justice immanente, c'est le fait que le « P'tit » soit abandonné, exploité, recueilli et à nouveau délaissé qui tient en haleine les jeunes lecteurs. Comme si la détresse s'accompagnait d'une disponibilité aussi captivante qu'inquiétante.

Encore et toujours des routes, des villes où l'on entre à la tombée du soir ou que l'on quitte à l'aube, quand tout se tait. Un pays inconnu qui attend. Des prodiges et des mystères pour des enfants qui n'ont plus d'attaches familiales. Ni feu ni lieu. En 1877 parut en France un roman patriotique qui allait devenir, pour longtemps, le best-seller des écrits « pour l'enfance ». Après la défaite face à la Prusse, son auteur, la mystérieuse Augustine Tuillerie (qui se dissimulait sous le patronyme de G. Bruno), ambitionnait de révéler systématiquement les merveilles économiques, géographiques et sociales de la France de 1871. Malheureusement, *Le Tour de la France par deux enfants,* même s'il a donné à plus d'un petit écolier l'envie de partir sur les routes, est un livre morne qui ne tient pas la promesse de son admirable première phrase qui résonne magiquement dans les mémoires et semble contenir tout un Enfantin romanesque et secret : « Par un épais brouillard du mois de septembre, deux enfants, deux frères, sortaient de la ville de Phalsbourg en Lorraine. Ils venaient de franchir la grande porte fortifiée qu'on appelle *porte de France.* Chacun d'eux était chargé d'un petit paquet de voyageur, soigneusement attaché et retenu sur l'épaule par un bâton. Tous les deux marchaient rapidement, sans bruit ; ils avaient l'air inquiets. » On est en présence d'un agencement extrêmement précis : deux orphelins, le départ, l'aube, la ville endormie, le baluchon, le silence, l'inquiétude et la France, grande inconnue, qui attend... Conditions indispensables pour que « survienne quelque chose d'autre ». Pourquoi faut-il que ces deux enfants, André et Julien, désespérément sages, se bornent, au cours de ce récit languissant, à ingurgiter les merveilles des paysages et des villes, sans que rien de notable ne leur arrive ? Pourtant, le poids de la pédagogie n'écrase pas complètement le rêve. La morale de l'histoire n'interdit pas, tandis que le maître poursuit la lecture du livre à voix haute, d'imaginer des aventures plus troubles, en ignorant délibérément la fin tellement décevante qu'effaçable : les enfants qui ont fui la Lorraine occupée par les méchants Prussiens, nous dit G. Bruno, ont appris, au fil de leur long voyage, à « aimer Devoir et Patrie ».

Une mention spéciale doit être accordée au chef-d'œuvre de Stevenson, *L'Île au trésor*, paru en 1883 mais publié dans une revue pour les enfants dès 1881, en raison de son retentissement et surtout de la dimension de quasi-mythe enfantin que cette histoire a prise. Un enfant vivant dans une auberge, au milieu des marins, pirates et autres flibustiers, et l'inévitable fascination du gosse pour un « anti-père », le pirate nommé Billy Bones, qui meurt après le passage de la « tache noire » en laissant derrière lui l'énigme d'un possible trésor. Ici comme ailleurs, le père disparaît en même temps que le pirate, laissant le champ libre pour le départ, le voyage, la chasse au trésor et les aventures. Ce roman a alimenté l'imaginaire de plusieurs générations, sans doute en raison de cet appel d'air initial. Appel du large et de l'ailleurs, loin de la terre ferme et des familles. Comme souvent, la fin du roman est oubliée par la plupart des lecteurs au profit de ce que la narration a su entrouvrir, laisser béant en nous, telle une invite toujours intempestive.

À tous ces textes destinés ou non à des enfants, il faudrait ajouter les récits autobiographiques dans lesquels les premiers âges de la vie sont déjà soupçonnés d'être déterminants : de *Enfance* de Léon Tolstoï (1852), sur la douleur et le désir ardent de quitter l'existence et la sensibilité de petit garçon afin de devenir un adolescent puis un adulte, à *L'Enfant* de Jules Vallès (1878), où solitude, punitions infligées par la mère, éloignement du père et ennui mortel au collège sont contrebalancés par des anecdotes touchantes mais qui restent des clichés ou poncifs associés à l'enfance.

Enfin, dans un tout autre registre, il y eut ces récits relevant en partie du genre merveilleux qui, en dépit de leur peu de subtilité textuelle, parvinrent à imposer à l'échelle planétaire de petits personnages fantastiques dont le seul nom évoque un univers spécifiquement enfantin coloré et varié : *Pinocchio* (1881) de Collodi et *Peter Pan* (1911) de J. M. Barrie. D'un côté l'enfant pantin de bois, mis au monde par hasard par un homme nommé Geppetto ; de l'autre, le gamin étrange, joyeux, égocentrique et sans mémoire ni sens du Temps, complètement enfermé dans son refus de « grandir ». Ni l'un ni l'autre de ces livres ne parvient vraiment à produire, textuellement, de l'Enfantin en tant que tel, mais ils offrent tous deux des dispositifs très bizarres ou des phénomènes immédiatement emblématiques (le nez que le fait de mentir allonge, apprendre à voler jusqu'au pays de nulle part) qui mettent le merveilleux au service de grandes interrogations modernes qui concernent les enfants : l'identité, la responsabilité et la conscience de soi pour Pinocchio, et, pour Peter Pan, ce que signifie « grandir » (« tous les enfants, sauf un, grandissent »). Dilemme douloureux qui force à choisir entre un infantilisme asexué, purement ludique, et l'accès au désir en tant que désir sexuel.

Avec infiniment moins de génie qu'un Lewis Carroll, J. M. Barrie a lui aussi inventé son célèbre conte pour les filles de son amie Sylvia Llewelyn Davies, mais il n'a pas su, comme l'auteur d'*Alice*, faire de cette proximité de l'enfance une occasion de délirer, d'inventer des mots extraordinaires et de produire des événements à partir de pures torsions logiques. Certes, son Peter Pan incarne ce blocage de l'enfance, cette impossibilité absolue non seulement d'être un adulte mais de se confronter à des problématiques adultes. D'ailleurs, aveugle à tout ce qui est réalité, pulsion, tension et contrariété, il est incapable de voir la préadolescente ou déjà adolescente Wendy comme une fille désirable, et il la condamne à un rôle maternant. Une des faiblesses de Barrie est, entre autres, d'avoir choisi pour son personnage ce patronyme à contre-emploi, car Pan (Peter) n'a rien de Pan (le dieu). Un lutin fripon mais asexué n'est pas un faune, et ce qu'on a nommé le « syndrome de Peter Pan », cette angoisse de certains garçons face au réel et au désir, ce refuge permanent dans un imaginaire plus infantilisant qu'enfantin, est aux antipodes de ce qu'emblématise la divinité grecque mi-humaine mi-bestiale. Pourtant, le refus pathétique et innocent qu'il incarne rejoint des raisons plus obscures que chaque enfance peut avoir de ne pas sortir d'elle-même (raisons que, bien plus tard, en 1959, Günther Grass saura retrouver avec son personnage d'Oskar dans *Le Tambour*).

Le territoire des histoires pour enfants édifiantes ou émouvantes s'est étendu dans toutes les directions. Des collections leur furent consacrées, des recueils, des almanachs, des « journaux », dont un des premiers fut *Le Journal des Enfants*, fondé en 1832. On peut supposer que les attentes d'un lectorat de plus en plus nombreux orientaient en partie l'offre narrative, car ce qui frappe c'est l'analogie des situations romanesques initiales : l'enfant se doit d'être sans famille, brutalement orphelin (André et Julien), ou enfant trouvé (Rémi), et surtout maltraité (Poil de Carotte), humilié, battu, et bien sûr pauvre, voire misérable, amené à fréquenter les bas-fonds de la société, à se faire voleur lui-même. Mais l'élément narratif majeur, et surtout déclencheur, est le thème du départ. Il s'agit d'abord pour l'enfant de partir, de se sauver, de fuir, de s'échapper et d'être condamné à errer, ce qui est une occasion de rencontres (du différent) et d'aventures (enfin quelque chose arrive !).

Une archéologie plus poussée de ce « genre » et des fantasmes qu'il déclenche nous ferait découvrir qu'un des plus lointains ancêtres de ces gosses en plein dénuement qui vagabondent sur les routes est le petit Lazarillo de Tormès, jeune gueux qui entre huit et dix ans fait les quatre cents coups, sur les chemins entre Tolède et Salamanque, au service d'un ignoble aveugle qui le bat mais qu'il trompe : « Je le menais toujours par les plus mauvais chemins, exprès, pour lui faire le plus de mal possible. S'il y avait des pierres, par les pierres ; s'il y avait de la boue, en plein milieu ; car si mon chemin n'était pas des plus secs, j'étais heureux de me crever un œil pour en crever deux à qui n'en avait aucun. » Charmante ambiance ! Mais il est indispensable que l'enfant errant vive « à la dure » et soit confronté à la violence et à la méchanceté. Cette histoire espagnole d'un petit *picaro,* parue en même temps à Burgos et à Anvers en 1554, initiait un dispositif qui, trois et quatre siècles plus tard, perdurerait encore dans le récit d'enfance. Les rues des bas quartiers des villes et les routes pleines de danger contrastant évidemment avec tous les lieux d'enfermement de l'enfance (ou se combinant avec eux) : familles détruites ou méchantes, pensions, orphelinats, bandes de hors-la-loi, maîtres autoritaires ou cruels...

On pourrait opposer à ce dispositif récurrent quelques récits pour enfants à grand succès dans lesquels il n'y a ni fuite objective ni errance et où l'enfermement dans la famille est le seul horizon pour les petits. C'est le cas des histoires de la célèbre Comtesse de Ségur (*Les Malheurs de Sophie* datent de 1859). Pourtant, en se voulant à la fois plaisant et moralisateur, le texte ségurien propose, entre les lignes, de véritables « échappées », comme si le désir enfantin exigeait une part d'excès. Ces « échappées » consistent d'une part en « bêtises » (se couper les sourcils, faire crever une tortue, etc.) et d'autre part en ce qu'on peut appeler des situations perverses, lorsque le plaisir des petites filles de l'histoire, comme celui des jeunes lecteurs, est causé par l'attente et la description d'une punition de l'héroïne : « Elles marchaient depuis quelques instants en silence, lorsqu'un cri perçant les fit toutes s'arrêter ; il fut suivi d'autres cris plus perçants, plus aigus encore, c'était Jeannette qui recevait le fouet de la mère Léonard. Elle la fouetta longtemps : car, à une grande distance, les enfants, qui s'étaient remises en marche, entendaient encore les hurlements, les supplications de la petite voleuse » (*Les Petites Filles modèles*). Un sadisme d'enfance ouvre une brèche dans le propos moralisateur. Minuscules fuites sur place, après avoir joui de la transgression de l'interdit et de l'idiotie mineure.

La psychanalyse prétendra que ces situations — dans lesquelles l'enfance est abandonnée à elle-même, rejetée, livrée à des êtres qui la maltraitent, bandits ou animaux — relèvent de ce que Freud avait repéré, dans un article de 1909, sous le nom de « roman familial ». En somme, les récits d'enfance seraient l'occasion d'un déploiement presque sans limites (quoique strictement structuré) de ce fantasme, qui n'est pas l'apanage des névrosés, par lequel le sujet humain s'invente un autre milieu, une autre condition affective et sociale et surtout se fabrique des parents radicalement différents des siens, plus pauvres, plus méchants ou plus prestigieux, riches et puissants. De ce point de vue, l'horizon de tout récit serait romanesque et familial. Ne faudrait-il pas en déduire que n'importe quel roman, même le moins enfantin en apparence, est, au fond, familial ? Comme il y a un travail du deuil, le « travail du romanesque » consisterait à « broder » et à faire mille détours afin de mieux revenir à la famille, aux éternels problèmes avec le père, la mère, ou un Père démesuré. Un pays, une nation en guise de famille.

Mais on peut aussi penser que les « broderies », aventures et errances, égarements et mauvais traitements valent par eux-mêmes. Est-il si sûr que ces écarts romanesques soient fondamentalement… « familiaux » ? Est-il sûr que derrière les fuites et échappées, les bandes de brigands, les troupes de baladins, les aveugles tyranniques et tout ce qu'on rencontre sur les chemins du monde ne se dissimule qu'une sorte de « tourisme », loin de la famille, aux fins de mieux y retourner ?

On peut alors se demander si l'Enfantin, portrait-robot obtenu par la superposition de tous ces petits héros trouvés ou vagabonds, ne consiste pas simplement en un désir brut d'explorer non pas la famille mais la totalité du champ social, les différences de milieu ou de classe, et bien sûr les problèmes économiques (manque, possession, misère et donc vol !). Ne plus faire de grosses bêtises dans les chambres de la demeure familiale mais parcourir les grands espaces, sans songer à revenir. Ne plus rester dans la compagnie des parents et des éducateurs mais fréquenter des inconnus (le secret d'un pirate n'a rien de commun avec les petits secrets de famille). Ne plus échanger uniquement avec des êtres humains mais faire des tours avec des animaux. Devenir soi-même une bête qui fait des tours ou une proie. Pour rien. Pour voir.

Finalement, l'Enfantin manifeste peut-être d'abord le désir qu'a l'enfant de « ne pas être un enfant » sans que cela implique forcément d'être un adulte. Toujours « pour voir », à titre d'essai, de réalisation de possibles qui ne se réduisent pas à des possibilités familiales. Il est plaisant de constater que Freud lui-même, l'année où il élaborait son concept de « roman familial », ajouta un nouveau bambin à la ribambelle ! Non pas dans une fiction, mais dans le compte-rendu d'un cas clinique non dépourvu de romanesque. Il s'agit du Petit Hans, cinq ans, au nom de personnage de conte, dont les troubles (décrits par son père) venaient rejoindre les misères de tant de gosses peuplant la littérature d'enfance. Dans une de ses *Cinq psychanalyses*, Freud nous raconte que cet enfant est confronté à des angoisses morbides et à une phobie des chevaux. Mauvaise nouvelle, son propre père, féru de psychanalyse, décide de s'occuper de lui et de confier ensuite à Freud ses remarques puis ses notes à des fins de publication. Pris théoriquement et pratiquement en main par ces pères gigognes, l'enfant va être raconté, interprété et, paraît-il, soigné en remontant aux causes de sa phobie des chevaux (peur que le cheval ne s'écroule, mort !). Ce qui est significatif, dans l'histoire du Petit Hans, c'est que de bout en bout il ne sera jamais fait allusion, pour comprendre ce qui lui arrive, à aucun autre univers que celui de la maison, de l'entrepôt sous la maison, du père et de la mère, et de la sexualité réduite au mystère du coït et aux caractéristiques de son « fait-pipi » qu'on lui demande de ne pas toucher. Même Freud s'étonne que le père, pris dans sa fièvre interprétatrice, n'entende, de ce que dit l'enfant, que ce qui le concerne, lui, en tant que père ! Il se veut au centre du problème et de sa résolution. Pas le moindre courant d'air extérieur, la moindre tentation, chez Hans (en tout cas notée par le père), de rejoindre des vagabonds, de partir (hormis une velléité aussitôt négligée). Pas de routes, de rues, de landes, de radeaux, de roulottes. Et aucune référence à des histoires qui en parleraient. Freud s'ingéniera à nous faire comprendre que la relation bizarre de Hans aux chevaux n'était que l'expression symbolique d'un conflit pulsionnel concernant le père. Conflit derrière lequel se dissimulaient des pensées incestueuses concernant celle que Freud appelle « sa jolie mère » (nous avouant au passage qu'il l'a eue comme patiente). Freud se sert donc de cette histoire de phobie pour confirmer ses thèses sur la sexualité infantile, mais surtout pour montrer que toute formation psychique pathologique (phobie) s'explique par le fameux triangle familial (père-mère-enfant). L'absence de « sauvagerie » chez le Petit Hans en fait un cas extrêmement pur, un cas d'école. Comme si Freud voulait nous inculquer que lorsque les enfants s'enflamment pour des aventures dans lesquelles de petits héros orphelins sont aux prises avec des étrangers et des marginaux, il ne s'agit que du « déplacement » ou de la symbolisation de problèmes liés au triangle familial.

La fin de l'histoire du Petit Hans, racontée par Freud, fait penser au dénouement de nombreux romans où l'on voit le jeune héros complètement métamorphosé. En effet, en 1922, Freud rédige ce qu'il nomme lui-même un épilogue. Il vient de retrouver le Petit Hans devenu « un grand jeune homme » de dix-neuf ans, qui lui dit se porter parfaitement bien et ne ressentir « ni malaise, ni inhibition ». Serait-ce l'effet de cette « cure » datant de ses cinq ans ? C'est alors qu'il raconte à Freud que ses parents ont divorcé, qu'ils se sont tous deux remariés, et qu'il est enfin seul ! De l'air est entré, dirait-on : son histoire s'est enfin détachée. Puis il ajoute que lorsqu'il a eu l'occasion de lire l'histoire de sa maladie, publiée par Freud, il n'a strictement rien reconnu et toutes les évocations ou explications lui ont paru totalement étrangères. On peut alors rêver à la façon dont le Petit Hans, une fois devenu grand, aurait choisi de raconter lui-même sa propre enfance... À combien de récits d'aventures, lus, entendus, et l'ayant à jamais « marqué », eût-il fait référence ? Quels affects et perceptions précoces eût-il évoqués, n'ayant rien à voir avec papa ni maman, ni leur coït, ni avec son « fait-pipi » à lui ? Et ne se serait-il pas souvenu d'avoir vibré à l'évocation de quelque enfant « sans famille » ou d'un garçon qui, orphelin et familier des flibustiers, part sur la mer à la recherche d'un trésor ?

VI. Petits et grands

1. JE BATS UN ENFANT !

Sur les murs de ma première chambre d'enfant, pièce assez vaste et haute de plafond que je partageais avec mon frère, mes parents avaient jugé bon de disposer, afin de dissimuler le papier peint un peu défraîchi du vieil appartement, quelques reproductions de tableaux telles qu'en proposaient alors les éditions d'art Skira, parmi lesquelles cette toile de Picasso, devenue au fil du temps un chromo un peu mièvre, et intitulée : *L'Enfant au pigeon.*

Vingt fois par jour nous devions donc passer devant ce gosse affublé d'une robe blanche qui serrait tendrement contre son buste un oiseau blanc pouvant être aussi bien une colombe. Je crois que j'ai toujours détesté cette image, mais sans rien en dire, tant il est vrai que, pour un enfant, ce qui appartient à l'univers familial et plus généralement ce qui fait partie du décor familier n'est pas à remettre en question et revêt même un étonnant caractère de nécessité. C'est comme ça ! L'enfant sait que beaucoup de choses énigmatiques ont été produites avant sa venue au monde, et que les parents décident de la disposition de ces choses.

Je vivais donc comme si *L'Enfant au pigeon* était l'élément de décor normal d'une chambre d'enfant, tout en éprouvant pour ce petit garçon une répulsion inavouable qui tenait à son allure de fille encore accentuée par le nœud vert de sa grosse ceinture et par sa bouche trop rouge. Je n'aimais ni son visage trop rond, ni ses cheveux trop ras, ni son expression trop « gentille » qui lui donnait des airs de petit saint en prière ou d'ange blanc sur le point de s'envoler. Le gamin délaissait même un magnifique ballon multicolore pour mieux choyer ce volatile qui s'apprêtait à lui picorer le cou et les lèvres. Pourtant mon frère et moi jouions, chaque jour, sous le regard pâmé de ce jeune colombophile, sans vraiment lui prêter attention.

Je crois me souvenir que ma mère ne désignait cette image que comme « le petit Picasso » et je ne pouvais pas manifester mon exaspération lorsque je constatais que la scène l'attendrissait.

Vint le jour où mon grand-père, grand voyageur, me rapporta comme cadeau et souvenir d'un pays où il venait de séjourner un objet qui me fit un tel plaisir que j'en fus, sur le coup, presque troublé. Il s'agissait d'un fouet ! Non pas un fouet de panoplie enfantine pour jouer à Zorro ou au dompteur, mais un véritable fouet acheté en Jordanie : chez les Bédouins du désert, m'expliqua-t-il, évoquant le sable à perte de vue, les caravanes de dromadaires et autres bestiaux, chèvres, moutons, les cris des hommes et donc le sifflement des fouets. C'était un objet magnifique à la poignée de cuir noir, au manche de nacre ouvragé pourvu de lanières de cuir tressées s'achevant en une longue mèche. Quelle idée avait donc eue mon grand-père de m'offrir cet engin agressif ? Je sais, pour avoir voyagé plus tard en sa compagnie, qu'il achetait systématiquement toutes sortes de choses, partout où il passait, par curiosité, par plaisir, quitte à s'en défaire ensuite, car il n'accumulait rien, en les offrant à toute la famille.

Un fouet m'était donc échu, comblant une attente obscure que j'ignorais moi-même. Je le trouvais magnifique : son poids et sa solidité ondulante communiquaient immédiatement à ma main, pourtant un peu trop petite, une sensation de puissance. Envie de le faire claquer, tout de suite, afin d'entendre cette détonation sèche qui prouve qu'on l'a manié correctement. Désir d'expérimenter ce prolongement de mon bras capable soudain de frapper à distance avec la précision d'une lame. Combien sont-ils, les objets qui occupent en nous, dès la petite enfance, une place réelle et symbolique si forte qu'on a, très tard dans la vie, l'impression d'être sur le point non seulement de les revoir distinctement, mais de les saisir à nouveau, retrouvant chaque détail de leur forme ou de leur décoration ? De sentir aussi leur odeur, celle du cuir par exemple. Je pourrais en énumérer une dizaine, mais ce fouet, tendu presque négligemment par mon grand-père, me combla tellement que je ne voulus plus le lâcher. Mes parents, vaguement inquiets de me voir en possession de ce qu'ils appelaient une arme, durent faire quelques réprimandes à mon grand-père qui avait l'art de répliquer avec humour et d'apaiser les angoisses latentes. On décida alors qu'il s'agissait d'un objet exclusivement décoratif et qu'il serait judicieux de l'accrocher au plus vite au mur de ma chambre. Donc, près du « petit Picasso »...

Je ne sais si le fouet fut ou non accroché au mur, mais je me souviens du matin où, seul dans la grande pièce, mon frère étant absent, je me suis emparé du fouet des Bédouins. D'abord, je ne songeai qu'à produire le fameux claquement. Une question de mouvement du poignet : un geste ample qu'il fallait bloquer brutalement, ce qui n'allait pas sans effort ni douleur. Mais, après tout, un fouet sert à fouetter.

Je m'exerçais donc, jouissant de me livrer à un acte que je savais illicite, face à l'enfant au pigeon ! C'est alors que j'ai délibérément choisi de fouetter le petit ange du tableau, le saint en robe blanche qui, bien sûr, n'avait pas bronché tandis que je faisais trotter mon bétail invisible dans l'espace de la grande chambre. Ah ! le petit Picasso qui attendrit ma mère... Tiens ! Prends ça ! Et la mèche de cuir s'abattit sur le rectangle de papier glacé avec un bruit délicieux. Bien vite, les premières zébrures apparurent dans la partie supérieure gauche de la reproduction, là où Picasso a disposé sur le bleu du ciel des touches de brun ou de roux. Du sang ? Mais la lanière acérée n'a pas tardé à frapper — de plein fouet ! — simultanément le visage enfantin aux joues rondes et la masse blanche du pigeon mal protégé par les mains enfantines. Mes coups n'ont cessé de pleuvoir. Diagonales blessantes déchirant le papier, défigurant peu à peu l'enfant et déchiquetant sa robe. J'ai frappé sans relâche et longtemps, persuadé qu'au point où j'en étais il n'y avait plus de raison de m'interrompre. Et puis, une fois l'affiche en lambeaux, j'ai dû me fatiguer de ce jeu-là comme un enfant se fatigue de tous les jeux, et je suis passé à autre chose.

Mon forfait n'a évidemment pas tardé à être découvert. Je pense pouvoir y associer, sans me souvenir du détail, une des plus terribles punitions de toute l'histoire des punitions de mon enfance. L'indignation qu'éprouvaient mes parents, ou qu'ils jouaient en partie à des fins éducatives, m'a semblé immense. D'autant qu'ils insistaient moins sur la gravité de la destruction d'une affiche artistique qui, à l'époque, n'était pas un objet tellement courant, que sur le sacrilège que je venais de commettre. Avec mon fouet, je m'étais livré selon eux à la pire des profanations. J'avais agressé et meurtri une sorte de chose sainte : une œuvre d'art ! Comme si la présence de ce tableau dans notre chambre d'enfant avait eu des significations secrètes que nous ignorions : disons religieusement culturelles. Ma méchanceté s'opposait à la pureté, au calme, à l'innocence de ce gosse en blanc. Je n'étais qu'un petit lâche et un petit sagouin (et non Bédouin !). Je venais de m'en prendre avec violence à ce que j'aurais dû révérer : un enfant peint, un tableau figurant un enfant. Pour mon père, et il y insistait, c'était à l'art et, de plus, « à Picasso » que je m'étais attaqué. Je ne respectais donc rien. J'étais un vandale, un voyou. Pour ma mère, c'était « à l'image d'un enfant » que je m'en étais pris, un enfant si joli, si tendre et démuni. J'étais une brute.

On m'a fait expier mon crime de diverses façons dont j'ai oublié les modalités mais qui furent cuisantes car je me souviens d'avoir, par la suite, considéré amèrement, depuis mon lit, l'emplacement désormais vide d'où le petit Picasso en lambeaux avait disparu. Avec amertume, mais sans culpabilité, car, très curieusement, et quel qu'en ait été le prix à payer, j'ai longtemps associé à mes coups de fouet au Picasso un réel soulagement, comme si, par-delà tout ce dont on m'accusait et tous les vices qu'on m'attribuait, je n'avais fait que me libérer d'un intrus, sale petit bonhomme hypocritement gentil qui me faisait obstacle. Sur quel chemin? Dans quel désert?

Car ces sortes de bêtises ont lieu dans le désert de l'enfance. Une solitude peuplée de bêtes et de Bédouins. Un espace étranger où passe un enfant avec un oiseau, un horripilant Petit Prince. Où surgissent aussi, comme extraits du sable, des objets vus et utilisés pour la première fois: un fouet par exemple, permettant de découvrir de nouvelles façons de se servir de son bras. On a mal à force de cogner. On enrage. On jubile. Dans un nuage de poussière qui estompe ou efface en partie la scène.

Je suis très conscient des interprétations que le discours psychanalytique est capable d'élaborer à partir du récit d'une telle anecdote, comme à partir de mon choix tardif de la revisiter.

Le célèbre article écrit par Freud en 1919 donne le ton.

« *Ein Kind wird geschlagen* », traduit par « Un enfant est battu », est un des textes majeurs sur la psychologie infantile et sur le masochisme. Mais Freud n'envisageait qu'un « fantasme » (fréquemment évoqué, selon lui, dans la cure analytique) mettant en scène la « fustigation d'un enfant » sous les yeux d'un autre enfant. Jamais Freud n'évoque le cas d'un enfant fouettard dans mon genre. Il était intrigué par cette obsession récurrente chez certains patients: « Je vois un enfant en train d'être battu », et il avait choisi de s'appuyer sur trois cas féminins et deux cas masculins. Au terme de délicates investigations, il supposait que le fantasme féminin d'enfant battu se déroulait en trois phases, chacune exprimable par une proposition grammaticale particulière : 1) « le père bat un enfant » ; 2) « je suis battue par le père » ; 3) « quelqu'un bat (un ou des enfants) et je regarde ». La première et la troisième scène étant restées parfaitement conscientes à travers le temps ; la phase intermédiaire ayant été refoulée. La conclusion freudienne était sans appel : le fantasme de l'enfant battu est issu de « la régression vers le désir incestueux d'être aimé par le père ». CQFD ! En ce qui concerne les garçons, Freud s'attendait à découvrir, écrit-il, le désir équivalent d'« être battu par la mère », mais, ô surprise, si le fantasme masculin est bien passif, Freud, en creusant un peu, allait découvrir qu'en dernier recours c'est encore du père et de l'œdipe qu'il est question et que, « dans les deux cas, le fantasme de fustigation dérive de la liaison incestueuse au père » (*Névrose, psychose et perversion*). Il précise : « Chez le garçon comme chez la fille le fantasme de fustigation correspond à une position féminine, et les deux sexes s'empressent de se débarrasser de cette position en refoulant le fantasme. »

On découvre, non sans consternation, avec quelle efficacité certaines images fortement obsédantes, venues de l'enfance, peuvent être solidement enfermées dans l'étroit enclos œdipien. Véritable ring triangulaire : un enfant est battu ; qui le bat ? Un adulte, donc le père... La contemplation est passive ! D'où voyeurisme et sadisme vite retournés en masochisme en raison d'une identification à la victime. Mais aussi jalousie brute et onanisme : chaque coup de fouet acheminant vers la jouissance d'être aimé de façon exclusive. Par le père, évidemment ! Nécessité, donc, d'éliminer tout rival (mère, frère, sœur). Et lorsque la culpabilité devient insupportable : refoulement, refoulement ! (Plus ou moins réussi, évidemment...)

Quel que soit son génie herméneutique, on voit bien que Freud élabore lui-même le texte qu'il va décrypter, et on ne peut que déplorer la pauvreté des images qu'il nous restitue en vue de l'analyse. Ses patients n'avaient-ils pas un peu « brodé » à partir de leur fantasme d'enfant battu ? N'avaient-ils pas multiplié les détails, les couleurs, les scènes secondaires, et évoqué un arrière-plan ? Ne livraient-ils pas à l'analyste un texte plus confus et touffu ? Des impressions lointaines en quête d'une expression complexe ? Non, le discours freudien ne conserve de leur « vision » que des phrases très simples qui ne servent qu'à logiciser et à grammaticaliser l'image originelle et qui l'appauvrissent. Sujet, verbe, complément : « un enfant est battu », « l'enfant est haï par moi », « je suis aimé par le père ».

Quelle incroyable réduction ! Quel manque

de personnages et de paysages ! L'ambivalence, omniprésente, ne faisant que bloquer tout accès à l'ambiguïté.

Il est frappant — si j'ose dire — que Freud n'ait pas étudié un seul enfant « se revoyant lui-même en train de fouetter ». Et qu'il n'ait évoqué que des « fustigations punitives » et non des coups pour rien, des coups injustes, sur le corps et le visage d'un enfant doux et exemplaire qui câline un oiseau.

C'est pourquoi je me retrouve bien seul avec mon souvenir d'avoir fouetté le petit Picasso, et il ne m'est pas facile d'en extraire le noyau d'Enfantin qui me semble pourtant consister en tout autre chose qu'en un dérisoire drame œdipien, en une jalousie fraternelle, en un autoérotisme sadique, ou bien en l'agression d'un petit double en robe blanche, allégorie de l'innocence enfantine ou de la paix dans le monde, par rapport auquel j'aurais tenu à m'affirmer comme « mauvais » (sagouin, barbare, inculte...). Le psychanalyste Serge Leclaire, auteur du beau livre intitulé *On tue un enfant*, ferait intervenir, à coup sûr, l'hypothèse du meurtre de l'« enfant merveilleux », cette représentation inconsciente primordiale où se condenseraient nos nostalgies et espoirs perdus : « Il y a pour chacun toujours un enfant à tuer, le deuil à faire et refaire continûment d'une représentation de plénitude, de jouissance immobile, une lumière à aveugler pour qu'elle puisse briller, s'éteindre, sur fond de nuit. Qui ne fait et refait le deuil de l'enfant merveilleux qu'il aurait été reste dans les limbes et la clarté laiteuse d'une attente sans ombre et sans espoir ; mais qui croit avoir une fois pour toutes réglé son compte à la figure du tyran s'exile des sources de son génie et se tient pour un esprit fort devant le règne de la jouissance. »

Je ne pense pas que ces interprétations soient fausses mais seulement qu'elles sont indigentes comparées à la multiplicité des contacts imaginaires, réels et affectifs qu'un enfant est capable de nouer du fond de son isolement silencieux. Contact avec les choses les plus immédiates, dans toute leur matérialité, leur originalité et, faudrait-il dire, dans leur beauté encore non éprouvée comme telle mais confusément ressentie : le blanc et noir d'un fouet au manche de nacre et à la lanière de cuir. Le papier glacé et les couleurs vives d'une affiche. Contact simultané avec les univers les plus lointains : le désert des Bédouins, le soleil, la mer dite Rouge, le danger, les ennemis surgis de nulle part, le rêve de posséder des armes pour se défendre... Ces contacts sont la source non seulement de rêveries infinies mais d'« essais » très concrets qui propulsent, à travers le temps et l'espace, bien loin de toute la famille.

Je ne me suis jamais senti intimement concerné par le spectacle d'un enfant en train de recevoir une correction : je me revois seulement occupé à battre l'enfant peint par Picasso.

Si, quand j'étais petit, « un enfant fut battu », ce fut avec mes seules forces, mes propres moyens, et sans l'aide d'aucun adulte. Parents absents. Puis indignés et culpabilisants. Mais, surtout, je sais n'avoir été que fort peu perméable à cette culpabilité que les reproches de ne pas respecter la peinture ou de détester l'« enfant merveilleux » auraient dû me faire éprouver.

Le noyau d'enfance (je veux parler des perceptions résiduelles qui me restent de cette scène, intenses au point de prendre plaisir à chercher les mots pour les rendre) est en relation avec le fouet lui-même plus qu'avec l'enfant du tableau. C'est la sensation du manche, chaleur du cuir et froid de la nacre, qui insiste dans la mémoire de ma main. C'est cette certitude physique d'un prolongement de mon bras. C'est le contraste entre la force de ce fouet ayant appartenu à des hommes rudes, vivant au contact des bêtes, et ma propre faiblesse délicieusement usurpatrice. C'est la possession soudaine d'un objet qui n'est ni un jouet ni un symbole phallique mais un « vrai » fouet. Images de livres d'aventures; photos de livres de géographie. Et le désert encore... Comparé à toute cette nouveauté, le petit Picasso me semble bien contingent.

C'est à partir de ce probable noyau d'enfance que je peux risquer une hypothèse: non pas une interprétation, mais une sorte de prolongement mental de l'événement. Si j'ai fouetté allègrement cet enfant d'apparence si paisible, si j'ai lacéré cette image aux belles couleurs, si je m'en suis pris à ce qui m'avait plus ou moins été présenté comme une icône profane, c'est que « mon fouet », ce cadeau de mon grand-père, me disait qu'en moi quelque chose changeait : ce fouet dont j'étais si fier parce qu'il me grandissait et m'étirait en direction de territoires inconnus, ce fouet bien réel et pourtant magique avait besoin d'un objet à fouetter digne de lui ! Quelle grandiose victime qu'un personnage à la fois enfantin et artistique qui ne mérite en rien le mal qu'on va lui faire !

J'aurais pu frapper tout aussi violemment des coussins rebondis, mon lit, les doubles rideaux, un fauteuil rembourré, mais à cet instant, dans notre chambre vide, seul cet enfant au pigeon, précisément parce qu'il s'agissait d'une jolie reproduction sur papier glacé, était à la hauteur de l'enjeu. Il fallait que le fouet s'abattît sur une chose précieuse qui « le valait » effectivement.

En dépit de tout le temps écoulé, c'est ce pur plaisir de me montrer digne de cet instrument qui me semble, aujourd'hui encore, l'avoir emporté à l'époque sur ma détestation de l'enfant. Le pauvre fouet, longtemps conservé puis finalement perdu, avait appelé certains gestes et offert à mes jours mornes une issue lumineuse : des sensations bien éloignées d'un enfermement entre les barbelés d'une stricte problématique familialiste.

Ce que la démarche freudienne empêche et

même interdit de considérer, c'est justement ce qui excède familialisme et anthropomorphisme, toutes ces choses qui débordent le corps organique et qui n'ont rien de commun avec les personnes nommées père, mère, enfant... Tout ce qui échappe à une sexualisation des conduites et à une sexualité axiale et fatale (stades). Or, il existe de nombreux autres drames, tout aussi sensuels, d'autres jouissances et d'autres usages du corps qui dépendent d'objets insolites, de choses détournées de leur usage, de bêtes familières ou sauvages, d'idées et de représentations venues de l'autre bout de la terre. Des fouets, des pierres, des couteaux, des bouts de bois, des bijoux, des boîtes, des miroirs, des compas, des trous... Non seulement tout parle, mais tout produit sur l'enfant des effets heureux ou dévastateurs, toujours profondément troublants.

Pour aller dans ce sens, en souriant un peu, on peut citer un des textes les plus décapants de Sartre lorsqu'il s'ingéniait, en 1939, dans ses *Carnets*, à renverser l'ordre freudien de l'interprétation. Dans ce qu'on pourrait intituler une « phénoménologie du trou », texte qui témoigne d'un sens aigu de l'Enfantin, Sartre proclamait que le trou n'attire pas le doigt parce qu'il « symbolise » un anus (ou un sexe) mais que tout trou invite à s'y enfoncer rien que « parce qu'il est un trou » ! Belle entreprise de « désymbolisation ». Le trou, cette concrétisation locale du néant, retrouvait dans les notes de Sartre une dignité flottante, indépendante de toute signification symbolique et sexuelle. « Freud tiendra que tous les trous, pour l'enfant, sont symboliquement des anus et l'attirent en fonction de cette parenté — et moi je me demande plutôt si l'anus n'est pas, chez l'enfant, objet de concupiscence parce que c'est un trou. Et certes, le trou du cul est le plus vivant des trous, un trou lyrique, qui se fronce comme un sourcil, qui se resserre comme une bête blessée se contracte, qui bée enfin, vaincu et près de livrer ses secrets ; c'est le plus douillet, le plus caché des trous, tout ce qu'on voudra, je n'empêche point les Freudiens de composer des hymnes à l'anus, mais il n'en demeure pas moins que le culte du trou est antérieur à celui de l'anus, et qu'il s'applique à un plus grand nombre d'objets. Et j'admets fort bien qu'il se charge peu à peu de sexualité, mais j'imagine qu'il est d'abord présexuel, c'est-à-dire qu'il contient la sexualité à l'état indifférencié et qu'il la déborde » (*Carnets de la drôle de guerre*).

Le trou qui n'attire donc que parce qu'il est un trou. Le fouet qu'on ne fait claquer que parce qu'il est un fouet. Un « grand nombre d'objets » peuvent ainsi être source d'excitations sauvages, de jouissances nomades. Lanières, bras démesuré, déchirures et zébrures à distance, mèche de cuir au bout de laquelle tout l'être se condense, comme il le fait, à d'autres instants, dans une mine de crayon ou un pinceau très fin.

C'est pourquoi « battre un enfant », pour l'enfant que j'étais, consista peut-être avant tout à « battre », de façon intransitive. Battre pour battre...

2. LA HAINE DES ENFANTS

« Il avait un père et une mère. Mais son père ne songeait pas à lui et sa mère ne l'aimait point [...] Cet enfant ne se sentait jamais si bien que dans la rue. Le pavé lui était moins dur que le cœur de sa mère. Les parents l'avaient jeté dans la vie d'un coup de pied. Il avait tout bonnement pris sa volée. »

Voilà un enfant mal-aimé, oublié, jeté et rejeté. Un enfant battu. De qui s'agit-il ? Encore Gavroche, le fils maudit du couple Thénardier, dont Victor Hugo, nous l'avons vu, fait l'emblème du peuple, de la ville de Paris, de la révolution, de la liberté. Ce « bout d'enfance » maltraitée qui rôde dans la nuit et les recoins infects, cette « petite grande âme » annoncerait, à elle seule, un avenir émancipateur, car dans *Les Misérables* comme dans nombre de poèmes hugoliens l'écrasement de l'enfance annonce un renversement imminent et radical. Maltraiter l'enfance est la pire bassesse dont sont capables les humains, l'ultime forfait d'un ordre social injuste avant sa métamorphose. De la même façon, la cruauté initiale de Valjean envers Petit Gervais qu'il effraye et humilie afin de lui voler sa pièce est l'occasion, pour l'ex-forçat brutal, d'un « devenir saint », et même d'une sorte de « devenir femme » puisqu'il réapparaît comme « Monsieur Madeleine », tout de bonté et de sensibilité à la condition prostitutionnelle de la femme pauvre.

L'idée selon laquelle la dureté et la méchanceté à l'égard des enfants auraient un jour, forcément, une fin relève d'une vision dix-neuvièmiste et optimiste. L'histoire des mœurs, saisie dans la longue durée, nous apprend que les enfants ont été ignorés, déconsidérés, reniés, écrasés, battus, abandonnés, exposés ou rejetés sans remords et sans espoir d'aucune compensation. Tout simplement parce que l'enfance est fantasmée comme une existence indécise, pas encore humaine, ou vaguement bestiale. L'enfance, c'est de la vie, et encore de la vie, brute et brutale ; de la vie qui se soustrait à la culture, à la fois extrêmement fragile et menacée (en raison de la mortalité infantile), et aussi paradoxalement vivace, insistante, croissant et se multipliant, donc dangereuse : chaque femme se sachant grosse a aussitôt à l'esprit le risque de mort que lui fait courir le petit dans son ventre. Comment va-t-il en sortir ? Quelles douleurs et difficultés mortelles accompagneront la mise au monde ? D'où une rancune secrète ou non envers cet intrus, ce fœtus mortifère. C'est pourquoi l'enfance, objet de mépris, est aussi objet de crainte ou d'appréhension. D'où la tentation de maltraiter les gosses, de s'en débarrasser sans remords, de les dresser comme des animaux ou carrément d'exercer sur eux quelque violence afin de se distraire à la vue de ces personnages miniatures qu'on peut déguiser et auxquels ou peut faire faire des tours.

D'ailleurs, Hugo, dans *L'Homme qui rit*, ne présente plus la maltraitance des enfants comme un fait passager, dépassable ou n'ayant qu'une place relative dans l'Histoire. Dans ce livre, le héros, Ursus, ayant pour seul compagnon un loup nommé Homo, recueille un enfant errant, Gwynplaine, qui porte dans ses bras un bébé aveugle. Bizarrement défiguré, Gwynplaine se révèle être une ancienne proie des comprachicos, ces voleurs d'enfants qui mutilent atrocement les gosses, les cousent, bloquent leur croissance, leur brisent les os ou les déforment afin d'obtenir des monstres qui feront rire non seulement les foules sur les places de village, mais les princes, les rois et les papes. Et Victor Hugo de souligner cette propension humaine à faire de l'enfant un jouet: « Un enfant destiné à être un joujou pour les hommes... » et « Pour que l'homme-hochet réussisse, il faut le prendre de bonne heure. Le nain doit être commencé petit. On jouait de l'enfance. Mais un enfant droit, ce n'est pas bien amusant. Un bossu, c'est plus gai. De là un art. Il y avait des éleveurs. On prenait un homme et l'on faisait un avorton; on prenait un visage et l'on faisait un mufle. On tassait la croissance; on pétrissait la physionomie. »

Victor Hugo, s'appuyant sur de multiples documents historiques, insiste sur l'ampleur du phénomène aux XVIe et XVIIe siècles, et il précise bien vite qu'il ne s'agit pas d'affreuses coutumes disparues mais... d'un sempiternel symptôme: « Les comprachicos sont un symptôme. Ils sont l'abcès d'un virus. Ils révèlent tout un état social, séculaire, préexistant, immémorial. » Et il montre comment cette pratique sadique et humoristique concerne toutes les époques. Mais chaque époque excelle à se voiler la face à propos de ce qu'elle inflige à ses petits. Comme si ça ne comptait pas. Comme si la goutte d'eau d'un peu de pitié, de paternalisme ou d'attentions familiales privilégiées abolissait une mer de petites cruautés jugées sans importance tant chaque enfant est isolé, perdu au cœur obscur de l'enfance. « Si l'on regarde de près », écrit Hugo, « on retrouve cette veine noire, sans solution de continuité, du haut en bas de la sombre formation humaine qu'on appelle la civilisation. » En quelques réflexions qui émaillent cet étrange récit dans lequel un ermite et un loup adoptent un petit garçon mutilé et un bébé aveugle, Hugo met en lumière deux phénomènes généraux concernant l'enfance: le besoin adulte de transformer l'enfant en jouet, marotte, nabot, bouffon, bossu, être miniature, monstre gentil, afin de rire aux larmes au spectacle du petit qui contrefait le grand ; la propension des idéologues traitant d'une époque à « ne pas voir », à ne pas percevoir les formes massives de la cruauté infligée à l'enfance.

On peut s'interroger sur l'origine et les ressorts de ce comique pour adultes. Un petit être habillé en grand seigneur qui danse comme un singe ; un minuscule gamin, affublé d'une bosse, d'un pied bot, d'un groin, à qui on fait faire le beau ; une petite fille et un petit garçon qui ne comprennent pas ce qui leur arrive et qu'on marie en grande pompe. Rires ! Jubilation collective. La plèbe désopilée. Le roi s'amuse. Du comique qui ne s'explique pas, selon la célèbre formule de Bergson, comme « du mécanique plaqué sur du vivant », mais comme du grand plaqué sur du petit, du conventionnel plaqué sur de l'innocence, du malin embobinant du naïf.

Hugo dit que son époque n'a que très légèrement affadi ces traitements bouffons et méchants. Mais la nôtre les retrouve, accompagnés de la bonne conscience des mères et de la bénédiction du spectacle, lorsqu'elle organise, par exemple, des défilés de mode pour de petites stars de moins de dix ans. Lorsqu'elle fabrique de petites gymnastes prodiges. Ou bien, plus sordide ou moins licite, mais obéissant au fond à la même logique, lorsqu'elle suscite le goût pédophilique pour des enfants contraints de se farder ou de mimer maladroitement des conduites sexuelles qui n'ont pour eux aucun sens.

Il faudrait longuement méditer sur la façon dont chaque période historique s'aveugle sur ce qu'elle fait effectivement subir à l'enfance, préférant mettre en avant ses « processus d'infantilisation » les plus respectables. À propos du XVIIe siècle, grande époque des comprachicos, Hugo dit : « Ce siècle exploita beaucoup les enfants : les historiens flatteurs de ce siècle ont caché la plaie, mais ils ont laissé voir le remède, Vincent de Paul. » Or, on sait que les institutions créées par ce charitable aumônier des galériens dégénérèrent, bien avant la fin du siècle, en une gigantesque machine à enfermer l'enfance errante (Enfants trouvés), où les exactions, viols, exploitations, abus, ventes et reventes concernèrent des milliers d'enfants, comme en témoigne la célèbre affaire dite « de l'Hôpital général », en 1751 : même le roi ne parvint pas à faire toute la lumière et encore moins à empêcher un trafic d'enfants que les magistrats de Paris couvraient depuis des années. Le pot de terre des bonnes intentions charitables contre le pot de fer d'une cruauté pédophobique se présentant comme une banalité. Aujourd'hui, les chambres des enfants des pays riches sont encombrées de jouets que fabriquent d'autres enfants dont la vie se partage entre maltraitance, surexploitation et esclavage, à raison de douze heures par jour, dans de lointains hangars d'Asie.

La haine des enfants traverse les siècles.

Même si l'évolution des mœurs, inséparable de la démocratie et d'une relative abondance économique, est parvenue à organiser autour de la figure infantile un véritable tabou, ce tabou se trouve toujours massivement transgressé aux quatre coins de la planète, selon le degré de pauvreté des pays ou des groupes sociaux : enfants errants de Buenos Aires, qu'il n'y a pas si longtemps les « escadrons de la mort » exterminaient comme des rats; enfants vendus et revendus en Thaïlande à partir de trois ans; enfants buveurs de sang et systématiquement drogués en Sierra Leone afin de les transformer en guerriers; bébés de sexe féminin étouffés ou évaporés dès leur premier jour, dans les sociétés où la dot est de tradition. Milliers d'enfants « disparus » dans la Chine contemporaine, de l'aveu même des démographes officiels...

Aussi loin qu'on se souvienne, les mythes, la Bible ou les contes regorgent de situations pédophobiques d'une extrême violence et d'animalisation des enfants. Du massacre des Innocents à l'abandon en pleine forêt de toute une progéniture par un père et une mère, du sacrifice d'Isaac à celui d'Iphigénie, de l'exposition d'Œdipe à la condamnation à mort (avec extraction du cœur) de Blanche-Neige par sa marâtre, du Kronos mythique grec à l'ogre égorgeant ses filles et au loup des contes circulent les splendides images d'une pédophobie principalement masculine. L'époux titanesque de Rhéa dévore ses propres enfants dès qu'ils voient le jour. D'un ventre l'autre ! D'une nuit l'autre ! Si la filiation est interrompue, si le Temps est suspendu, plus de menace pour mon pouvoir de mâle, pour mon statut paranoïaque de maître du monde. Kronos demeure un époux qui baise et engrosse sans cesse son épouse, mais qui abolit, par ingurgitation, ce qu'il a fécondé. Vision panique du géniteur impénitent : l'enfant à naître est synonyme de mort et de castration ! Et Kronos sait bien de quoi il se préserve puisqu'il a lui-même émasculé son père. De plus, le Saturne romain ayant été tardivement amalgamé au Kronos grec, lui-même associé dès l'Antiquité à Chronos dieu du Temps, on peut comprendre que la réincorporation masculine des enfants corresponde aussi à une angoisse mortelle de la durée, du passage, de la succession. La faux du Temps associée à la faucille à castrer. Terreur de la coupure. « Les enfants sont la mort des parents », disait Hegel, mais une fois ingurgités, avalés, les enfants ne risquent plus de me faire vieillir, de me dépasser, de m'enfoncer dans la relativité et la mort. Même si leur nombre me pèse un peu sur l'estomac... Certes, le mythe nous dit aussi que toute cette violence est vaine, que le destin doit s'accomplir et que la génération doit avoir lieu, avec son lot de ruses et de violences de la part des enfants et, donc, l'émasculation et le renversement tant redoutés.

La haine du mâle à l'égard des enfants proviendrait d'une vieille méfiance, d'une haine enfantine autrefois éprouvée et entraînant cette rage contre une progéniture si difficile à digérer. Ainsi, entre enfants et géniteurs, une guerre, une haine et une peur permanentes. Et les contes ne manquent pas non plus d'images de mères ou de marâtres cruelles : la reine de *Blanche-Neige* commande à un chasseur d'aller exécuter, au plus sombre de la forêt, la petite fille qui va la dépasser en beauté. Une cruauté féminine narcissique et une jalousie maternelle hyperviolente analogues à l'ordre donné par Laïos à un serviteur d'aller exposer, dans la nature sauvage, le bébé qui ne porte pas encore le nom d'Œdipe.

Enfants victimes, que les bêtes dévorent ou dont on veut arracher le cœur... Enfants haïs en raison de la menace qu'ils représentent pour mon pouvoir, ma beauté, ma sexualité, ma jeunesse, mon immortalité. Cimetière des innocents.

Enfants, éternelle chair fraîche inspirant tous les raffinements de la cruauté : dans le conte des Grimm intitulé *L'Oiseau d'Ourdi,* la femme tranche la tête de son beau-fils en refermant violemment sur son cou la serrure du couvercle de la panière où elle lui avait proposé de prendre du pain. Puis elle le découpe en morceaux et le fait cuire pour que son époux s'en régale et en suce les os un par un avant de les jeter sous la table.

Enfants bestiaux, souvent envisagés, dans les contes, en essaims nuisibles ou en meutes. Non plus individualisés, mais grouillant et proliférant comme des rats ou des insectes. Nous, citadins de Hamelin, détestons les rats devenus si nombreux qu'ils nous ruinent en mangeant le contenu de nos greniers. Nous aimons notre ville, nos richesses, notre abondance. Seul un magicien dératiseur peut nous tirer de là avec sa flûte enchantée. Une fois son travail accompli, pas question de le payer : c'est un étranger, un individu louche. Alors le joueur de flûte se venge en faisant subir le même sort aux enfants qu'aux rongeurs. Ainsi, le conte semble dire qu'au fond des inconscients les enfants sont les équivalents des rats, sales, grouillants, ruineux, affamés, innombrables.

On commence à entrevoir quelles puissances fantasmatiques millénaires la vision positive moderne de l'enfant a dû refouler pour s'imposer. Non sans qu'une pédophobie obscure ne continue de hanter les imaginations de l'enfance.

Dans l'expression « haine des enfants », le génitif est significativement ambivalent : les enfants sont eux-mêmes capables d'une haine et d'une cruauté très particulières. La haine infantile est redoutable, car elle est opaque, silencieuse, sourde, inextinguible et réfractaire à toute tentative de la raisonner. Elle peut avoir pour cause la pédophobie adulte et n'être qu'un mode de défense et de résistance ou une réponse pernicieuse et inadaptée à des sévices réels. Ainsi l'enfant battu deviendra-t-il souvent un gamin violent puis un parent cogneur. La brutalité se transmet à travers le temps. La haine de l'ascendant se traduit en haine de la descendance. Mais les enfants peuvent aussi haïr d'autres enfants, au point de n'avoir plus de retenue dans le mal qu'ils leur infligent. Le pire est sans doute atteint lorsque des enfants sont conduits, par l'endoctrinement, à haïr des adultes.

Je connais nombre de documents montrant comment des régimes totalitaires peuvent inoculer à l'enfance regroupée et encadrée une haine enthousiaste, une cruauté qui ne fait pas de quartier. J'ai vu, sur des films d'archives, d'un noir et blanc effrayant, les hordes des Jeunesses hitlériennes, parmi lesquelles des petits de six ou sept ans, qui chantaient et hurlaient des menaces sous les fenêtres d'un enfant aryen, enfermé et tremblant dans l'appartement familial, qui tentait de résister à cette grégarité, jusqu'à ce qu'ils obtiennent sa reddition et son ralliement, s'éloignant déjà pour aller crier ailleurs « Mort aux Juifs ! ». J'ai vu des films montrant des enfants africains de neuf ou dix ans, bourrés de drogue et armés de mitraillettes et de machettes, tuant des individus qu'ils imaginaient, dans leur rêve cruel, être les ennemis d'une cause à laquelle ils ne comprenaient rien. J'ai frémi au spectacle d'enfants en uniforme défilant au pas, bras tendu ou poing levé, et dont on voyait qu'ils étaient prêts à torturer ou exterminer, pourvu qu'on les maintienne ensemble dans cette espèce d'état ludique, brutal et hypnotique, l'idée de la vie leur ayant été rendue aussi inaccessible que l'idée de la mort. Enfances nazies, fascistes, maoïstes et autres efficacement formées, dès le plus jeune âge, à dénoncer leurs propres parents ou leurs professeurs avec une étrange allégresse. J'ai découvert ces faits divers évoquant des gosses prenant d'autres gosses comme souffre-douleur, sans culpabilité ni lassitude, durant de longues semaines, dans des caves d'immeuble ou des recoins de collège.

Mais ce sont d'autres images, d'autres textes qui m'ont au fil du temps permis de prendre la mesure de la haine spécifique dont les enfants sont capables.

Dans *Sa Majesté des mouches*, ce livre qui n'est en rien un « roman pour enfants », William Golding imagine ce qu'il adviendrait d'un groupe de petits êtres humains civilisés condamnés par un accident d'avion à survivre (sans adultes !) sur une île déserte et sauvage. Très vite, on voit cette troupe d'abord égarée et apeurée organiser, à partir de rien, les conditions de la domination, de la rivalité, de la possession du pouvoir et de la parole.

Les conflits exacerbent les conduites de horde puis l'instauration d'une sacralité des plus sommaires: la référence à un monstre terrible et le culte brutal d'une idole sous la forme d'une tête de cochon fichée sur un bout de bois. On dirait, à lire l'anti-utopie infantile de Golding, que « la violence et le sacré » que les sociétés humaines ont produits depuis des millénaires, qu'elles ont sinon adoucis, du moins codifiés et complexifiés, sont réinventés par des enfants de six à douze ans sous une forme brute, simpliste et cruelle. La scène à mes yeux la plus terrifiante est la mise à mort d'un des enfants (Simon) qui, tentant de rendre compte aux autres d'une découverte majeure qu'il vient de faire (il n'y a pas de monstre mais un parachute et un cadavre), se fait massacrer par les autres, déchaînés, écarlates, tous frappant à la fois, masse sombre, féroce, euphorique et sourde, aux cris de: « À mort la bête! Qu'on l'égorge! Qu'on la saigne! » Ils finissent par dévorer leur victime: « On n'entendait pas un mot, mais des bruits de mâchoires et de griffes. » Loin de la civilisation et des grandes personnes, les enfants ne se transforment pas en bêtes mais en humains bestialisés, ce qui n'est pas la même chose. Un monstre est le produit soit de l'imagination humaine soit de la très réelle cruauté humaine toujours latente, et si seul l'être humain peut se faire « inhumain », les enfants en bandes ont peut-être des capacités insoupçonnées d'inhumanité. Ne faut-il pas parler alors d'une variété d'autohypnose de groupe des enfants livrés à eux-mêmes? D'une perméabilité excessive à l'influence et à la suggestion, qui laisse des tendances encore pulsionnelles ou déjà culturelles se manifester brutalement, comme si ce qu'on observe d'irresponsabilité dangereuse dans les foules adultes était élevé à une puissance *x* dans les groupes infantiles, même de taille restreinte?

Le génie de William Golding a consisté à faire surgir, dans les trois dernières pages, un improbable adulte, officier de marine intrigué par la fumée d'un incendie sur cette île qu'il croyait inhabitée. On dirait alors que la voix et les questions de cet homme abasourdi par ce qu'il découvre font brusquement cesser l'hypnose: en un instant, les enfants sont rendus à leur enfance, à de l'enfance, car, soudain, les voilà tous en pleurs, secoués de sanglots, comme si pour la première fois depuis leur arrivée dans l'île ils recouvraient, avec la conscience de ce qu'ils sont devenus, la mémoire, le sens et, dit Golding, l'intuition de la noirceur du cœur humain. Étrange situation d'enfants redevenus enfantins et simultanément vieillis. Seront-ils à jamais brisés ou oublieront-ils complètement leur terrible expérience? Le roman nous laisse l'imaginer...

La Vengeance du ciel, de Ken Ling, nous apporte un témoignage datant de la révolution culturelle chinoise de 1966, lorsque Mao

Zedong, en difficulté, avait décidé de mobiliser, en les fanatisant, cinquante millions de petits écoliers, les invitant à s'en prendre massivement aux responsables du Parti, qui devaient faire, de force, leur autocritique et expier leurs « crimes » de « contre-révolutionnaires » et « agents de l'impérialisme ». La plupart des scènes d'agression de tous les adultes accusés d'avoir des activités ou des pensées bourgeoises sont d'autant plus insoutenables que le déchaînement des enfants endoctrinés dépasse en raffinement les exactions des foules adultes. La stratégie maoïste fut payante. On voit des élèves en meute qui entourent leurs professeurs et le directeur de leur école au cou desquels ils ont suspendu des seaux pleins de pierres et des pancartes mentionnant « je suis un gangster ». Ils les frappent avec des bâtons, les font marcher pieds nus sur des bris de verre, leur font manger leurs excréments ou de l'huile de vidange, leur introduisent des objets dans l'anus ou les suspendent les bras tordus dans le dos jusqu'à ce que ceux qui furent leurs maîtres supplient Mao Zedong en personne de « pardonner leurs crimes ». Les témoins racontent que les élèves les plus cruels étaient souvent les plus appliqués en classe jusque-là, les plus calmes, timides et polis, qui, emportés par la furie infantile généralisée, voulaient donner aux plus brutaux des gages de leur « foi révolutionnaire ». Le meilleur terroriste est toujours le plus terrorisé.

Ken Ling raconte comment il a assisté (participé) à la mise à mort d'un professeur du lycée d'élite de Xiamen. Un moment, les écoliers meurtriers restèrent de longues minutes hébétés, car c'était la première fois qu'ils battaient à mort non seulement un de leurs professeurs jusque-là respecté et apprécié, mais un homme. Décervelés et pervertis par la propagande maoïste, ils trouvèrent encore l'énergie de terroriser un médecin afin qu'il certifie que l'enseignant était mort... d'une crise d'hypertension ! De telles horreurs commises par de très jeunes êtres humains (et, à cette époque, en Chine, ils furent des millions de « gardes rouges ») éclairent ce qu'on pourrait appeler le « côté obscur du jeu ». Lorsque la déréalisation devient sans limites, lorsque l'imaginaire s'alimente lui-même, s'enfle démesurément et s'auto-intoxique, le sens du réel, qui implique de tenir compte de l'autre avec empathie mais aussi de bornes concrètes et de la relativité de toute action, s'étiole et disparaît.

La cruauté infantile se déchaîne avec des excès inouïs mais aussi avec une innocence déconcertante, à partir du moment où les petits humains n'ont plus la moindre intuition de la convention du « on dirait », cette parole, cette mise en récit et ce conditionnel qui régulent leur jeu et font qu'il reste « du jeu » (« On dirait qu'on serait des bandits, des Indiens, des pirates... On dirait qu'on attaquerait une banque, un fort, un vaisseau, des ennemis... »

C'est « pour de faux ! »). Les gardes rouges n'étaient ni dans le « dire » ni dans l'essai conscient d'une possibilité réversible, mais dans l'hypnose d'un acte brutal et brut. Certes, ils jouaient, mais ils jouaient à assassiner. Une des spécialités des régimes totalitaires consiste à proposer à l'enfance ces pseudo-jeux où l'euphorie collective rend virtuelles des tueries et tortures bien réelles. L'enfant est toujours très utile aux dictatures.

Longtemps, j'ai voulu garder près de moi, sur mon bureau, une photographie qui me bouleversait, me révoltait, me consternait, tant elle exprimait ce qu'un régime ou une idéologie peuvent faire à l'enfance. On y voyait des petites filles que le Hezbollah pro-iranien de Beyrouth faisait défiler à la suite de la fatwa lancée contre l'écrivain d'origine indienne Salman Rushdie, pour le punir d'avoir écrit *Les Versets sataniques*, roman prétendument blasphématoire envers l'islam. Toutes les fillettes, sur cette image, sont enveloppées de la tête aux pieds dans ces funèbres robes noires qui ne laissent apercevoir qu'un bout de visage et la pointe des chaussures. À l'arrière-plan, deux filles d'environ treize ans tiennent verticalement un portrait géant de l'ayatollah Khomeyni qui fronce sinistrement les sourcils sous son turban noir.

Ce que je nomme le massacre silencieux de l'enfance, on y assiste clairement au premier plan de la photo : une toute petite fille, qui n'a peut-être pas quatre ans et qu'on a elle aussi affublée d'un terrible voile, porte une pancarte accrochée à son cou sur laquelle on peut lire en gros caractères : « *We are ready to kill Salman Rushdie.* » C'est l'irrémédiable malheur toujours possible de l'enfance qu'emblématise cette minuscule gamine, solidement encadrée par deux autres filles, dont l'une fronce déjà les sourcils, comme leur maître religieux, d'un air très résolu. Nous sommes au cœur de la fabrique de la « haine infantile ». Le virus de la haine bien inoculé. Si l'on regarde cette enfant comme un être réel, comme un petit humain né au Liban et ayant grandi au milieu de troubles et d'emportements idéologiques ne concernant en principe que les adultes, c'est une mélancolie sans bornes qui vous gagne, la grande mélancolie que déclenche tout ce qui fait désespérer de l'humanité. De ce presque bébé perdu au milieu du défilé hystérique, on ne voit qu'un museau chiffonné. À sa grimace, on voit que la petite fille pleure ou va pleurer, mais surtout qu'elle tremble de peur. Son expression contredit toutes les proclamations guerrières des banderoles qui l'entourent. Elle ne comprend pas pourquoi elle est là. Une bribe d'enfance subsiste encore un peu, comme une flamme qui vacille sous l'éteignoir. Ses aînées, le front ceint de bandeaux rouges disant qu'elles sont prêtes au martyre, la surveillent et lui tiennent fermement la main. Un pouvoir religieux, un mouvement politique et militaire ont décidé froidement de disposer non seulement du corps de cette petite fille, comme de toutes les autres, mais de sa parole, donc de son esprit et de sa vie. La pancarte, afin d'être lue par le monde entier, est rédigée en anglais, langue que l'enfant ne comprend pas. Ce qui ne l'empêche pas, obéissante et effrayée, de défiler en annonçant que, si elle croise la route de l'écrivain satanique, elle s'en fera la meurtrière ! Les puissances cyniques sont des ventriloques qui font parler les enfants traités comme des pantins, et par là même humainement détruits : ils ne seront plus jamais ni enfants ni individus autonomes. Le fanatisme, instrument le plus efficace de la domination par la foi, exige de prendre l'enfance au berceau et de lui faire dire qu'elle veut tuer et mourir.

Le plus souvent, les enfants ne haïssent qu'en réponse à cette inoculation cynique de peur et de détestation radicale. Les restes épars d'une ancestrale pédophobie expliquent certainement la facilité avec laquelle certains instrumentalisent sans scrupules les enfants.

Il faut à présent aborder les raisons pour lesquelles des individus civilisés et modernes refusent ou n'aiment pas les enfants, et particulièrement pourquoi ils choisissent délibérément de ne pas mettre au monde de nouveaux êtres humains.

En effet, certains individus « modernes » qui

seraient en âge de procréer doivent parfois surmonter un grand malaise. Malaise qui plane et s'épaissit dès que se pose la question : « Faut-il faire des enfants ? » Devenir papa ou maman n'a plus rien d'évident, et encore moins de fatal, comme dans les siècles passés. Certes, le malaise est différent chez l'homme et chez la femme. Le malaise féminin face à la maternité s'est, dans une période récente, énormément compliqué (émancipation des femmes, liberté et maîtrise de la contraception). Longtemps, pour la femme, la venue des enfants n'était, si l'on peut dire, qu'une fatalité, une sanction de l'acte de chair, la conséquence du statut d'épouse. À peine fécondée, elle redoutait l'épreuve physique et les risques de déchirure, de lésion, de fièvre et de mort. Puis survenait la crainte de donner le jour à un enfant anormal, signe de malédiction, ou d'accoucher d'une fille alors que la famille, le mari attendaient un héritier mâle. Donc peur, angoisse, appréhension. Et ce malaise féminin, conséquence d'une aliénation, était souvent occasion de rancœur, de cruautés particulières, surtout à l'égard des filles et des cadets. Dans tous les cas, la femme « tombait » enceinte. Véritable « chute » féminine sempiternellement répétée. « Tu accoucheras dans la douleur ! » Porter un enfant conduisait au bout de neuf mois, parfois moins, à l'inévitable torture du travail.

La femme moderne est la proie d'un autre malaise paradoxalement causé par sa plus grande liberté physiologique et sociale. Qu'elle soit mariée ou non, la venue au monde d'enfants n'est plus pour elle la probable conséquence d'un acte sexuel mais l'effet de sa propre volonté. C'est elle qui désormais choisit. Elle doit décider seule, même si la décision d'« avoir des enfants » a tout l'air d'être prise par un « couple ». Par ailleurs, la femme moderne, quelle que soit sa vie sexuelle, se conçoit d'abord comme ne voulant et ne devant pas avoir d'enfants. Il faut faire des études, puis trouver le premier emploi ; puis on manque de temps ou d'argent, ou l'on ne rencontre pas de partenaire stable ; ou bien on ne parvient pas à se décider « vraiment ». Il y a tant d'autres perspectives tentantes.

Le rapport premier (et jugé normal) à l'enfantement est donc un « refus » préalable. Refus d'ordre utilitaire ou individualiste, dans un contexte où la fécondité est totalement dissociée de la sexualité. Comme le soulignait récemment un obstétricien, « aujourd'hui, la femme ne tombe plus enceinte, elle ne se met pas non plus soudain à "vouloir" un enfant : elle doit seulement "cesser de n'en plus vouloir" ». Donner naissance à un petit revient à sortir de ce refus premier, et donc à se choisir mère. Il ne s'agit plus du destin biologique du féminin mais d'une possibilité parmi d'autres. Une angoisse spécifique naît alors de cette « décision à prendre » qui peut être différée sans fin ou prise finalement dans l'urgence.

Pour les hommes, le malaise face à la venue des enfants reste globalement le même que par le passé. Tous les fantasmes pédophobiques précédemment évoqués continuent à hanter l'inconscient masculin. Et le mâle éprouve encore souvent (quels que soient les changements récents mais superficiels de la mentalité et des conduites des jeunes pères) une horreur spontanée de l'enfant « porté », du fœtus, et même du bébé. Pour l'homme, l'enfance de l'enfant commence plus tard. L'intérêt s'éveille face à l'enfant déjà formé, à l'enfant joueur, ou à l'enfant prometteur.

L'enfant représente pour l'homme, et de plus en plus pour la femme contemporaine, l'occasion d'un investissement narcissique, d'une revanche sociale ou identitaire. Inattentifs à l'enfance de leur enfant, à ce que toute enfance peut avoir d'impersonnel et d'énigmatique, les parents ne considèrent plus leur progéniture que comme porteuse d'un avenir qu'ils conçoivent, par procuration, comme le leur.

Chaque venue au monde prochaine d'un bébé ranime confusément chez l'homme de vieilles angoisses. C'est alors que défilent, fantasmatiquement, ce que Bernard Sergent, dans un article de la *Nouvelle Revue d'ethnopsychiatrie,* appelait « les raisons de se débarrasser des bébés ». Raisons masculines, certes, qui, dans l'Histoire et la tradition, furent à l'origine de milliers de passages à l'acte.

Plusieurs raisons ont pu donner effectivement

au mâle l'occasion de refuser l'enfant, d'exiger qu'on le tue, qu'on l'expose ou qu'on l'abandonne.

La première raison est inséparable d'une des plus ancestrales angoisses masculines : Bernard Sergent la fait dériver de la croyance en « une multifécondité de la femme ».

L'homme ne redoute pas seulement que l'enfant ne soit pas de lui, il fantasme depuis toujours l'existence d'un « autre géniteur », humain, divin, diabolique ou monstrueux (mythe d'Amphitryon). Ce fantasme archaïque a-t-il été détruit par la connaissance scientifique du mécanisme de la reproduction et la découverte des spermatozoïdes ? Rien n'est moins sûr. Et une sorte de défiance hargneuse peut subsister face à l'énigme que représente tout enfant, comme si la femme était détentrice d'un secret (celui de sa liaison avec l'Autre, qu'il soit divin ou démoniaque). Secret par lequel elle donne la vie. Secret de sorcière avec lequel elle mourra. Des hommes ont pu frapper ou tuer leur épouse parce qu'elle était mère de jumeaux : ils estimaient que s'il y avait deux enfants, il y avait forcément plusieurs géniteurs. Et les jumeaux étaient alors rejetés et maudits. D'ailleurs, l'association entre gémellité et monstruosité était fréquente et entraînait souvent le désintérêt paternel ou parental.

Les autres raisons de détester ou d'éliminer un bébé surgissent lorsque l'enfant est aux yeux du père, selon l'expression de Bernard Sergent,

« un raté de la reproduction », c'est-à-dire soit un enfant anormal, soit... une fille. Le rite athénien des Amphidromies consistait à présenter officiellement au père, quelques jours après la naissance, le bébé qu'il pouvait soit refuser soit accepter. En cas de refus, le risque était grand de voir le nouveau-né donné à une servante ou bien « exposé », et dans certains cas « précipité ». Toute anomalie était phobiquement et superstitieusement rejetée. Aucun attendrissement, aucune compassion : une pure élimination de l'enfant non conforme au souhait paternel. Par ailleurs, toute l'histoire humaine atteste la pratique obscure, discrète ou secrète de l'élimination des filles, depuis les sociétés archaïques jusqu'à l'Inde ou à la Chine contemporaines. Étouffement quasi systématique des petites filles en surnombre par leur propre mère dans les tribus slaves de la Baltique, chez les Lituaniens et certains Germains, comme le révèle Lubor Niederle dans ses études sur l'infanticide. Horreur et détestation des « enfants-filles » dans tous les groupes humains patrilinéaires à habitat virilocal, parce que l'enfant de sexe féminin est non seulement « perdu d'avance » pour sa famille mais aussi dans certains cas cause d'appauvrissement et de ruine.

Mis à part cette détestation brutale, il existe une façon de ne pas se sentir concerné par l'enfantement et de concevoir l'enfance comme un monde étranger. On ne hait point les enfants, mais l'idée que l'on pourrait en avoir ne nous effleure pas. L'élément phobique est vraisemblablement intensément présent, mais il demeure en retrait, non manifesté. Cette « position » antireproductrice est celle de ceux qui se nomment parfois eux-mêmes les « fruits secs ». Hommes sans désir de descendance, femmes ayant fait le choix de l'infécondité.

Cette position caractérise souvent celui ou celle qui se vit comme un enfant éternel et se considère lui-même comme le « petit » symbolique, *ad vitam aeternam,* d'une femme, de plusieurs femmes de rencontre, ou d'un couple parental d'emprunt. Gronde alors la peur sourde et inavouée d'« enfants qui seraient les miens », me condamnant à devenir père ou mère. Des enfants à moi? Quelle horreur! Ils m'arracheraient à ce statut infantile grâce auquel je traverse si facilement les circonstances et les époques. Avoir des enfants me condamnerait à grandir, à mûrir, à devenir vraiment adulte, voire sérieux.

Un autre aspect de cette pédophobie du « fruit sec » est la détestation des bébés, la crainte morbide de leurs cris, la répugnance face à leurs matières, à leur odeur. Confrontés accidentellement à un nourrisson, ces adultes complaisamment infantiles font preuve d'une incompréhension et d'une maladresse parfois touchantes. Mines dégoûtées. Incompétence avouée. Alors s'occuper au quotidien de ses propres enfants? Impensable!

C'est l'*infans,* l'enfant d'avant la parole, qui

déroute le plus le vieil enfant éternel. Celui avec lequel on ne peut ni causer ni ratiociner. Et, paradoxalement, on voit s'éveiller tardivement chez le « fruit sec » autoproclamé, et peu avare en théories sur l'absence de nécessité de mettre les enfants au monde, un intérêt parfois excessif pour les enfants des autres, à condition qu'ils soient « déjà grands » et surtout gratifiants. Le « fruit sec » voit sa pédophobie tranquille se transmuer en une étrange « pulsion avunculaire » : cadeaux, conseils, et une complicité ambiguë qui s'établit un peu dans le dos des parents réels. Cette posture d'oncle ou de tante occasionnels est la « formation de compromis » favorite des « fruits secs ». Une façon de n'être, à jamais, ni un vrai adulte ni un vrai enfant, et de disposer d'une sorte d'espace de jeu social et psychologique des plus confortables.

Dégoût des bébés, terreur à l'idée qu'une femme puisse vous faire « un enfant dans le dos » ou crainte, chez la femme, de l'homme qui finira par lui demander d'être mère. Incapacité à s'imaginer père et puis, dans la vieillesse, la découverte affolée que cette vie va malgré tout finir et que les enfants, « des enfants à moi », vaille que vaille, auraient pu la démultiplier, l'intensifier. Mais trop tard !

Il existe une sorte d'équivalent du « fruit sec » et de son éternel infantilisme : le couple fusionnel. En effet, la décision de vivre en couple peut parfois donner lieu à un véritable refus d'enfant. Couples durables, couples dont la solidité même dépend de la mise à l'écart des enfants. Comme si le surgissement d'un enfant représentait une menace pour la fusion, la symbiose, la vie à deux conçue et vécue comme complicité intime. La femme du couple fusionnel peut même se constituer une identité originale en proclamant son « horreur des enfants » et l'homme peut expliquer que son attachement à sa compagne « telle qu'elle est » est si puissant qu'il l'empêcherait de s'intéresser à d'éventuels rejetons. Ces deux-là font la paire, et rien que la paire ! En réalité, ils sont un peu chacun l'enfant de l'autre et chaque conjoint, tel un miroir, confirme l'autre dans sa jeunesse, sa fraîcheur, sa disponibilité. Paradoxalement, la fixation au conjoint donne l'illusion de la liberté. Disponibilité à deux : vie adolescente de couple. Disponibilité individuelle : « on peut se quitter à tout moment, sans être retenu par des problèmes d'enfants ». Alors, les enfants deviennent une détestable perspective et l'on prend en grippe quiconque vous rappelle, innocemment ou pas, la possibilité de « faire des enfants ». L'enfance devient la fêlure, la menace, la condamnation de voir se substituer à un masque d'éternelle adolescence un visage entamé par les rides de la responsabilité, de la vie quotidienne et matérielle, la réalité du corps vieillissant. Fin de la grande transparence. Car on n'est jamais deux, mais trois ! Chaque couple est hanté par un tiers invisible mais efficace. Le désir est le tiers qui a contribué à former le couple. Mais la plupart du temps, la conjugalité se consolide grâce à la coïncidence ou à la combinaison de deux obsessions intimes et respectives qui momentanément n'en font plus qu'une : l'argent, la réussite, un goût partagé. Ce tiers est parfois un simple malentendu. Puis de nouveaux tiers, possibilités ou tentations, se mettent à rôder : l'amant (ou l'amante) est un tiers dissociant ; l'ennui est un tiers tantôt anesthésiant, tantôt rongeur. L'enfant, au contraire, est fantasmé comme le tiers qui renforce la conjugalité ou comme le tiers qui peut réparer les couples fragilisés. Mais la perspective de la venue d'un enfant a toujours des effets dissociants pour les couples fusionnels. Si par hasard l'enfant paraît, le couple ne sera plus jamais le même. Pour le meilleur ou pour le pire.

Toutes ces pédophobies relatives ont un point commun : elles envisagent l'enfance sous l'angle d'une matérialité débordante, d'une animalité troublante, d'une sauvagerie organique, excrémentielle, humorale. L'enfance est non seulement ce qui déforme le corps, ce qui crée du désordre, ce qui rappelle à la quotidienneté de l'alimentation, ce qui exige d'envisager un avenir, mais aussi, en tant qu'impureté et confusion, l'opposé de la vie de l'esprit. L'enfance est non seulement absence de pensée ou « pensée fausse » mais ce qui empêche de penser. Comme le rappelait

Bruno Jay dans son essai intitulé *Faut-il faire des enfants ?*, il existe un présupposé puissant dans la culture occidentale qui consiste à croire que, « pour procréer, il est nécessaire de ne pas penser, de ne pas réfléchir », et, inversement, que l'activité intellectuelle, et plus spécialement philosophique, exige la stérilité. Pas de fécondité conceptuelle compatible avec une progéniture. Comme si tout examen « lucide » des conséquences de la procréation conduisait à y renoncer. Comme si toute acceptation de la parentalité m'excluait de la sphère des penseurs. Vieille opinion concernant le rapport à la vérité et à la sagesse. Doxa presque aussi vieille que la philosophie : le penseur ne doit ni se marier ni se charger d'enfants. Le couple philosophique et moderne Sartre-Beauvoir contribua à réactiver cette doxa : l'intellectuel authentique est « sans enfants », et Sartre, sur le tard, se résolut seulement à l'adoption. Cet *a priori* en dit long sur la façon dont la philosophie s'est privée d'une pensée de l'enfance (comme d'une pensée du féminin), mais les proclamations abondent. Nietzsche, bien sûr :

« Le philosophe a horreur du mariage et de tout ce qui pourrait l'y conduire — du mariage en tant qu'obstacle fatal sur la route de l'optimum. Parmi les grands philosophes, lequel était marié ? Héraclite, Platon, Aristote, Descartes, Spinoza, Leibniz, Kant, Schopenhauer — ils ne l'étaient point ; bien plus, on ne pourrait même pas les imaginer mariés. Un philosophe marié a sa place dans la comédie, telle est ma thèse: et Socrate, seule exception, le malicieux Socrate, s'est semble-t-il marié par ironie, précisément pour démontrer la vérité de cette thèse. »

Impératif du célibat, bien vite redoublé par l'impératif de l'infécondité. Plutôt qu'un enfant (même si c'est un fils!), le sage aura un disciple, c'est-à-dire quelque jeune homme choisi parmi ceux qui l'ont eux-mêmes choisi pour maître. Pas de hasard physiologique dans cette affaire. Démocrite écrit déjà (fragment 277, rapporté par Stobée dans son *Florilège*): « Qui voudrait un enfant ferait mieux, à mon avis, d'adopter le fils d'un de ses amis. Ainsi aura-t-il un enfant conforme à son désir... » Si les enfants sont refusés ou redoutés, c'est parce qu'ils me font courir le risque d'un immense désaccord intellectuel. Mes enfants peuvent être des idiots, des benêts.

Aucun philosophe n'est allé aussi loin que Schopenhauer dans cette dénonciation de la mise au monde des enfants: il présente les « procréateurs », et même déjà les amants, comme des traîtres. Tous les copulateurs contribuent bêtement et bestialement à perpétuer une espèce dont le grand penseur a démontré qu'elle n'était vouée qu'à la douleur et à l'ennui, à la misère et aux tracas. Alors, plutôt un mauvais disciple, plutôt un fils adoptif ou, encore mieux, la solitude que des enfants. Si le nom du philosophe traverse les âges, ce sera en raison de sa seule fécondité conceptuelle. Comme nous le rappelle Théophraste dans son traité *Du mariage,* « Se marier [sous-entendu : pour le sage] dans le but d'avoir des enfants, de ne pas laisser périr notre nom, d'avoir des soutiens dans la vieillesse, et des héritiers déterminés, c'est la chose la plus insensée du monde ». En somme, en devenant père, le sage ou le penseur trahit la pensée, la réflexion, la conceptualisation, qui constitueront son seul legs, sa seule postérité authentique. On voit que la défiance concernant les enfants et leur venue au monde, le rejet et la peur de la progéniture se fondent secrètement sur une séparation et sur une surestimation de l'esprit. Ce qui conduit à dénoncer des risques, des troubles, des trahisons, des démissions. Les enfants nous font perdre quelque chose d'essentiel. Tout enfantement est une abdication, un basculement dans l'impureté.

Cependant, parmi toutes les pédophobies, il en est une qui n'est pas marquée par ce souci de la « pureté ». Elle fait au contraire un usage criminel de la matérialité de l'enfance ; elle aime cette matérialité, cette indétermination, à des fins de détournement, de retournement. Il s'agit de celle du « pervers pédophobe », que la clinique et les médias ont injustement étiqueté « pédophile sexuel ». Cette perversion est certes caractérisée par une « fixation aux petits enfants », mais elle s'enracine dans une véritable haine de l'enfance.

Détestation de l'enfance en soi, comme en chaque « petit ». Il s'agit d'un désir d'adulte qui, pour se satisfaire, réclame des corps irréels de petits garçons et de petites filles. Le pervers pédophobe apprécie concrètement, charnellement, ces corps, mais il ne les aime que pour y retrouver et y bafouer l'enfance elle-même. Il s'agit de se confronter au corps inachevé et immature afin de le sexualiser violemment, de lui imposer, artificiellement et de l'extérieur, de la génitalité. Le pseudo-pédophile ne désire pas une petite fille « en tant que petite fille », mais en tant qu'elle lui permet de théâtraliser le contraste brutal entre un corps enfantin et les signes d'une érotique adulte et excessive. Il la maquille, la contraint à fumer, la déguise en femme fatale ou en petite fille de livre d'images afin de jouir d'un paradoxe et d'une disproportion. Ces plaisirs du paradoxe du sexe et de l'âge sont toujours l'équivalent d'un « viol de l'enfance », d'un viol tout court lorsque, à la faveur des conditions misérables des enfants abusés, le pédophile s'imagine qu'il met au jour des dispositions enfouies, des tendances refoulées ou réprimées par un ordre moral. La fragilité et la malléabilité de l'enfance permettent au pseudo-pédophile, en se faisant « violeur », de s'offrir une puissance facile, masquant sa propre incapacité, sa propre impuissance à se confronter à un plaisir mature. En massacrant simultanément sa propre enfance et l'enfance d'enfants de rencontre, le pervers pédophobe élabore une formation de compromis où il n'en finit pas de s'autodétruire, par haine de l'enfance et en prétendant, selon une mauvaise foi qu'il partage avec ceux qui persistent à l'appeler « pédophile », qu'il « aime » les enfants.

Pourquoi tant de haine ? Depuis toujours, l'enfance est l'occasion d'un trouble. Par son silence, par son retrait ou son ignorance des langages adultes et des codes sociaux, l'enfant est d'abord une énigme. Énigme d'autant plus dérangeante que discrète et, au fond, « hors d'atteinte ». L'apparition tardive d'un « sentiment de l'enfance », la découverte et peut-être l'« invention » modernes de l'enfance ont exigé le renversement, voire le refoulement, de notre défiance obscure et millénaire. L'enfance est la puissance d'une fragilité qui a pu effrayer, gêner, dégoûter, et provoquer des phobies spécifiques.

La valorisation contemporaine de l'enfance, instituant une nouvelle sensibilité et de nouvelles conduites, a eu, peu à peu, des effets psychologiques, politiques et juridiques. Elle a pu écarter (ou stigmatiser) les vieux fantasmes pédophobes, mais elle ne les a pas abolis. Cette conscience moderne de l'enfance a élargi la pensée du sujet humain en lui révélant une complication nouvelle : l'enfance comme une brèche. L'esprit humain, en s'ouvrant à sa propre enfance, s'est confronté à son devenir, à ses plis et replis, à sa propre genèse, et à l'immanence. Elle a aussi contribué à élargir la notion même de sujet, introduisant l'exigence éthique du respect, des devoirs et des droits dans une catégorie d'êtres vivants longtemps jugée marginale ou exceptionnelle, en raison de son immaturité et de sa minorité, de sa « petitesse ». Cela a pu donner lieu à une véritable crise de la représentation, contrainte de considérer ses strates, ses blocs enfouis, et donc ses « premières fois », ses « essais ».

Alors, on peut songer à des raisons plus authentiques d'aimer les enfants, à un intérêt pour l'enfance découlant de cette vision nouvelle, de cette approche exploratoire. Aimer les enfants ne consiste plus à « préférer » l'un d'entre eux, « parce qu'il est le mien » (descendant légitime, prolongement de mon être ou occasion d'une revanche narcissique), mais à établir, à partir de n'importe quel moment d'enfance, le contact avec l'Enfantin, la communication entre mon enfance et toutes les enfances, à partir d'une parole, d'un geste, d'une crédulité, d'un dessin, d'une sensibilité qui peuvent « renverser » la vision adulte, modifier l'éclairage et le rapport aux choses.

Aimer l'enfance revient alors à investir une « position perceptive » décentrée, une zone où se déploient images et intuitions, à révéler un noyau singulier. Dès lors, l'attachement et l'attention à l'enfance, la capacité à dire, écrire ou découvrir l'Enfantin ont d'étranges analogies avec le geste créateur, la démarche artistique. Autant il est grotesque de proclamer que les enfants sont des artistes spontanés ou que les artistes sont de grands enfants, autant on peut dire que toute création, en raison du « commencement radical » et de l'« ouverture aux possibles » qu'elle implique, baigne dans la même lumière que l'Enfantin. L'amour des enfants implique alors un examen lucide de la détestation des enfants, tant ce qui peut effrayer, dégoûter chez les petits s'avère profondément révélateur de notre humanité.

3. POURQUOI IL FAUT DES GRANDES PERSONNES

Au début de ses *Antimémoires*, André Malraux raconte son évasion en compagnie du futur aumônier du Vercors. Ils parlent sans fin. « Qu'est-ce que la confession vous a enseigné des hommes ? » demande l'auteur de *La Condition humaine*. Réponse du prêtre : « La confession n'apprend rien. Et pourtant si... D'abord les gens sont beaucoup plus malheureux qu'on ne croit... et puis... Et puis le fond de tout, c'est qu'il n'y a pas de grandes personnes... » L'enseignement du confessionnal rejoindrait-il celui du divan ? Pas de grandes personnes ! Quel lien y a-t-il entre ce malheur insoupçonné des gens et l'impossibilité d'être vraiment « grand » ? Alors, pas d'adultes ? Rien qu'une formidable insistance de l'enfance se dissimulant sous des oripeaux trop larges, des rôles trop rigides, une voix contrefaite et des gestes hypocritement sérieux ? Rien qu'une adolescence inachevable ?

Et pourtant... chacun de nous a l'intuition que cela signifie quelque chose, « être adulte ». Brutalement ou insidieusement, nous découvrons que l'enfance et aussi la jeunesse sont derrière nous. Impression d'une perte, d'un alourdissement imperceptible des gestes. Un certain regard sur les choses s'est brisé. Une façon d'être au monde, légère et compliquée, s'est perdue au profit de l'exigence de se comporter en adulte. Contorsions parodiques et poussées de nostalgie n'y changent rien. Il faut vivre désormais entre deux impossibles : celui du retour de la jeunesse et celui de l'adhésion pleine et entière au nouvel état, quitte à se sentir, comme les personnages de Witold Gombrowicz, trop « vert », trop « petit » face aux commandements du sérieux. Mais cet « être adulte » est-il une possibilité véritable ? L'histoire et l'anthropologie nous en proposent quelques figures remarquables : figure du *pater familias* ; figure du sage ou du maître ; figure du patriarche, du prêtre ou de l'initié dans les sociétés traditionnelles ; figure de l'honnête homme, du citoyen, de l'instituteur, du psychanalyste ; figure parentale et « grand de ce monde ».

Dans une perspective strictement biologique, la notion d'adulte ne pose pas de réel problème. « J'ai capturé un loup adulte ! » « Notre enfant a atteint sa taille adulte. » L'animal est adulte lorsqu'il a atteint son plein développement morphologique et physiologique. Il est alors capable d'avoir, en milieu adapté, toutes les conduites instinctives propres à son espèce : conduites de territoire, de prédation, de reproduction, mimétisme ou léchage, usage d'un code signalétique ; avec une distribution elle-même biologique, selon les sexes : l'activité de survie et de perpétuation de l'espèce peut différer du mâle adulte à la femelle adulte. En ce qui concerne les groupes humains, l'être adulte est immédiatement problématique. À la question de l'âge et donc de la maturité va se superposer et même se substituer celle de la « majorité ». Certes, une relative coïncidence sera requise, et l'on posera qu'il est difficile d'être majeur sans être mature, mais force sera de constater que nombre d'individus physiologiquement mûrs sont psychologiquement immatures.

Il n'est pas un groupe humain qui ne persiste à exiger de certains de ses membres qu'ils considèrent la vie « en grands », qu'ils « voient les choses en grand » : maîtriser, prévoir, pourvoir. Et surtout préserver le passé, protéger le présent et assurer un avenir. L'être adulte est d'abord une « fonction » que le groupe ordonne d'occuper. En même temps que certains privilèges, l'appartenance à cet état crée des obligations précises: défendre le groupe, le perpétuer physiquement, en confirmer les valeurs, en parler souverainement la langue. Parce qu'elle tire sa cohérence de ses lois et de ses normes, chaque société exige que ses adultes, qui détiennent un pouvoir d'abord symbolique, puis légitimement physique, répondent de ces lois.

Certes, c'est une « biopolitique » qui sous-tend le choix de ces individus: âge, sexe (le phallocentrisme, infantilisant les femmes, les exclut d'emblée d'une majorité possible — le sexe dit faible étant aussi le « petit » sexe), marques sur le corps, sur la peau et dans la chair, des épreuves subies pour passer de l'état adolescent à l'état adulte (initiation). Même si, dans les sociétés structurées par les rigueurs d'une tradition, la position de l'adulte paraît moins indécise (puisque le contrôle du groupe et l'absence d'individualisme interdisent les écarts et les remises en question), l'ordre social reste suspendu à l'activité d'individus conventionnellement responsables et raisonnables. En ce sens, être adulte, si cela comporte aux yeux de la jeunesse d'incontestables avantages, constitue aussi un carcan: obligation de vigilance, de surveillance et de transmission. Obligation d'entretenir ostensiblement les signes confirmant ce statut. Du mâle, chef de famille, époux et père, au chef ou au sage (vieillards), la caste des adultes impose ses piliers. Mais ces piliers s'imposent aussi en permanence aux prétendus adultes contraints de tenir le rôle.

L'être adulte est d'abord un statut politique et juridique inévitable. La « bulle sociale », qu'elle soit originelle, étroite et nomade comme une horde, qu'elle prenne la forme d'un État-nation ou qu'elle ambitionne de se mondialiser (village planétaire), exige de certains de ses membres grandeur d'âme, largeur de vue. Les grands parlent, voient, décident. Mais qui dit « bulle » ou « sphère sociale » suppose qu'il y a un bord, une limite de la bulle, déterminant un intérieur et un extérieur : nous-mêmes et les autres ; notre identité et les étrangers ; les humains et l'inhumain. Si l'adulte est celui de qui est exigée une sorte de vision globale, « vision sphérique » (position centrale) impliquant la conscience d'une cohérence comme d'une fragilité, il est aussi celui qui, vigilant, doit se tenir sur le bord, celui qui doit connaître la limite, se tenir sur cette limite afin de la marquer, de la confirmer, de la défendre si besoin est. Guetter ce qui peut la menacer (de l'intérieur comme de l'extérieur). Posté sur le rempart, il a le devoir d'affirmer une identité qui le dépasse, dont il est le garant malgré lui. Repousser l'étrange et l'étranger : tâches adultes. Ou bien choisir de les accueillir, mais selon un code précis. La bulle peut alors être une famille, une horde, une nation, ou la civilisation dans son ensemble.

Mais l'adulte est aussi celui qui doit se montrer capable d'aller au-delà des limites, afin d'aller chercher, cueillir, chasser, combattre.

S'immerger dans l'étrange, affronter l'étranger, l'ennemi : tâche à laquelle le non-adulte, immature ou inaccompli, risquerait de succomber. Mais si l'être adulte implique de courir un risque, il implique également l'exigence de revenir : revenir au même en rapportant ce qu'il a vu ou rencontré au loin, en y puisant confirmations ou améliorations, consolidations. Héroïsme de l'adulte. Devenir adulte à travers l'exploit ! C'est pourquoi le principe du roman d'apprentissage, du récit d'initiation, consiste toujours en un départ, des affrontements qui peuvent être « désindividuants », une affirmation ou création de l'identité, un accomplissement et un retour. L'idée selon laquelle être adulte c'est avoir de l'expérience renvoie essentiellement à l'expérience du passage au-delà, de la séparation, mais toujours en vue de revenir enrichi spirituellement et matériellement. Être adulte, c'est avoir traversé les épreuves. C'est, tout simplement, être capable de « quitter la maison », non pour la fuir mais pour y rapporter plus tard quelque chose. Infantilisme de tous les « Familles, je vous hais ! » : slogan d'une adolescence qui patauge encore dans la dépendance et le ressentiment.

Ce qu'on appelle « le sérieux », c'est le rôle difficile qui amène à envisager la limite, à transmettre des normes, des savoirs, selon une sorte de survol de l'ensemble de la société compte tenu de ses besoins, par-delà les intérêts particuliers de ses propres membres, par-delà les considérations individuelles. L'adulte est le garde-fou de la culture, le garant de la stabilité, l'empêcheur de sombrer dans le malaise des civilisations. Mais, paradoxalement, la modernité va aussi en faire celui qui inocule l'inquiétude sans doute parce qu'elle valorise l'innovation, la production de l'humanité par elle-même. Se faire le garant de ce qui est humain, c'est aussi être capable de s'installer dans la position de l'inventeur, de l'initiateur, être celui par qui la nouveauté ou le scandale arrivent. Une conception conservatrice de l'adulte en faisait le responsable de la norme. L'adulte moderne devient responsable de l'initiative. Être adulte, c'est avoir le courage de se servir de sa propre imagination. De ce point de vue, l'adulte n'est plus le « sage » mais l'artiste, le créateur, l'inventeur. Non plus celui qui échappe aux enfantillages et à l'infantile, mais celui qui peut en lui-même réanimer l'Enfantin, c'est-à-dire l'ouverture originelle aux possibles. Peintre, savant, poète, on ne reconnaîtra que bien plus tard qu'il était vraiment « grand » !

La modernité nous parle d'une possibilité, voire d'une nécessité de devenir adulte qui caractériserait l'humanité dans son ensemble. Une humanité amenée à conquérir, avec le temps, son autonomie. « Les Lumières, dit Kant, c'est la sortie de l'homme hors de l'état de tutelle dont il est lui-même responsable. » La modernité est bel et bien la croyance en cette possibilité d'émancipation de l'humanité par elle-même, le « mythe » d'un devenir adulte par l'autolibération et l'arrachement raisonnable à toutes les tutelles, toutes les illusions. Ainsi les sociétés comme les individus sont-ils voués à grandir. Mais ce processus de croissance morale et mentale n'est ni simple ni mécanique. Il n'est pas exempt de secousses, et le risque de son échec est à considérer. « On est soi-même responsable de cet état de tutelle, dit Kant, lorsque la cause tient non pas à une insuffisance de l'entendement, mais à une insuffisance de la résolution et du courage de s'en servir sans la conduite d'un autre. » L'humain-enfant porte en lui l'adulte à venir comme on porte un enfant. Cette responsabilité implique de rompre le lien avec l'autre (livre ou tuteur) qui pensait à ma place. Il s'agit d'assumer une authentique solitude. Une pensée élaborée « par soi-même » et revendiquée « pour soi », sans référence à une autre autorité que celle de ma pensée autonome. Kant introduit une notion assez étrange, celle du « courage » : « Aie le courage de te servir de ton propre entendement ! Voilà la devise des Lumières. » Devenir adulte n'est plus seulement une question de responsabilité et de solitude intellectuelle, mais une question de courage. Le sursaut dont Kant nous parle pourrait aussi bien ne pas se produire. Car rien n'est plus énigmatique ni plus paradoxal que le courage. En effet, lorsqu'on ignore le danger on ne peut parler de courage.

L'acte courageux implique que « j'aie peur » et que je parvienne à passer outre.

Qu'est-ce qui me pousse à surmonter ma frayeur ? Si ce sont des considérations « raisonnables », si « de » la raison précède et détermine le courage, ce n'est donc pas lui qui m'incite à me servir de mon propre entendement. Alors, qu'est-ce qui me rend courageux ? Ou qu'est-ce qui m'empêche de l'être ?

Kant stigmatise la paresse et la lâcheté, qui peuvent faire, dit-il, « qu'un si grand nombre d'hommes restent volontiers toute leur vie durant dans un état de tutelle ». Pourtant, il n'explique pas comment on s'arrache à la paresse, comment on cesse d'être couard. Si ce n'est pas par une décision triomphale de la raison, ce ne peut être que par une sorte d'énergie, réserve mystérieuse de force, « volonté de puissance », arrachement joyeux mais gratuit (et imprévisible) à la frilosité craintive et au bien-être. Devenir adulte paraît beaucoup moins inéluctable. Sans cette secousse, cette impulsion de se jeter au-devant de ce qui me trouble ou me menace — donc sans ce courage aléatoire —, pas de « pensée par soi-même ».

Bien sûr, dans la suite du texte, Kant édulcore beaucoup ce qu'il avait semblé ouvrir avec ce seul mot d'ordre : « Aie le courage ! » À cet adulte du « sursaut » ou de l'« initiative » il substitue un adulte bien tempéré, adepte d'une « morale politique provisoire » de la *mediocritas.*

Être adulte revient à occuper une position raisonnable plus qu'une position rationnelle. Paie tes impôts d'abord, et ensuite seulement tu pourras raisonner librement et écrire, afin de critiquer la fiscalité ! Fais d'abord ton devoir de pasteur protestant, et ensuite tu pourras raisonner, en dehors de ta fonction, en sujet autonome, afin de critiquer les dogmes religieux ! On rejoint une figure de l'adulte défenseur de la limite et de la mesure, animé par un conservatisme tranquille (paresseux ?). L'adulte moderne est inévitablement pris dans cette tension entre l'élan courageux, transgressif, et la tranquillité d'une discipline citoyenne.

Hannah Arendt a su prolonger la question kantienne du courage et de la responsabilité. Pour elle, être adulte consisterait en l'exercice d'une faculté de « penser » selon un emploi intransitif de ce verbe. Penser est considéré par Arendt comme un acte. L'adulte, capable de refuser, ce qui peut faire de lui un « irréductible », acquiert dans les circonstances les plus graves (catastrophe, totalitarisme) une visibilité dangereuse en raison de son isolement et de sa solitude. « Quand tous sont emportés, sans pensée, par ce que les autres font et croient, ceux qui pensent sont tirés de leur cachette parce que leur refus de les rejoindre est visible et devient une sorte d'action. » Est adulte celui qui accepte cette soudaine nudité de sa présence due à la persistance de ce qu'Arendt appelle « la conscience au sens le plus ordinaire », faculté spontanée de distinguer entre bien et mal, entre « ce qui se fait » et « ce qui ne se fait pas », ce qui conduit à la résistance.

À l'inverse, il existe un « infantilisme catastrophique » qui consiste à chercher à se fondre dans le conformisme, à répondre le plus docilement possible à l'autorité. Au fond, postule Arendt dans *Eichmann à Jérusalem*, si Eichmann a été capable du pire, ce n'est pas parce qu'il était un « grand » criminel, un tout-puissant sadique, un monstre effrayant, mais parce qu'il était resté, comme tant d'autres, un « tout-petit ». Un banal petit bonhomme, que l'accomplissement « fonctionnaire » de sa tâche infantilisait davantage encore. Le « petit homme » est le contraire de l'adulte solitaire et exposé. C'est le sujet idéal de tous les totalitarismes : ses vertus majeures sont l'application, la discrétion (transparence), le conformisme (faire comme les autres, rebaptisés « tout le monde »), et l'horreur de toute complication de la pensée. En effet, toute perspective de complexité, de paradoxe, d'ambiguïté, et surtout de tension ou de nuance dans la réflexion, le rebute et lui fait préférer une opinion d'autant plus autosatisfaite qu'elle est routinière.

Subsiste chez Arendt, comme chez Kant, une énigme du déclencheur. En effet, comment expliquer qu'un sursaut courageux me pousse à me servir de mon propre entendement ? Comment expliquer que certaines personnes parviennent à « penser » en pleine catastrophe, avec radicalité et lucidité, sans souci de se fondre dans un groupe, d'adhérer à une idéologie ? Pour garder clairement en soi la faculté de distinguer entre le bien et le mal, le souci incongru d'une dignité, peut-être faut-il avoir été soi-même confronté à l'ambiguïté desdites valeurs, au paradoxe de leur mise en œuvre, et donc au risque concret de leur confusion. Peut-être faut-il avoir admis que l'on porte en soi aussi bien le crime et l'agression que la douceur, la modération et la bienveillance. Peut-être faut-il avoir compris que n'importe qui peut basculer, pour d'infimes raisons, d'un côté ou de l'autre d'une très fragile barrière qui sépare bien et mal. Peut-être faut-il avoir compris que la civilisation et la morale ne sont jamais des conquêtes définitives, mais doivent être sans fin reconduites, chaque jour, dans chaque relation avec l'autre, dans chaque décision. Enfin, peut-être faut-il, secrètement, savoir que ni le bien ni le mal ne délivreront jamais personne du malaise et de la frustration.

Ce fameux « sursaut adulte » ne relève que très difficilement d'une éducation. Comment le susciter ? Comment préparer au courage ? De là le désarroi de toute pédagogie.

Freud ne contredirait pas le prêtre ami de Malraux qui parlait d'un « malheur des gens » et d'une absence de « grandes personnes ». Plus que d'un malheur, il parlerait d'un « malaise », d'une façon de se tenir entre angoisse et douleur. Quitte à fuir ce malaise spécifique dans des attitudes infantiles, religieuses, névrotiques — malaise des individus, malaise des groupes humains, la nature ne proposant que la tragédie d'un perpétuel rapport de forces, mais la civilisation nous vouant au drame des frustrations. Impossible de vivre naturellement sans souffrances (être le faible pour un plus fort — loi de la jungle). Impossible de vivre en civilisé sans réprimer péniblement ses instincts. Freud présente la civilisation comme l'invention d'une protection nouvelle, obtenue en dépassant l'état de nature. Mais la civilisation est source de malheurs nouveaux. Si se civiliser c'est grandir (et réciproquement), cela n'empêche pas de souffrir, au contraire ! L'adulte freudien serait quelqu'un capable d'accepter les frustrations dues à la civilisation, mais en connaissance de cause, avec la conscience simultanée de la sauvagerie de ses propres désirs et la capacité de reconnaître lucidement le refoulé. Se soumettant alors à la Loi (interdit de l'inceste, castration, différence sexuelle, filiation et transmission), il assumerait, là encore en connaissance de cause, les impératifs du surmoi qu'il ne subirait ni dans la culpabilité, ni dans la honte, ni dans la terreur.

Enfin, cet être humain aurait intégré de façon suffisamment solide la dimension du réel (différencié de l'imaginaire et du symbolique), et particulièrement la place tenue par la « pulsion de mort » (nécessité de vieillir et de mourir, soumission à la réalité du temps, conscience du risque permanent d'agresser les autres ou de se détruire soi-même). Un tel être étant aussi capable de transmettre, avec précaution, à tous ceux à qui sa « majorité » est utile, expériences et savoirs, sans s'imposer, aidant même ceux qui attendent trop de lui à se passer de lui : « Le bon maître est celui qui apprend à se passer d'un maître ! »

Un tel être humain existe-t-il vraiment ? Au prix de quelle solitude presque inhumaine ? Ou bien n'est-il qu'hypothétique ? À vrai dire, l'espoir que pouvait mettre Freud dans le rôle social d'adultes suffisamment nombreux, solides et influents pour empêcher ne serait-ce que la violence et la guerre était bien mince. Partout, un grand nombre de tout petits adultes ! Des adultes ayant vite fait, ensemble, de devenir ce qu'il appelle des « adultes moyens », à l'intelligence médiocre, à la lucidité menacée. Paradoxalement, il lui semblait remarquer, chez beaucoup d'enfants réels, qui n'en sont encore qu'aux « premières fois » et non à la répétition, l'éclair d'une intelligence lumineuse, d'une « grandeur » proprement enfantine, mais bien vite gâchée.

Être adulte, c'est aussi, durant l'enfance, un horizon, une promesse. « Quand je serai grand, je... » Tu quoi ? « ... serai pilote d'avion », « commanderai aux enfants comme le maître d'école », « me marierai avec maman ». « Devenir grand » est l'expression d'un sentiment, mais aussi d'une sensation de croître, de changer. Position lointaine, qu'un jour on tiendra. L'enfant, pensif, envisage l'adulte qu'il voudrait être plus tard. Ainsi, pour les enfants, il existe des « affaires de grandes personnes », des pouvoirs magiques et opaques, un domaine réservé. Certes, dans le contexte d'infantilisme généralisé, d'« adolescentisme interminable », ce clivage n'a plus lieu. De même dans les guerres, les crises, la misère, lorsque enfants et adultes sont emportés dans une même confusion dramatique. Quand tout se laisse regarder par les enfants, quand tout « regarde » les enfants, même les choses les plus dures (l'argent, le sexe, la mort, les conflits, l'ambiguïté dramatique des signes), ils deviennent vite comme ces « fruits jamais mûrs » dont parlait Rilke, qui pourrissent sans avoir connu la maturité. Les enfants sont happés par des problématiques trop grandes pour eux, enfermés dans des situations trop difficiles. Et les adultes s'abaissent alors à se servir des enfants, ou bien ils les prennent à témoin de leurs propres inconséquences catastrophiques.

C'est pourquoi « être adulte » peut aussi consister très simplement à répondre à un « appel » venu de l'enfance. Nécessité d'être là, en tant qu'adulte, uniquement parce que les enfants ont besoin de cela pour grandir, pour ne pas tourner en rond dans l'angoisse ou la panique de quelque chose de trop grand pour eux. En ce sens, l'adulte, c'est celui qui, avec patience, fermeté, bienveillance — mais au prix d'une solitude spécifique —, propose aux enfants des signes, dispose autour des enfants des limites protectrices et des repères. C'est l'éducateur, le parent « suffisamment bon », le maître authentique, le sage, l'homme dont la virilité n'est jamais caricaturale, la femme dont le souci va à l'humain qu'elle a mis au monde plus qu'à la chair de sa chair. C'est le sujet censé savoir (et savoir faire), même s'il doit se comporter, parfois, « comme s'il savait ». Il est celui qui indique clairement à l'enfant qu'il y a des choses à apprendre, des choses « qui se font » et d'autres « qui ne se font pas ».

Celui qui permet les acquisitions fondamentales : parler correctement, écrire, compter, respecter l'autre. Celui qui fait prendre doucement conscience des réalités insupportables : la mort, la maladie, l'absence, la perte et l'échec. Celui qui veille avec rigueur à ce que ces choses soient bien sues. Celui qui incite l'enfant à s'exercer, à ne pas se décourager. Il est celui qui veille et qui répète. Celui qui rassure : « Ne crains rien, ça ne fait pas mal. » Il est aussi celui « qui est là » et qui, d'ailleurs, le rappelle parfois : « Tu sais, je suis là. » De même qu'il sous-entend : « Tu sais, je ne serai pas toujours là, et je ne peux pas tout. » À l'occasion, il acceptera d'être la cible de la rage ou de la révolte, et il accueillera, tant bien que mal, la rancune et le refus.

C'est de cet adulte que dépend la persistance des liens humains, dans la durée, et si possible dans la paix. C'est par lui que quelque chose d'humain a une chance de persister à travers les catastrophes, les périodes noires. De ce point de vue, vouloir se « comporter en adulte » relève d'un pari, modeste mais optimiste. L'énergie nécessaire à un tel comportement est produite par le désir d'une suite, l'envie qu'il y ait malgré tout un avenir. C'est une aventure à tenter. Une aventure qui dépasse chaque individu, dans laquelle chaque individu ne peut se lancer que seul.

VII. Philosophie et enfance

1. « TROP PETIT » POUR LA PHILOSOPHIE !

Ce jour-là, j'ai remonté le boulevard Raspail, d'abord avec une précipitation nerveuse, tenaillé par la crainte puérile d'être en retard ou de ne pas retrouver l'adresse alors que je savais l'établissement au numéro 233. Brusquement, j'ai ralenti l'allure, progressant avec des précautions d'aveugle, assourdi par la cacophonie de la circulation, le visage offert à l'air acide du printemps. J'avais vingt-deux ans. J'allais donner mon premier cours de philosophie, venant de recevoir, tandis que je poursuivais mes études dans cette discipline, une affectation en tant que maître auxiliaire.

J'accordais à la philosophie une importance considérable, mais je n'avais encore fait que m'ébrouer dans le champ de la pensée, comme un âne enthousiaste. Comment, devant un auditoire, prétendre savoir en quoi consistait exactement la philo ? Pas le droit ! Ou, pour l'exprimer tel que je le ressentais, « trop petit pour ça ! ». Un enfant plutôt qu'un âne ! Depuis sa découverte à dix-sept ans, j'avais à cœur de ne pas réduire cette « matière pas comme les autres » à une somme de connaissances, tenant à la présenter, au contraire, comme une façon singulière et pertinente de se servir de son esprit. Impressionné par mes professeurs, dont plusieurs maîtres respectés, je me sentais en position d'infériorité. Un mineur mental ! Un enfant qui s'essaie à penser et ne peut en aucun cas « donner à penser », voilà ce que j'étais... La philosophie a le double pouvoir d'infantiliser qui s'en approche, y compris celui qui a fait précocement le choix de s'y consacrer, et de faire grandir, en principe, n'importe qui.

Il me fallait passer de l'agitation vrombissante du boulevard au silence d'une salle de classe occupée par quarante corps d'élèves, quarante consciences prêtes à mordiller, mordre, déchiqueter ou recracher la moindre de mes paroles. Pas le trac, mais une vraie frayeur. Comme à mon premier jour d'école à six ans, je serrais fort la poignée de mon cartable lesté de trop de documents prévus pour ma première leçon. Je portais un costume marron sombre, cravate assortie, comme cela se faisait à l'époque, tandis que les élèves du Lycée technique d'État portaient encore des blouses de couleur écrue. Deux mois plus tard, une saine révolte allait les conduire à brûler collectivement cet uniforme qu'un souci de démocratie laïque imposait depuis longtemps mais que le nouvel individualisme libertaire considérait comme infantilisant. Toute enfance est normalement emportée par le désir de sortir d'elle-même mais elle peut aussi être écrasée par la sensation d'être réduite, voire condamnée, à ce qu'elle est : du petit, toujours trop petit. C'était un peu ce qui m'arrivait.

Quelques minutes avant d'entrer dans l'arène, j'avais le sentiment d'une imposture ou bien d'une ridicule pantomime comme celle à laquelle se livrent en rigolant les jeunes garçons qui se dessinent une moustache avec un bouchon de liège brûlé, ou les enfants qui s'affublent d'un vêtement d'adulte dont les épaules tombent en amples plis autour de leur corps menu, leurs mains perdues dans les manches. La philosophie. J'allais être seul, absolument seul et mal à l'aise au bord de la trop haute estrade, visage blême posé sur un rectangle noir et offert en pâture non seulement à la meute des garçons, mais à toutes les puissances philosophiques réunies sur quelque nuage de poussière de craie qui me jugeraient : « Trop petit, mon ami, tu es trop petit... »

Comment traiter en élèves des garçons qui avaient à peine un ou deux ans de moins que moi puisque certains, futurs techniciens, avaient déjà leur baccalauréat ? Pourtant, sans rien laisser paraître, j'allais devoir décoller mes lèvres sèches, ouvrir la bouche, prononcer distinctement les premiers mots d'une voix qu'après m'être raclé la gorge j'espérais n'être pas blanche. La philosophie, que j'usurpais, m'amenait à parodier les « grandes personnes par l'esprit », à jouer au prof qui manie des notions abstraites, définit des concepts, développe des raisonnements, prononce familièrement le nom d'immortels penseurs comme s'il venait de passer en leur compagnie de longues vacances, en Grèce, au bord de la mer, dessinant de subtils schémas, à l'aide d'un bâton, sur le sable. Oui, les philosophes sont mes amis, d'ailleurs la philosophie est une très vieille affaire d'amitié... Alors, voyez-vous, lorsqu'on est, comme moi, un ami de la sagesse, un véritable *philosophos*, il n'y a plus de grands et de petits, de majeurs et de mineurs, d'adultes et d'enfants : rien qu'un sérieux et universel souci de la Vérité !

Symboliquement juché sur mon estrade, j'ai repris le cours sur le *Ménon* là où le professeur malade l'avait laissé. Platon m'aidait à devenir grand. Surtout grâce à l'éternelle mais magique question : « Qu'est-ce que.. ? » On peut la poser gravement ou sur un ton faussement naïf, avec l'intention de susciter l'étonnement, puis prendre l'air vaguement ironique de celui qui connaît la réponse. On ne sait jamais si le ricanement du sage est moqueur ou bienveillant. Haussé sur la pointe de mon savoir tout neuf, ce n'était qu'au plus secret de mon être que je demeurais un pauvre enfant qui ne sait rien. Un pauvre enfant qui s'efforçait de se rassurer en se souvenant que ce qui fait le philosophe c'est qu'il sait qu'il ne sait rien! Mais enfant tout de même! Ne serait-ce qu'en raison de ma terreur de dire une bêtise, de devoir me réfugier dans une approximation ou, pire encore, de me retrouver déstabilisé par la question pertinente d'un élève. Consternées, les grandes figures philosophiques invisibles qui planaient près du plafond de la salle de classe auraient hoché leurs grosses têtes de façon accablante. Car les philosophes grecs et tous leurs successeurs étaient là à m'écouter, à guetter mes faux pas, « trop petit, mon ami, beaucoup trop petit... ». Mes quarante élèves ne se doutaient de rien, mais mon oreille, rendue plus fine par l'émotion, distinguait le frou-frou de leurs toges, le raclement de leurs vieilles gorges et leurs soupirs agacés.

Pourtant... Ces doctes vieillards et dialecticiens chenus n'ont-ils pas tous commencé comme ça? Socrate n'en menait pas large face à l'imposante Diotime, une « grande personne », elle aussi, prêtresse de Mantinée, pythagoricienne énigmatique et belle initiatrice dont il dira modestement plus tard, dans le *Banquet*: « C'est elle qui m'a instruit sur l'amour. » Il écoutait. Bien sagement, si l'on peut dire.

La savante Diotime inspectait elle aussi mon premier cours. Apprenti qui fait le savant, disciple qui fait le maître (auxiliaire), étudiant définitif, j'étais aussi Poucet dans la forêt des concepts. Livré à ses beaux yeux, je comprenais que la philosophie implique d'en passer par l'épreuve de la grande faiblesse, de laisser venir une puérilité intempestive afin peut-être de la surmonter. Il faut avoir traversé une enfance vieillarde pour devenir un jour un vieillard qui a l'assurance d'un enfant. Le vieux gamin désespère en constatant que le sens est glissant comme un poisson, que la vérité se tient toujours sur l'autre rive, qu'il s'enfonce jusqu'au cou dans l'eau de l'absurdité.

N'existe-t-il pas des façons strictement infantiles de faire de la philosophie ? Ne plus rien énoncer méthodiquement, mais seulement poétiquement. Ou pire : ne plus discourir mais trépigner, bouder, se taire. Se vautrer sur le sol. Ne plus être sensible aux arguments, au raisonnement, mais faire des bêtises. Ne plus chercher avec sérieux, mais ricaner, baver, montrer son cul, faire caca ou se masturber devant tout le monde. À la différence des tout-petits, une pantomime chargée de sens. Qu'est-ce qu'un corps ? Qu'est-ce qu'un cri ? Faire beaucoup de bruit pour rien. Ou juste pour provoquer les grandes figures, trop paternalistes ou maternelles, tellement éprises de la Mesure, du Vrai, du Bien, mais suffisamment perverses pour venir rôder, un après-midi de printemps, dans le cours de philo d'un jeune professeur. Devant les élèves, je m'efforçais de tenir les propos les plus rigoureux, et en même temps, je brûlais de l'envie que ça craque, que ça bouge, que je m'affale et que tout s'écroule, ou qu'on saute par les fenêtres pour aller dans les rues. Allais-je céder au vertige ? M'effondrer pour de bon ?

Je me souvenais qu'au milieu du tableau de Raphaël représentant l'École d'Athènes se trouvait aussi Diogène le cynique, à demi nu, vautré sur les marches, un peu au-dessous de Platon et d'Aristote occupés à dialoguer. Diogène comme un chien. Rien qu'un corps. Un sac d'organes. Parole physique ou mutisme éloquent. Un philosophe qui n'a que faire de la station debout et des conventions. Raison en friche. Moi, toujours debout, commentant sans relâche le *Ménon*, je devais lutter contre ma vieille angoisse, qui ne m'a jamais vraiment quitté, de m'écrouler soudain sur place, de « tomber dans les pommes », comme on dit, au moment le plus inattendu. Angoisse remontant à un lointain matin de mes huit ans où, au moment de partir à l'école, dans le vestibule de l'appartement familial, j'avais perdu connaissance, sans raison apparente, quelques secondes après avoir aperçu dans le miroir mon visage comme absorbé par sa propre pâleur. Fondu au blanc, puis au noir. Chute brutale. Puis la lente remontée, les figures inquiètes penchées sur moi, et la précoce découverte qu'on peut ainsi disparaître, s'échapper, et que de l'être en poudre peut sortir de moi comme par le trou d'un sac. Fatigue ou début de maladie, peu importe, mais menace d'évanouissement qui peut toujours survenir lorsque je dois parler en public.

Au cours de mon vague malaise de jeune usurpateur, je ne me suis pas effondré devant des élèves auxquels j'aurais offert le corps disloqué d'un Diogène ou d'un *infans* grotesque, la perte de conscience en guise d'exposé sur la conscience ! Car telle était la leçon du célèbre cynique, un des seuls représentants de la philosophie hellénistique à accorder une valeur positive à l'enfance, en tant que spontanéité, évidence innocente des besoins du corps. On a traité Diogène de « Socrate devenu fou », mais cette folie était plutôt un infantilisme délibéré, une admiration de l'enfant, proche de la nature et familier de l'animal. D'où cette anecdote du sage qui se veut ascétique mais utilise encore une gamelle pour boire. Un jour, près d'une source, il découvre un enfant qui se désaltère dans la seule coupe de ses mains. Simplicité et royauté de l'enfant ! Le sage casse alors sa gamelle !

La sonnerie m'a délivré de mon premier cours. J'avais tenu le coup sans tomber. Une longue suite attendait. Entre équilibre raisonnable et déséquilibre menaçant, car d'autres raisons contribuaient à faire que je me sentais « trop petit » pour la philosophie, je veux parler de mon attrait pour une textualité presque corporelle, et donc pour un usage des mots, qui, bien que soucieux d'exactitude et de sens, s'en remet à la musicalité de la phrase, à la vibration sonore, au retentissement du verbe, aux images flottantes et à l'art du récit. On sait que la philosophie recherche, en principe, l'énoncé non incarné et se méfie du rythme, du souffle, du grain de la voix, et aussi des silences. Elle se veut pure parole, donc parole de personne en particulier, et le philosophe ne laisse passer par ses lèvres ou dans son texte que ce qui a valeur universelle. Le concept comme une difficile extraction de pensée générale à partir du chaos auquel il se confronte.

Or, j'avais du goût pour la littérature. Je tenais aussi à laisser venir les mots, dans leur indétermination, selon des ouvertures béantes où le sens et le son ne cessent de se relancer l'un l'autre. La poésie ou la textualité imposent que l'on s'en tienne à l'enfance de la parole. D'abord une petite enfance : ce moment où un balbutiement s'arrache au silence initial, hésitant toujours entre mutisme obscur et premières articulations. L'aléa tenant un rôle majeur. L'énigme ou l'indécidable subsistant longtemps après la stabilisation dans un texte. J'avais un attrait immodéré pour les « petites choses » qui échappent au Logos ou que le Logos méprise, ce qui me vouait, je le sentais bien, à rester un penseur sans qualité, un philosophe à jamais en herbe. Si j'aimais la stricte rigueur de certaines lignes de pensée, nettes et distinctes comme la trace de l'avion dans le bleu du ciel, j'accordais la plus haute importance à l'instant fatal où tout sillage s'échevelle, s'incurve, s'élargit, finit par pâlir en ne laissant que des fragments de brume avant de disparaître. Mon attention à ces dislocations infimes et ma tentative de trouver les mots, eux-mêmes éphémères, pour les restituer me rendaient perplexe quant aux grands systèmes et à leur prétention à dire le tout. J'allais tenter de jouer sur les deux tableaux. Perdant sur les deux peut-être. Je me demande d'ailleurs si toute trahison et même toute infidélité ne sont pas la conséquence d'une crispation enfantine accompagnée d'un vague désespoir.

En fin d'après-midi, m'éloignant du 233 boulevard Raspail tandis que le jour déclinait et que les chouettes s'apprêtaient à prendre leur envol, je me savais sans doute déjà obscurément voué à ne regarder qu'en contre-plongée les grandes figures philosophiques qui serrent leurs lourds traités contre leur poitrine. Comme un petit, un cynique malgré lui, quitte à ne saisir, le nez sur le tableau, selon des grossissements et découpes propres au regard enfantin, que des fragments qui, une fois détachés de l'ensemble, brillent d'un nouvel éclat.

2. LA CONFUSION DES ÂGES

Un jour, après de nombreuses années d'enseignement, j'ai arrêté de faire cours. Depuis longtemps, j'avais cessé de me sentir « trop petit pour la philosophie ». Bien campé sur ma dunette, j'éprouvais un vif plaisir à observer des élèves trempés de perplexité, d'indignation ou de curiosité, s'efforçant de garder l'équilibre, d'acquérir « le pied philosophique », alors que je faisais tout pour les déstabiliser. Ils m'évoquaient les efforts des tout petits enfants faisant leurs premiers pas. Questions... « Qu'est-ce que la marche ? » Un déséquilibre systématiquement provoqué puis rattrapé... « Qu'est-ce que... penser ? » « Qu'est-ce que parler veut dire ? » « Peut-on vivre au présent ? » J'avais fini par accepter mon statut de grande personne intellectuelle, l'adulte étant depuis toujours celui que la communauté charge non seulement de protéger, d'encadrer, mais aussi de voir loin, de transmettre le savoir et le passé, sans oublier d'inquiéter, de susciter remises en cause et désordres productifs.

J'ai durablement incarné ce drôle de personnage, paradoxalement conçu par l'Éducation nationale de la France républicaine comme inquiéteur institutionnalisé, puisqu'une conception partiellement kantienne de la citoyenneté impliquait l'apprentissage de l'autonomie, et donc une « sortie de l'état de minorité » à laquelle la philosophie scolaire était censée contribuer. En ces temps relativement troublés où j'avais commencé à enseigner, la philosophie prenait des tournures de critique radicale de tous les pouvoirs, avec des projets plus ou moins confus de subversion non seulement des idéologies ambiantes mais du monde lui-même. Changer la vie. Tout en prenant part à ce mouvement désordonnant, je dois dire que patiemment, à partir de textes classiques ou d'interrogations inattendues, même s'il était de bon ton, à cette époque, de feindre de considérer les élèves comme des égaux ayant spontanément une pensée achevée et respectable, c'était bien à leur sortie de l'enfance que je m'employais, à leur maturation que je travaillais, quitte à forcer la note, en simulant l'aisance d'un maître que pourtant je n'étais pas, et en dissimulant sous ces questions conventionnellement conçues pour « faire grandir » d'autres inquiétudes plus intimes. Le cours achevé, je retournais à mes propres incertitudes et au vaste chaos qui se tient au-dessous de toute pensée et dans lequel les concepts, à peine formés, retombent et se noient.

J'ai arrêté de professer avant la fin de ce que, dans mon cas, on ne pouvait appeler une « carrière », mais cette interruption allait modifier, plus que je ne m'y attendais, ma vision de la différence des âges de la vie et le regard que je portais sur l'enfance. À peine m'étais-je rendu disponible, donc désormais facilement nomade, qu'il me fallut constater que d'anciens élèves surgissaient partout où je passais. Ils se trouvaient par hasard sur mon chemin ou reprenaient contact. Ces rencontres étaient toujours pour moi un choc et un étonnement dus à leur nouvelle apparence d'hommes faits et de femmes mûres, et à l'activité particulière qui les transformait en êtres sinon installés en tout cas déterminés. À ces garçons et ces filles j'avais parlé de tant de choses alors qu'ils ne savaient pas ce qu'ils allaient faire de leur vie. Ils s'étaient éparpillés aux quatre coins de France comme à l'étranger, et ils étaient tous devenus quelque chose.

Je tends mon ticket et quelques pièces à un péage d'autoroute. Une tête de jeune femme fatiguée qui a aperçu mon profil par la vitre ouverte de ma voiture jaillit de la cabine. Elle dit mon nom : « J'ai été votre élève... » Quelques mots échangés. Un conducteur impatient klaxonne derrière moi. La barrière s'ouvre. Je file. Jamais revu cette femme. Ne parlons pas des trains, des gares, des coins de rue. Après toutes ces années, je retrouve des médecins, un diplomate, un musicien d'avant-garde, plusieurs plasticiens, beaucoup de professeurs, des clowns, et aussi des sages-femmes, un plombier appelé en urgence pour une fuite d'eau qui me parle d'un de mes cours sur le Temps. Pas mal de chômeurs, bien sûr. Un jour, me rendant dans une librairie pour présenter et signer un de mes livres, je suis abordé par un gros homme aux cheveux gris : « J'ai été votre élève ! » Son allure de monsieur d'un certain âge me trouble. Une femme, me demandant de lui dédicacer un livre, me présente à deux grands adolescents, ses enfants. « Ma fille fait de la philo », me dit-elle. Tant d'autres. Chacun se souvient avec exactitude d'un ou de plusieurs fragments de mon cours. Une parole contingente, une remarque ironique ou un trait d'humour, une formule. Toujours un détail. Tous ont effacé le contenu de mes leçons d'alors. Ce qui leur en reste, c'est un ton, me disent-ils, une ambiance, un état d'esprit, un usage de la parole qui les ont marqués mais qui leur paraissent désormais bien lointains.

« Comme ils ont vieilli ! » m'attristais-je malgré moi, à chacune de ces rencontres. Je m'informais avec plaisir de leurs aventures comme de leur carrière, sans pouvoir m'empêcher de penser : « Comme ils ont vieilli ! » Le temps avait changé leurs traits qui s'étaient simplement affirmés, parfois durcis. Rien que de très banal. Il m'était arrivé la même chose mais j'avais du mal à supporter que les très jeunes gens que j'avais connus aient eux-mêmes avancé en âge. Je ne gardais en mémoire que des expressions fraîchement juvéniles, enjouées et, pour certains, sincèrement curieuses. Encore des gosses, à l'époque ! Beaucoup étaient donc à présent devenus des parents, les filles avaient changé de nom, et je me surprenais à les vouvoyer de façon crispée alors que je les avais tutoyés. Professeur, j'assistais au spectacle de leur enfance en train de s'effacer. Lorsque l'un d'eux s'efforçait de comprendre ou de penser avec application, j'entrevoyais distinctement quel enfant il avait pu être. Cette énergie d'enfance permettait que quelque chose fût transmis, que l'étonnement fût possible, bref, que le cours de philo eût lieu. L'enfance est encore présente dans sa propre abolition, éclatante dans ses derniers feux.

Ma mélancolie venait, je crois, de la découverte que pour chacun de ces êtres l'essentiel était presque joué. Admettre qu'ils soient devenus exclusivement ceci ou cela, même s'il s'agissait parfois d'une indéniable réussite, me plongeait inévitablement dans une amertume injustifiée. Je m'adressais autrefois à ce qui leur restait d'enfance, songeant aux multiples perspectives qui s'offraient à eux. Je pouvais indiquer, discrètement, des orientations possibles. Révéler des pistes. Soudain, pour eux comme pour n'importe quel être humain prenant de l'âge, un certain nombre de portes s'étaient fermées selon un principe de réalité qui est aussi principe de banalité.

Il m'arrivait aussi autre chose : je ne parvenais plus à voir chez les petits enfants réels que les signes d'un destin identique. Je ne distinguais plus la béance obscure de l'enfance, mais l'adulte qu'ils allaient fatalement devenir. La confusion des âges, c'est l'enfant au masque d'adulte mais aussi l'homme mûr assis au milieu des débris de son enfance détruite. Malgré moi, je croyais détecter, par anticipation, dans le comportement passager d'un petit de sept ans, le futur épicier, inspecteur, employé de banque ou truand. Mon accablement était alors à son comble. La confusion des âges est une maladie. Elle nous prive de la présence stimulante de l'enfance parmi nous. De l'enfance comme indice de possibilités turbulentes, comme signe que l'inattendu pourra un jour, en principe, advenir.

Chaque fois qu'il m'est donné de m'entretenir, toujours agréablement, avec ceux qui furent mes élèves, me revient en mémoire la secrète complicité qu'une certaine pratique de la philosophie peut avoir avec l'Enfantin. Le point de tangence étant le sens de l'étonnement et la simplicité des questions, lorsque l'enfant-promesse se métamorphose en un adulte qui n'a pas encore eu le temps de liquider son enfance. Enseigner, penser ensemble, consiste alors à déplier tous les plis, à défroisser cette étoffe pâle qui, comme les pétales de coquelicot dans leur gangue fuselée, n'attend que de se déployer en virant à l'écarlate. Combien de plis ? « L'enfant naît avec vingt-deux plis », disait Henri Michaux. « Il s'agit de les déplier. La vie de l'homme alors est complète. Sous cette forme, il meurt. Il ne lui reste aucun pli à défaire. Rarement un homme meurt sans avoir encore quelques plis à défaire. Mais c'est arrivé. »

3. ENFANCE DE LA PENSÉE

Chaque année, je commençais mon cours de philosophie par une plongée vivifiante dans les mythes grecs, avant d'aborder la pensée des premiers philosophes que la convention a nommés « philosophes présocratiques », comme si cette antériorité en faisait encore des mineurs, des petits penseurs comparés à la grande personne bicéphale incarnant la maturité réflexive : Socrate-Platon ! De ce point de vue, le présocratisme serait l'enfance de la pensée, que la philosophie a voulu oublier, enfouir ou définitivement dépasser, alors que sa petite enfance, elle l'aurait passée dans le foisonnement des mythes, dans la familiarité des éléments et des monstres, la proximité du chaos et les plaisirs du récit, les exploits des héros et des dieux permettant précocement à la conscience grecque d'aborder, en de fulgurantes intuitions, les questions humaines les plus graves. Pas encore des concepts, mais des images d'une sublime beauté, porteuses d'inquiétudes, que seuls l'obscure parole collective puis le poème (ou plutôt l'acte de poétiser, *poiein*) pouvaient produire.

Dans les mythes d'abord, puis dans l'*epos* qui les reprend, dans le chant de l'aède, quelque chose se cherche déjà, sans souci dogmatique ou projet théorique, mais librement, à tâtons ou au hasard, comme les enfants restés seuls dans la maison silencieuse tentent de découvrir les secrets que leurs parents ont enfouis dans des tiroirs : photographies, lettres, traces et exploits de personnes qui ont vécu avant eux ou d'événements primordiaux qu'on leur a cachés. La maison des Grecs s'appelle le Cosmos, et seule la Grèce a su donner à cette recherche par récits, images et personnages le prolongement que l'on nommera philosophie.

Est-il excessif d'affirmer qu'une petite enfance de la pensée est contemporaine du chant des exploits des héros épiques ? Les héros d'Homère ne sont pas des penseurs, au sens que la philosophie occidentale donnera plus tard à ce terme : leur pure énergie et les effets des forces qui les animent vont donner « matière à penser » à la communauté tout entière. Penser le conflit, la colère, le courage ou le trépas. Penser le déchirement et le désir du départ comme le désarroi du voyageur à son retour. Penser la façon dont les humains dépendent de puissances qui les dépassent. Penser la solitude. Ainsi peut-on voir Achille, Agamemnon, Priam, Hector, Ménélas, Énée, Ajax ou Diomède à la fois comme de terribles combattants, comme des enfants joueurs et comme des personnages au bord du gouffre des grandes questions métaphysiques. Même si le plus souvent ils l'ignorent, il leur arrive de se pencher un instant sur cet abîme, tandis que les dieux, omniprésents, jouent, au-dessus d'eux, à un tout autre jeu.

Le poème homérique crée un type de personnage, le « héros », d'où émane cette grande énergie d'enfance, une jouissance de sa propre force au cœur de la mêlée des forces naturelles et divines. Il y a un enthousiasme spontané et communicatif du héros épique. Une ardeur, une absence de retenue comme d'arrière-pensées et un engagement permanent. Peut-être parce que, lui-même d'origine divine, il n'éprouve pas encore de séparation bien nette d'avec la nature, les éléments et les forces cosmiques, mais aussi parce qu'il est obligé de vivre dans la présence continuelle des dieux, ces puissants qui habitent « là-haut », « là-bas », qui sont partout, qui vous voient sans être vus, qui parfois vous aident et parfois vous laissent vous débrouiller, qui se chamaillent aussi, et se servent des petits, c'est-à-dire des créatures semi-divines et des mortels, pour régler leurs querelles de grands.

Le héros homérique n'a pas encore d'intériorité avérée, au sens d'une capacité à se replier consciemment sur soi pour s'autoexaminer. Il n'est qu'action. Il ne se sent exister que lorsqu'il agit, lorsqu'il s'élance, lorsqu'il met immédiatement sa force à l'épreuve du destin, se précipitant avec jubilation dans le combat comme dans une cour de récréation sublime, toujours courant le risque de la démesure. Lorsqu'il triomphe, il est persuadé de sa vaillance. Lorsqu'il est vaincu, il est écrasé. Mourir, pour le héros, est la pire des choses, non parce qu'il ne sera plus rien — puisqu'il sait que son âme s'en va aux Enfers —, mais parce qu'il ne fera plus rien ! Il ne pourra plus jouer, plus se bagarrer. La mort comme punition suprême. La mort comme injustice. Pour comprendre où il en est par rapport à lui-même et aux autres, le héros ne pratique pas l'analyse psychologique ou ce qu'on nommera plus tard raisonnement ou réflexion, mais il procède par analogie naturaliste en se référant à des modèles externes : il est « comme » la flèche, « comme » un lion des bois, et les hommes sont « comme » les feuilles des arbres... Ainsi, pour lui, le monde est une vaste et énigmatique immanence dans laquelle il se dépense sans compter, sans forcément tout comprendre, soumis à ce que décide l'humeur des dieux, dépendant de tel dieu ou telle déesse qui lui confient de lourdes tâches.

Emporté par son élan, il n'est pas concerné par la valeur morale de ce qu'il accomplit : ses appartenances, ses liens tissés par la tradition, puis le soutien de divinités qui sont capables de mesquinerie, de jalousie, de courroux, priment les considérations de bien ou de mal. Il ne se tient pas « en deçà » mais en marge du bien et du mal, et se laisse guider par son intuition de ce que sont le bon et le mauvais. Lorsqu'une déesse décide qu'il a assez combattu et qu'elle soustrait son adversaire à sa vue en l'enlevant dans un nuage, le héros s'incline. Il s'interrompt, rouge, essoufflé, un peu interloqué, mais il admet qu'« il en est ainsi ». Alors il attend la suite : la guerre continue. Il doit s'accommoder d'un grand décideur invisible qui s'appelle le Destin. Achille sait depuis le début qu'il ne survivra pas : il fait cependant ce qu'il estime bon. Protésilas saute allègrement sur le rivage, n'ignorant rien de l'oracle qui a prédit que le premier à poser le pied sur le sol troyen mourra. Il est trop tentant de se lancer dans l'action, même si la mort, le malheur, la perte de l'ami ou du fils et l'interruption brutale de la partie peuvent survenir.

Et bientôt, on reprend courage, on fait appel à des réserves de forces. « Le malheur est notre lot », dit Achille vainqueur à Priam accablé, « mais nous devons garder notre courage. » Retrouvant son ardeur, le héros fonce et se faufile entre les signes et les présages, même s'il lui arrive, parfois, d'être happé par une nostalgie brutale : à quoi bon ? Quand la paix reviendra-t-elle ? Comment vivre l'état de vaincu ? Reverra-t-on la maison ? Et le héros est lui-même confronté à des enfants. Les siens ou ceux de l'adversaire. Comment va-t-il les traiter ? Faut-il s'en séparer fermement tant il est urgent d'aller combattre, comme Hector faisant ses adieux à Astyanax sur les remparts de Troie ? Faut-il les sacrifier pour partir à tout prix à la guerre, comme Agamemnon égorgeant Iphigénie afin que le vent se lève ? Enfance toujours troublante, même si une des injures que se lancent les héros de l'*Iliade* est

« *Népios !* » (petit gosse turbulent et irresponsable). Pourquoi toujours courir au-devant du malheur ? Le héros est soumis à des affects bruts. Les pensées qui lui viennent ne sont pas le fruit d'une réflexion assumée, il est persuadé qu'elles lui ont été soufflées par un dieu ou lui sont parvenues sur les ailes d'un songe. Il ne pense pas encore pleinement par lui-même mais ses actes ou son sort, racontés et chantés, donnent à penser. Le héros homérique est cet enfant grandiose, cet énergumène qui, parce qu'il est bourré d'énergie et « possédé » par le divin, contribue à faire que des problèmes humains fondamentaux se formulent, se posent et appellent des méditations et raisonnements futurs. Tout ce dispositif, épique ou enfantin, est la matrice d'une pensée première. Métaphysique désinvolte mais « complète », même si elle ne se transcende pas en un dialogue ou une expression abstraite. Les mortels sont mêlés au divin et à toutes les forces de la nature. C'est au cours de cette mêlée que naissent les plus graves questions. Les dieux vont-ils me combler ou me frustrer ? La puissance des Immortels, est-ce leur folie ? Autant d'incertitudes qui perlent à la surface du poème homérique comme une rosée.

Entre les héros nombreux de l'*Iliade* et le héros solitaire de l'*Odyssée*, une maturation mentale s'opère dans le récit homérique lui-même. La solitude d'Ulysse emblématise l'avancée vers une autonomie intellectuelle qui fait que la réflexion s'individualise, apprend à ne compter que sur elle-même et à prendre ses distances avec les puissances divines. On peut montrer qu'Ulysse pense de façon nouvelle, ou qu'il a changé entre le début et la fin de la guerre. Ses aventures, qui sont autre chose que des exploits, donnent l'occasion de penser de façon différente.

On sent bien que ça grandit, que ça mûrit, ces qualités psychologiques singulières du roi d'Ithaque étant proches des facultés requises pour une future démarche philosophique, même si lui, le voyageur malmené par les vents et les dieux, n'utilise ces dispositions que pour survivre et pour ménager ses chances de retour. La curiosité, l'étonnement et la ruse qui caractérisent Ulysse sont la cause aussi bien de ses mésaventures que de ses réussites. C'est la curiosité qui le pousse à explorer l'île de Polyphème, mais ce qui lui permet de s'en échapper c'est la ruse, cette démarche intellectuelle qui consiste à imaginer comment l'adversaire va lire les signes qu'on lui présente et dont on se sert comme leurres. Se faire appeler « Personne » par le Cyclope relève d'une tentative presque sophistique : piéger l'autre avec l'un des termes qu'on l'amène à employer. Aucun héros de l'*Iliade* n'était capable d'une telle ironie, et encore moins de la relation particulière au langage qui permet un tel stratagème. Il restera à l'esprit grec à conquérir cette autonomie par rapport à l'usage de la langue, à exercer « systématiquement » ce pouvoir libre de nommer (et bientôt de définir) pour qu'on puisse parler de premiers philosophes.

Les présocratiques ont élaboré des visions du monde et des cosmologies qui rompaient avec les fascinations mythologiques, avec le destin et les divinités, avec l'hymne ou l'épopée mais non avec l'intuition poétique.

La langue d'Héraclite, à travers les fragments qui nous sont parvenus, a imposé une réflexion entre métaphore et énigme. Chez lui, quelque chose s'élabore, dans le refus d'ignorer le silence et le mystère de l'*infans*. « *Aiôn* est un enfant qui joue. Il lance les dés. Royauté d'un enfant. » On a pu traduire *Aiôn* par « le temps fécondant », la vie, le monde, la durée des choses, etc. Pousser des pions, lancer les dés, jouer au trictrac ou aux osselets : les traducteurs proposent plusieurs possibilités. Reste cette affirmation métaphysique et fragmentaire qui fait du jeu d'un enfant le symbole du monde et de l'aléa une image du destin.

D'où vient l'indéniable maturité de ce fragment d'Héraclite qui place l'enfant au cœur du jeu du monde ? Nous ne sommes plus dans le récit. Il ne s'agit pas d'une anecdote. Ce qui s'énonce, c'est une vérité générale concernant le monde. Afin de dire ce qu'il y a de plus fondamental dans l'être, le devenir, il faut évoquer ce roulement, ces rebonds de dés, cette incertitude du chiffre. La main qui lance a son importance. Main d'enfant. Main joueuse. La grande énigme provient de la différence entre un adulte qui s'adonne à un jeu de hasard et un enfant qui joue. L'enfant est dans le jeu comme « de passage », devenir dans le devenir. Il s'y jette, s'y perd mais aussi bien le survole et le quitte avec une facilité déconcertante. Gagner, perdre, l'enfant oublie à toute vitesse. Son lancer est imprégné par cette faculté d'oubli. L'adulte réfère tout lancer à un but, à un nombre. Ses déceptions l'accablent, alors que l'absence enfantine d'intention l'allège.

La force d'Héraclite tient à cette capacité de voir partout à l'œuvre cette innocence primordiale et principielle des choses, et donc de prendre conscience de la différence entre une recherche « adulte », soucieuse d'ordre et de totalité, et d'aléatoires mouvements enfantins qui en sont à la fois le secret et la dérision. Héraclite ne considère pas l'enfance comme une négativité que toute pratique du Logos devrait combattre, mais comme un moteur discret qu'il faut penser et accepter. De ce point de vue, l'Enfantin d'Héraclite n'est en rien infantile. Au contraire... La responsabilité du philosophe consiste à admettre, derrière l'événement et le devenir, un lancer d'osselets ! Une ligne, un sillage entre le pur énoncé et l'image. Penser et poétiser. Puissance de l'Enfantin.

4. L'ENFANT « MONSTRE » DU PHILOSOPHE

Dès la fin du Vᵉ siècle avant Jésus-Christ, les grandes personnes philosophiques vont tenir le haut de la dalle sur l'agora. L'éparpillement prend fin. Un seul débat en un seul lieu en vue de l'élaboration d'une seule vérité. Donc Athènes, la grande ville... Outre Socrate dont l'ironie est une façon de proclamer sa maturité, ses adversaires, les sophistes, sont convaincus de n'être pas dupes, pas enfantins du tout, et donc d'avoir franchi toutes les étapes antérieures de la croissance, et cela pour une unique raison : ils savent et enseignent que les mots font les choses et que tout est affaire de parole et de chatoiement des signes. De quoi être « désabusés » ! De quoi prendre « de haut » ceux qui cherchent encore une coïncidence du langage et de l'être selon un infantilisme qui s'apparente à une naïve croyance. On a souvent rangé les sophistes dans la catégorie des présocratiques, mais la certitude qu'ils ont de leur propre maîtrise et l'efficacité comme la « modernité » de leur théorie en font malgré tout des « grandes personnes philosophiques ».

Platon se rêve non seulement adulte parmi les adultes mais éducateur et roi, cette position et ce rôle supérieurs étant légitimés par son accès privilégié à la Vérité absolue. À l'ancien héroïsme des guerriers achéens ou troyens, familiers des dieux et des prodiges, va se substituer une nouvelle attitude : l'ascèse de la marche ascendante vers le Vrai, le Bien et le Beau pour les platoniciens, l'habileté éblouissante dans le maniement du langage pour les sophistes. Les deux postures ou prestances ne cessant de s'affronter, mais en grandes personnes, au cours d'une lutte policée et bien réglée qu'on appelle la dialectique. Les enfants chantent à tue-tête : les adultes pratiquent l'art du dialogue. Et bien sûr, peu d'enfants réels sont présents lors des joutes dialectiques. D'ailleurs, les vieux philosophes n'en pincent que pour les jeunes gens. Ils raffolent des adolescents, dont ils rêvent de faire des êtres sérieux à leur image. Et on sait à quel point l'adolescent rêve de vieillir, de parler de façon péremptoire de l'Absolu, de l'Être et du Vrai. L'ironie du grand philosophe idéaliste est particulièrement destinée à « électriser », comme dit Socrate, les jeunes gens, à leur faire prendre conscience de leurs illusions et de leur dangereuse tendance à penser par images, bref, à les éloigner de l'enfance comme de la poésie. Dans la cité idéale, on bannit les poètes et on se méfie des enfants, les deux prescriptions de l'auteur de *La République*. Ces recommandations entérinent la profonde coupure entre le grand et le petit, entre le sérieux et le futile, entre le véridique et l'impulsif, entre le logique et le lyrique, entre l'essentiel et les contingences infantiles. Dans *Les Lois*, Platon tient à propos des enfants un langage au ton nettement vindicatif: « De tous les animaux sauvages, l'enfant est celui qui est le plus difficile à manier: autant est abondante, chez lui plus que chez tout autre animal, la source de la pensée, mais une source encore non équipée, autant il se montre fertile en machinations, âpre, et d'une violence dont chez aucun autre on ne trouve la pareille. Aussi a-t-on besoin de le brider comme avec de multiples rênes. »

Rétif comme une bête sauvage et jaillissant comme un geyser, tel est l'enfant! Pourtant, pas question d'exclure ou d'enfermer l'enfance: il importe plutôt de s'en occuper sérieusement, de la maîtriser comme on rêvera plus tard de « se faire maître et possesseur de la nature ». Deux techniques sont possibles: la canalisation et le harnachement, c'est selon... En somme, encore en deçà d'une intention pédagogique, Platon en appelle à des mesures d'urgence: équiper et brider. Confrontée à des enfants aux pensées surabondantes mais vaines, affolée par cette énergie excessive, la Sagesse recommande à l'adulte de jouer les plombiers. Que ce qui gicle et coule et déborde passe désormais dans des tuyaux! L'enfance est flux et force. Il s'agit de capter et d'orienter cette turbulence, quitte à la récupérer plus tard, lorsqu'elle sera enfin calmée, prête à se tourner vers un but. Le jeune homme est sans doute le résultat du tuyautage et du dressage. La source de la pensée est chez lui enfin régulée. À l'autre extrémité du conduit, l'énergie fluide peut devenir attention et esprit logique : une pensée après l'autre.

Comme le jardinage, comme le dressage, l'éducation des enfants est un art minutieux : former sans déformer. Donner forme à la force. Toujours dans *Les Lois*, Platon donne des recettes pour un traitement rationnel et raisonnable des petits depuis leur conception jusqu'à leur petite enfance, puis à partir de sept ans. Ce qui fait peur, chez l'enfant, c'est la faiblesse de son âme. Il faut l'aider à s'épanouir de façon mesurée : ne jamais tolérer d'amollissement, mais éviter la contrainte violente. Même leur amusement doit être fonctionnel : toujours du mouvement externe conçu pour réguler des impulsions internes. La société idéale est à ce prix : il faut une hiérarchie du bas âge au grand âge, comme il y a une hiérarchie des fonctions dans la cité. L'enfant est un moment dans un processus. C'est pourquoi on ne peut le bannir, comme le poète, fonction que Platon juge indésirable et même nuisible. Car la poésie est, elle aussi, énergie et jaillissement. Plusieurs dialogues platoniciens nous éclairent sur ce symptôme antipoétique : dans *La République*, il est reproché au poète de « fabriquer artificiellement des simulacres et de se tenir absolument à l'écart du vrai ». Le simulacre est la « machination » du poète. Il ne se sert, nous dit Platon, que « d'une âme qui relève d'un genre inférieur » (comme l'âme du peintre, est-il précisé, et donc comme l'âme de l'enfant pas encore bridé). Mais la plus grave accusation porte sur la capacité de nuire du poète. Comment ? En entraînant les « gens de valeur » sur la pente de l'affect alors que la raison commande « de nous montrer capables de demeurer calmes et d'endurer ».

Telle est la menace poétique : « Quand nous entendons Homère ou quelque autre poète tragique imiter un héros dans la douleur, qui, au milieu de ses lamentations, s'étend en une longue tirade, ou chante, ou se frappe la poitrine, nous ressentons, tu le sais, du plaisir, nous nous laissons aller à l'accompagner de notre sympathie, et dans notre enthousiasme nous louons comme un bon poète celui qui, au plus haut degré possible, a provoqué en nous de telles dispositions. » L'art d'Homère nous soumet à une esthétique du choc. C'est la pire partie de notre âme qui est sensible aux larmes ou aux lamentations. Elle n'a rien de « viril », note Platon : louer les poètes et jouir de la poésie est « l'attitude d'une femme ». Infantilisme de la femme dont l'âme, on le sait, est naturellement faible. Cet infantilisme consisterait, d'après Platon, à prêter l'oreille à des voix lointaines, à des voix divines ou démoniques, à se laisser captiver. Crédulité caractéristique, croit-on, des enfants capables de proférer ou de croire les plus gros mensonges ou de laisser sortir de leur bouche cette fameuse « vérité » qui les déborde et dont ils ne comprennent pas la portée. La réalité est plus complexe, car personne n'est à l'abri de la tentation de prêter l'oreille aux souffles divins, de recourir aux images ou de céder au lyrisme en évoquant les Nymphes. Même les plus sages ! Même Socrate, qu'on voit au début du *Phèdre* sortir d'Athènes, s'extasier sur la beauté des arbres, la fraîcheur d'une source, les délices de l'ombre, s'étonnant de son propre lyrisme « hors les murs » et demandant à Phèdre, surpris de l'entendre tenir ce langage : « Ne te semble-t-il pas qu'un dieu m'inspire ? »

Le bannissement politique de la poésie par le platonisme n'est pas séparable de sa méfiance de l'infantile. Ce que Platon reproche au poète, c'est d'être un formidable producteur de simulacres, comme on reproche aux enfants d'être spontanément ou gratuitement « fabulateurs ». Avec la poésie, l'éloignement du vrai devient vertigineux, car le poème est imitation d'imitation. Homère, qui n'a jamais été lui-même ni législateur ni guerrier, dit Platon, ne peut nous proposer que du semblant. C'est « pour de faux » mais on y croit et on tremble. D'ailleurs, imiter est l'activité puérile par excellence. Même le tout petit bébé a cette tendance à reproduire, presque mécaniquement, la mimique ou l'expression d'un visage penché sur lui. Imiter n'est pas sérieux. C'est une activité descendante ou déclinante, strictement inverse d'une élévation progressive vers l'essence et donc la réalité d'un phénomène. Petitesse de l'imitateur empêtré dans le concret, maturité du dialecticien s'élevant de degré en degré vers l'abstraction.

L'autre critique radicale de la poésie porte sur son recours systématique à l'affect. Certes, nous nous émouvons et prenons plaisir aux récits d'Homère, mais ces affects ne s'accordent qu'à une âme amollie. D'ailleurs Socrate, retrouvant vite son ironie (qui consiste à parler sur un « ton » qui tourne en dérision tous les autres tons), comme on se hausse sur la pointe d'une prétendue supériorité, explique à Phèdre que s'il veut clairement « se connaître lui-même », ce que lui a recommandé l'oracle de Delphes, il ne peut en aucun cas s'empêtrer dans des explications du monde ayant recours à la Chimère, aux Hippocentaures et autres Pégase ou Gorgone. Il doit penser clairement, froidement, abstraitement. Certes, l'ambition de son projet est indéniable : un humanisme grandiose le pousse à postuler que son esprit a reçu de la nature une « part de lumière » et que cette possible clarté doit résister aux tentations de l'obscur, du confus, du musical ou du fabuleux mythologique. Si Socrate, assis dans l'herbe, les pieds dans une source rafraîchissante, peut se laisser aller, durant quelques instants, à « poétiser », le Socrate promeneur et inquiéteur urbain restera la grande personne enjoignant à chacun de ne s'en remettre qu'à cette clarté raisonnable, occasion d'un savoir (philosophique) comme d'un pouvoir (politique) enfin « adultes ».

Pourtant, la grandeur de l'œuvre de Platon tient à ce qu'elle nous propose, à l'inverse, dans sa forme comme dans ses contenus, non pas un dogmatisme et une cohérence, mais un ensemble ouvert de contradictions et d'apories, ce qui en fait l'inépuisable réservoir des questions que la pensée occidentale se pose depuis vingt-cinq siècles. Parmi ces contradictions fécondes, le recours à ce qu'on a appelé des mythes, sortes de gouffres ou failles logologiques dont on ne perçoit pas le fond et dont les parois répercutent très loin l'écho de nos voix. Mythes devenus philosophiques, certes réécrits et intentionnels, mais qui gardent le mystère et l'opacité des récits originels, véritables blocs d'images et de créatures, mélange de merveilleux et de réalisme. On retrouve l'attelage ailé, on retrouve la caverne comme une chambre d'enfance sur les murs de laquelle on voyait bouger des ombres effrayantes, les androgynes coupés en deux, l'Atlantide, le démiurge... Autant de fragments narratifs irréductibles et porteurs de graves interrogations. Noyaux d'enfance parlant de l'anneau qui rend invisible, ou des cigales qui sont d'anciens êtres humains jadis tellement charmés par le chant des Muses qu'ils oublièrent de manger et en moururent. Chez Platon, en accord avec l'esprit grec, les mythes vont, viennent et reviennent comme le rappel d'une enfance de l'esprit qu'il ne faut pas dépasser ou oublier, mais toujours écouter et reprendre, tout simplement afin qu'il y ait de la pensée.

Au fond, l'enfance ne peut qu'habiter la Cité de l'esprit, même si c'est en métèque mental ! La philosophie la tolère, la soumet, la cache ou la pourchasse, tantôt comme une sauvagerie dangereuse, de la Nature immaîtrisée, tantôt comme de la déraison troublante, réfractaire à toute argumentation, soumise aux illusions, tantôt comme solitude stérile, désir de se dérober au dialogue ou à l'universalité désirable du sens, tantôt comme excès d'énergie, manque de mesure, *hybris* affolante, tantôt comme impuissance qui n'ambitionne aucun pouvoir, fût-ce celui du savoir, tantôt comme naïveté native pleine de passions animales et funestes.

La toute première de ces incompatibilités entre l'enfance et la philosophie telle qu'elle s'est rêvée elle-même s'explique non par le vain babil ou les élans incontrôlés, mais par le silence consubstantiel à l'enfance première. La présence qui se tait. La présence de l'*infans,* encore privé ou dépourvu de parole, mais qui donne l'impression d'opposer à la communauté un refus buté. Mutisme lourd ou inquiétant qui ne peut qu'exaspérer celui dont la fonction est de tout mettre en mots, non à la manière du poète qui, lui, peut s'accommoder du silence, mais selon cette méthode spécifique qui consiste à tailler, retailler et polir un vocable, même le plus courant, afin d'obtenir le verre grossissant d'un concept en en multipliant les facettes jusqu'à ce que toute une région du réel s'y reflète. Conceptualisation qui oblige non seulement à parler beaucoup, mais à parler sur la parole, ce que l'enfance, qui sait être bavarde ou babillarde, ne fait jamais.

Seul un poète (Victor Hugo) pouvait écrire : « L'enfant est le père de l'homme. » Le philosophe ne peut que refuser une telle filiation paradoxale, car l'enfant réel qu'il fut lui-même, avant tout projet de se destiner à la recherche de la sagesse, il ne fait que déplorer son antécédence. Lointain marécage d'opinions, ou sables mouvants sur lesquels il est impossible de fonder un ensemble de jugements certains. Pour la fondation d'un système, le philosophe doit trouver ou bien un terrain nouveau, ou bien le moyen inédit d'« édifier » solidement. C'est à cela que sert la « méthode ». Tout ce qui prend encore appui sur le sol infantile devra être refixé par d'autres moyens afin que rien, jamais, ne tienne ni par l'enfance ni de l'enfance. Descartes commençait ses *Méditations métaphysiques* en indiquant clairement l'obligation qu'a toute « philosophie première » de se défaire de l'enfance. « Il y a déjà quelque temps que je me suis aperçu que, dès mes premières années, j'avais reçu quantité de fausses opinions pour véritables, et que ce que j'ai depuis fondé sur des principes si mal assurés ne pouvait être que fort douteux et incertain ; de façon qu'il me fallait entreprendre sérieusement, une fois en ma vie, de me défaire de toutes les opinions que j'avais reçues jusques alors en ma créance. » Cette intention d'établir une philosophie première est significative. La philosophie requiert des commencements radicaux. L'enfance ne constitue même pas un début relativement utilisable. « Il me fallait », dit Descartes, « commencer tout de nouveau si je voulais établir quelque chose de ferme et de constant dans les sciences. » La question des âges de la vie comme celle de l'âge de philosopher traverse en diagonale de nombreuses philosophies. « Il n'est pas d'âge pour commencer à philosopher », disait Épicure. Mais l'enfance reste exclue, comme en témoigne le tableau de Giorgione intitulé tantôt *Les Trois Philosophes*, tantôt *Les Âges de la vie*. Trois personnages se tiennent près d'une caverne obscure. Le plus jeune, armé d'un compas et d'une équerre, est, au mieux, un adolescent. L'homme d'âge mûr et le vieillard sont aussi graves l'un que l'autre. Mais pas d'enfant, évidemment.

Descartes, à propos de son projet de se défaire de l'enfance, nous raconte : « J'ai attendu que j'eusse atteint un âge qui fût si mûr, que je n'en pusse espérer d'autre après lui, auquel je fusse plus propre à l'exécuter. » La décision de devenir un penseur suppose cette patience, et la tentative assez folle de se faire naître soi-même, ou renaître, afin de se refabriquer complètement, mais « contre » l'enfant qu'on a réellement été. Descartes en vient même à considérer comme très secondaire le fait d'avoir eu des géniteurs. Ses parents l'ont produit comme corps et non comme être pensant : « Enfin », écrit-il dans sa troisième *Méditation*, « pour ce qui regarde mes parents, desquels il semble que je tiens ma naissance, encore que tout ce qu'on ait pu croire soit véritable, cela ne fait pas toutefois que ce soit eux qui me conservent ni même m'aient fait et produit en tant que je suis une chose qui pense... » Puisque les idées innées sont coextensives à la substance pensante, l'esprit ne tient que de lui-même. Géniteurs contingents ! La pensée est d'autant plus légitime qu'elle se constitue et se déploie avec le rejet de l'infantilisme.

Pour Descartes, la méthode paraît simple : table rase par le doute systématique. Refondation à partir du doute qui équivaut à un nouveau sol. Certes, il ne peut s'agir que d'un terrain abstrait (je doute) sur lequel le penseur, qui par là même s'autoengendre, pose une première pierre (je pense), puis une deuxième (je suis). C'est une naissance dans le vide. Le philosophe est infiniment plus préoccupé par la naissance que par l'enfance. Car, si l'enfance est un état, un bourbier indéterminé d'états et de sensibilités, la naissance est un événement inaugural, une rupture qui, comme toute rupture, a forcément quelque chose d'absolu. Ambiguïté cartésienne : une philosophie qui tient à être « première », à se mettre au monde toute seule, mais qui se condamne du même coup à une clarté aveuglante, à une distinction décevante, ce qui l'empêche de considérer tout ce qui ne se révèle que lorsqu'on pense « au milieu de la vie » ou « en cours de croissance », à partir non pas du certain mais d'incertitudes, d'immaturités et de fragments séparés. Si la philosophie classique s'est privée d'enfance, la pensée moderne, en se penchant au contraire sur un sujet inachevé ou fragmenté, « jeté », vautré au milieu des choses, se donnera en partie pour tâche d'inventer un Enfantin transcendantal. De revenir au petit silencieux, à l'Idiot. À une monstruosité gamine ou à des gamineries monstrueuses. Enfance philosophique telle que seuls peut-être les présocratiques en avaient eu l'intuition. D'Héraclite à Nietzsche : d'une enfance l'autre.

Mais la patience de l'enfant, dans les plis et replis de la philosophie, est admirable. Durant les longues périodes de son oubli ou de son mépris, l'enfant a attendu. Les philosophes refusaient qu'il soit leur père : il était leur monstre ! Ils ne le voyaient pas, mais il était là. Monstre enfant muet. « Le monstre enfant n'est pas le père de l'Homme », écrit Jean-François Lyotard dans *Le Postmoderne expliqué aux enfants,* « il est au cœur de l'Homme, son dé-cours, sa dérive possible et menaçante. » Pour qu'il y ait monstruosité, il faut que la Nature ait sauté une étape, confondu des règnes ou mélangé ce qui devait être distinct. Oublié, nié ou déconsidéré, l'enfant ne pourra revenir que dans une rupture, un à-coup. Comme le précise Lyotard : « Le monstre des philosophes c'est l'enfance ; c'est aussi leur complice. »

C'est sa relégation qui rendait l'enfant monstrueux. C'est sa faculté d'attente qui rend son « retour » fécond.

5. ENFANTIN ET CRÉATION

Il n'est pas étonnant que le resurgissement de la figure infantile dans le texte philosophique soit dû à Nietzsche, penseur imprégné d'héraclitéisme, ayant recours à la poésie, à la musique, au fragment, au masque et à la métaphore. Chez lui, les figures d'enfants sont nombreuses, variées et contradictoires. Le jeu est « symbole du monde » : non seulement libre mouvement dans un espace indéterminé, ou aléa ludique sans Raison ni Dieu, mais confusion des apparences. C'est le jeu de l'existence, et ce jeu peut aussi s'appeler l'« innocence ». Une innocence d'enfant non au sens traditionnel d'« absence de souillure par le mal » mais plutôt parce que l'enfant est incapable de cruauté, pense Nietzsche, du fait qu'il est avant tout un être qui joue. Comme un chat. « L'enfant à l'égard de l'animal n'est pas pervers, pas méchant. Il l'étudie et le détruit comme son joujou » (*Humain, trop humain*).

Destruction, mais d'abord étude, essai, expérimentation, tâtonnement. L'enfant, lui aussi, est un physicien. Pour Nietzsche, l'innocence est la libre manifestation de forces qui « ne s'abstiennent pas de ce qu'elles peuvent », indifférentes à tout mérite, à toute culpabilité comme à toute signification univoque, ni bonnes, ni méchantes. Attraper la souris, la mordiller, étudier la façon dont elle s'échappe et l'attraper encore en différant le moment de la croquer... Casser le jouet pour voir comment il est fait. Et le monde, comme l'enfant, est d'abord innocent. Gilles Deleuze montre, dans *Nietzsche et la philosophie*, que ce qui est repris d'Héraclite, c'est précisément cette conception du devenir comme grand jeu enfantin : « Affirmer le devenir, affirmer l'être du devenir sont les deux temps d'un jeu qui se composent avec un troisième terme, le joueur, l'artiste et l'enfant. Le joueur-artiste-enfant, Zeus enfant. Dionysos, que le mythe nous présente entouré de jouets divins. » Le joueur est celui qui s'abandonne à la vie, explique Deleuze ; l'artiste est celui qui se place dans son œuvre et au-dessus de son œuvre ; l'enfant est celui qui joue, se retire du jeu puis y revient. Trois figures distinctes et ne faisant qu'une. Mystère ou évidence trinitaires. L'abandon, l'implication créatrice, le retrait, avant qu'il n'y ait retour. Part d'enfance dans le jeu, part de jeu dans la création, part de création dans l'abandon ou le retrait. Innocence majeure.

À l'affirmation d'Héraclite selon laquelle « le monde est un enfant qui joue », comme à l'énigme de la Sphinge, fait écho, chez Nietzsche, la fameuse parabole des « trois métamorphoses », dans *Ainsi parlait Zarathoustra*: « Je vais vous dire trois métamorphoses de l'esprit: comment l'esprit devient chameau, comment le chameau devient lion, et comment enfin le lion devient enfant. » Nietzsche fait de l'enfant le dernier terme de la transformation de l'esprit. On dirait qu'il intervertit à plaisir les différents « stades de la marche » dans l'énigme d'Œdipe. Le Chameau est le moment de la jeunesse raisonnable et soumise (à un absolu, à un maître), où l'esprit se force et s'efforce, tout simplement parce qu'il se sent plein de vigueur et qu'il réclame son fardeau, la lourde charge du « tu dois ». Un peu comme si au commencement était l'adolescent débordant d'énergie et de « bonne volonté », un peu trop sûr de lui. Le Chameau porte sa charge avec une sorte de rage euphorique et de fierté, heureux de « s'humilier pour faire souffrir son orgueil », de « faire souffrir son âme par amour de la vérité », acceptant de « se rendre malade », de « parler à des sourds », de « s'aliéner », etc. Puis, ainsi chargé, il se rend au désert. C'est dans la solitude du désert en tant que mise à l'épreuve que l'esprit devient Lion. Désert veut dire absence des maîtres, éloignement des autorités et des valeurs, leçon de relativité. Au terme d'un combat féroce et très long, le « tu dois » du Chameau devient le « je veux » léonin. Le Lion n'est pas encore prêt à être un libre créateur mais « il peut se rendre libre pour la création ». Il s'affirme. Après la robustesse du Chameau vient la puissance du Lion avant que toutes deux soient niées ou renversées par l'Enfant : faiblesse enfantine contre robustesse, impuissance contre puissance, innocence ignorante contre crispation moralisante ou affirmation de soi. Il ne s'agit plus de s'affirmer mais d'affirmer. « Que peut faire l'enfant que le lion ne pouvait faire ? Pourquoi faut-il que le lion ravisseur devienne enfant ? L'enfant est innocence et oubli, un renouveau et un jeu, une roue qui roule sur elle-même, un premier mouvement, une sainte affirmation. »

Innocence et oubli. Mais si l'enfant vient en dernier, c'est qu'il faut d'abord avoir porté les valeurs et le sens des devoirs pour s'en défaire ; il faut avoir su pour « ne plus savoir ». L'enfance apparaît comme la plus difficile des conquêtes, parce que la plus subtile, la plus légère ou imprévisible. Oublier, rouler, renouveler constituent la tâche artistique par excellence. La dernière métamorphose, selon Nietzsche, consiste donc à « devenir enfant » autant qu'à devenir artiste. Pour parodier une célèbre formule : on ne naît pas enfant, on le devient. De même, l'artiste n'est pas celui qui a su rester enfant mais celui qui a réussi à le devenir, par-delà deux travaux harassants (au sens herculéen) : d'abord porter, ensuite détruire. Picasso n'est pas loin. Lorsque Zarathoustra redescend de sa montagne, le vieil ermite qu'il a croisé bien des années auparavant le reconnaît tout en constatant qu'il s'est métamorphosé. Zarathoustra était monté dans la montagne tel un chameau. Il avait lutté avec lui-même, dans une complète solitude, comme un lion au désert, mais désormais il s'est « fait enfant ». L'ermite remarque qu'il n'est plus « lourd de dégoût », mais que son œil est limpide et qu'il marche comme un danseur ! Enfant, ce qui veut dire désormais artiste : toute sa création est au-devant de lui. En termes nietzschéens : la création passe par la réalisation que Dieu est mort. Voilà l'innocence de l'être et du devenir.

La méfiance de Nietzsche par rapport au Chameau surchargé ou à l'adolescence si friande d'absolu se retrouve dans le fragment 612 de *Humain, trop humain,* lorsqu'il insiste sur l'opposition entre l'adolescent et l'enfant, comme si l'enfant avait davantage de points communs avec « l'homme fait » ayant atteint une tardive maturité qu'avec la jeunesse. L'enfant comme antijeune ! « Si l'on considère une série de portraits de soi-même, de la première enfance à la maturité virile, on constate avec une agréable surprise qu'il y a plus de ressemblance entre l'homme et l'enfant qu'entre l'homme et l'adolescent. » La jeunesse est première, l'enfance révèle ou dissimule une possibilité tardive et fatale. Nietzsche explique dans ce fragment que lorqu'on a vingt ans on subit de plein fouet les influences, les passions, les engouements pour des maîtres ou certains événements politiques. Chez l'homme mûr apparaît une maîtrise des forces et influences, qui est peut-être une façon individuelle d'« agir » les influences. Et Nietzsche remarque que la pensée et la sensibilité de « l'homme fait » sont plus conformes à celles de son enfance : « Celui qui veut devenir enfant doit surmonter aussi sa jeunesse. » Cela se découvre même dans la physionomie : les traits de l'homme fait ou du jeune enfant ne donnent pas l'impression qu'ils sont soumis à des puissances. Bien sûr, il y a beaucoup d'hommes âgés qui restent d'éternels adolescents ou qui n'ont aucune chance de rejoindre l'enfant qui, en eux, attendait son heure. Cet enfant, c'est la puissance d'affirmation, la capacité de transvaluation. C'est l'homme qui, se surmontant, devient enfin créateur. Chez Nietzsche, l'enfant c'est l'artiste, le philosophe artiste, car l'enfant réel ne peut être un véritable créateur. Il peut dessiner magnifiquement, tel Picasso à douze ans qui dessine « comme Raphaël ». On peut le dire surdoué ou enfant prodige : il reste un enfant qui dessine. L'Enfantin, s'il se manifeste, ne surgira que bien plus tard comme disposition créatrice au terme d'un combat de lion. Il concerne non pas seulement l'adulte mais une sorte de « néo-adulte » qui sait l'accueillir et qui accepte les exigences harassantes d'une œuvre ou le risque du silence. Il n'y a d'Art qu'au prix de cette ascèse. Il n'y a de style qu'à partir de cette zone déserte qu'il faut traverser.

Nietzsche évoque bien d'autres enfants. Par exemple, lui « si malin », il affirme que l'enfant est le fin mot de l'énigme de la femme, et le seul moyen de la « guérir » ! « Chez la femme tout est énigme, mais il y a un mot à cette énigme et ce mot est grossesse. » Il ne s'agit plus seulement de l'enfant comme métaphore, mais d'un enfant réel, d'un vrai bébé. Vision de la femme comme toujours en crise (névrose ? hystérie ?) ou en tout cas souffrante. Une énergie terrible qui ne parvient pas à s'investir ou s'apaiser. Un corps débordé ou affolé par « ce qu'il peut ». Alors, l'enfant offre la possibilité physiologique d'un soulagement. Comme si le besoin d' « avoir » des enfants équivalait chez la femme à un besoin d'œuvre. Œuvre de chair. Fruit de ses entrailles. Un résultat plus sûr, plus immédiat et plus facile à obtenir que le « fruit » abstrait de la création artistique. Alors que l'homme est toujours en proie à l'angoisse de ne pas mettre au monde ce dont il est porteur : « Tes fruits sont mûrs, mais tu n'es pas mûr pour tes fruits. »

Une autre figure de l'enfant chez Nietzsche est celle de l'être sur lequel pèse le passé : tout un héritage venu des pères. « Vous devez aimer le pays de vos enfants. Vous devez racheter auprès de vos enfants d'être les enfants de vos pères » (*Zarathoustra*). Rachat ou expiation, il s'agit de ne pas transmettre et retransmettre la part réactive, tout le ressentiment et la mauvaise conscience accumulés par l'ascendance, afin que les enfants soient vraiment des enfants : authentique création et pure « naissance ». Afin que l'enfance ait un pays ! C'est le combat du lion avec le démon.

Dans le texte nietzschéen, l'enfant reste associé à la créativité et à une mâle fécondité, source de valeurs neuves et surtout d'évaluations nouvelles, d'œuvres inouïes, d'affects spécifiques. Créativité qui exige une nouvelle façon d'aimer. L'amour de soi, aux antipodes de la bassesse du narcissisme, devient identique à l'amour de ce qui n'est pas soi : « Seul on aime du fond du cœur son enfant et son œuvre. Et grand amour de soi est aussi signe de fécondité. » Une fécondité qui n'a plus la nécessité et la gravité d'une grossesse physiologique mais qui est aléa, légèreté, roulement et rebonds infinis des dés que lance l'enfant d'Héraclite.

L'alliance de l'enfant, du joueur et du créateur, leur unité ou identité, retentit à travers tout l'art moderne, lorsque l'œuvre n'est plus simple expression d'une conscience, mais esquisse d'une monstruosité, c'est-à-dire d'un objet inattendu et, avant sa réalisation, inimaginable. Créer, ce n'est plus reproduire le drame qui se joue dans un esprit, mais produire une forme et une sensibilité nouvelles à partir d'un geste qui se découvre lui-même en s'exécutant. Donc quasi enfantin. L'exigence nietzschéenne de dépassement est à l'opposé de la conception qu'avait Hegel de l'œuvre d'art. Hegel ne concevait l'activité artistique que comme projection spirituelle, extériorisation d'une vie intérieure et « reflet » d'une subjectivité. Pour lui, le matériau, qu'il soit pierre, pâte ou son, même s'il résiste et donne l'occasion d'un affrontement plastique favorable à l'expression, demeure un « moyen ». À l'inverse, toute la modernité nous apprend que le matériau en tant que tel est le commencement de l'aventure. Quelque chose se passe dans la pierre, dans la pâte colorée, bien avant mon intervention. Créer, c'est participer à cette aventure pâteuse, rocheuse, graphique, fondre et se confondre partiellement avec la matière sonore avant d'en extraire des lignes ou des formes. De même, le « geste artiste », qui prend naissance au cœur du matériau ou à la surface de la toile vaste comme un désert, a une autonomie propre. Une innocence. Il résulte d'un grand hasard et ne consiste pas en une simple « exécution ». L'art moderne retrouve un geste enfantin, un lancer de dés, pétrissage, griffonnage, participation au bruit d'avant la musique. Il le retrouve et le prolonge après être passé par une acquisition puis par une perte subtile de la technique et des codes. Chaque artiste bricole sa propre technique et ses propres règles au fur et à mesure que son geste (comme dépense d'énergie) et le matériau (comme occasion d'aventure sensible) lui indiquent un chemin, ou construisent un champ (de lignes, de formes). Formation radicale et non simple transformation. Une « manière » qui se fait jour au cours d'une lutte avec telle matière particulière, à mains nues, dans un coin retiré de l'atelier qui est aussi un cerveau très spécial, et non dans un rapport à l'ensemble du monde. Le monde que l'artiste n'a pas pour souci premier de transformer.

Hegel, dans l'*Esthétique*, situe au contraire l'Art dans le rapport pratique, et dialectique, qu'entretient l'homme avec le monde extérieur, et il en fait la conséquence d'un besoin de transformer ce monde, dont il fait partie, afin d'y « imprimer son cachet personnel ». Hegel interprète le « besoin humain d'Art » comme une démarche rationnelle amenant l'homme, en tant que conscience, à s'extérioriser, à se dédoubler, afin de « s'offrir à sa propre contemplation et à celle des autres ». Il est significatif que Hegel ait lui aussi choisi la figure d'un enfant pour emblématiser le geste artistique tel qu'il le conçoit. À propos de la création artistique il écrit: « On saisit déjà cette tendance dans les premières impulsions de l'enfant: il veut voir des choses dont il est lui-même l'auteur, et s'il lance des pierres dans l'eau, c'est pour voir ces cercles qui se forment et qui sont son œuvre dans laquelle il retrouve comme un reflet de lui-même. » Cet enfant qui jette des cailloux dans une mare ou un lac n'est pas l'*Aiôn* d'Héraclite, ni l'enfant qui arrive après le Chameau et le Lion de Nietzsche. Son « impulsion première » ne devient pas une aventure. Elle ne consiste pas en une « affirmation » (se suffisant à elle-même et s'imposant d'elle-même). Elle est complètement prise dans le projet subjectif, dans l'intention de la conscience de réaliser ce qu'elle est à partir de « son œuvre ». Souci d'un soi-même. Polissage d'un miroir, mais pas de glace brisée ! Aussi petit que soit l'enfant, il n'est pas « royal » (au sens d'Héraclite), mais seulement « auteur ». Jeter des pierres n'est pas une activité de hasard, « pour voir », consistant à faire des ronds pour dire de faire des ronds. Le jet de pierres, dit Hegel, correspond à « une grande nécessité qui découle du caractère rationnel de l'homme, source et raison de l'art, comme de toute action et de tout savoir ». L'art n'est plus la transmutation en acte mais une activité rationnelle parmi d'autres. La grande multiplicité nietzschéenne, qui est l'autre nom du devenir et du « jeu du monde », est ramenée à un principe créateur unique qui régit la diversité des productions artistiques. L'enfant hegélien, au bord de l'eau, attentif à cette fugace trace de lui-même, nous semble bien triste, bien sage et bien raisonnable. À moins que son imagination créatrice et surtout son mouvement créateur ne finissent par le déborder. Que ramasser des pierres devienne une obsession. Que des façons de plus en plus singulières de les lancer soient inventées. Que l'enfant devienne lui-même une pierre ou une mare. Que les ronds dans l'eau se mélangent et se brouillent. Que l'acte créateur équivale à couler à pic dans les eaux noires puis dans la vase.

Le lanceur de dés ou le jeteur de cailloux sont des métaphores de l'artiste en action. Des enfants revenants. Ils appartiennent à une enfance emblématique qui ne concerne pas les vrais enfants. Que se passe-t-il lorsqu'un enfant réel ne se contente pas de jouer, mais dessine, s'applique à dessiner ? Crayons de couleur, traits noirs, grattage et griffonnage. Moment où il se transporte à l'extrême pointe de son corps : le bout de ses doigts. Les doigts d'enfant sont toujours des têtes chercheuses. La question du « dessin d'enfant » est d'une rare complexité. Une étude strictement psychologique ne peut que passer à côté de l'essentiel. Plusieurs mystères entourent la relation de l'enfant au dessin : pourquoi le dessin d'enfant donne-t-il au premier abord une telle impression de fixité structurale ? On remarque en effet qu'il est très difficile d'identifier l'auteur enfantin d'un dessin, comme si, avant sept ans, tous les petits traçaient approximativement les mêmes traits : à trois ou quatre ans, le rond pour la tête, les barres pour les jambes et les bras fixées directement à ce rond, sans le tronc, qui n'apparaît sommairement que vers cinq ou six ans, avant un laborieux effort de cohérence et de réalisme métonymique entre six et huit ans (extrême soin apporté à tel détail alors que l'ensemble est plus négligé). Autre mystère : qu'est-ce qui fait qu'un enfant décide de « cesser de dessiner » ou, au contraire, continue à prendre plaisir à cette activité en se l'appropriant ?

Pour comprendre comment se produit un « devenir artiste », on peut se pencher sur les raisons qui font qu'un enfant, vers onze ou douze ans, abandonne le dessin, en affirmant « je n'aime pas dessiner » ou, plutôt, « je ne sais pas dessiner ». Pourquoi d'autres passent-ils « par-dessus » ce manque d'envie et cette soudaine conscience d'incompétence qui ne troublent pas les petits enfants ? Qu'est-ce qui déclenche ce blocage ? Est-ce uniquement la conviction de ne plus savoir faire ? La sensibilité au manque d'exactitude, au manque de « réalisme » ? Peur de rater, de déborder, de ne pas avoir d'idées ? N'est-ce pas plutôt une « érotique » graphique et primitive qui n'est pas parvenue à se maintenir ? Une érotique quasi universelle et pourtant très « à part », en tout cas en marge du relationnel pur. Car le plaisir de faire des traces, de griffonner, de voir surgir des formes puis de produire des figures de plus en plus identifiables est un plaisir solitaire, présent chez presque tous les enfants. Dessiner correspond à une impulsion enfantine et donne lieu à une jubilation figurante, pas forcément figurative. Cette jouissance s'éprouve grâce à une immobilité passagère locale, une bulle isolante qui est l'inverse des mouvements désordonnés et criards qui procurent un autre type de plaisir. En dessinant, l'enfant fait l'expérience ou l'essai de « ce que peut son corps » non pas dans la dépense anarchique d'énergie mais en concentrant cette énergie au bout d'une pointe, mine, crayon-feutre ou pinceau. Il découvre obscurément en dessinant que sa main est connectée à sa tête, c'est-à-dire que des choses ou des êtres qu'il a vus ainsi que d'autres qu'il n'aurait même pas imaginés peuvent apparaître grâce à cette pointe sur une surface qui n'est pas d'emblée délimitée, donc pas encore cadrée. La majorité des enfants passe par ce plaisir du dessin, sans interrogations ni souci de réussite. Dessiner, avant dix ans, a l'évidence de n'importe quel jeu. Et sa nécessité. On peut appeler énergie créatrice cette activité dessinatrice enfantine qui n'est pas forcément, comme le voulait Hegel, « projection de soi » par modification du monde, mais aventure corporelle non individuelle faisant appel à des matériaux et à du matériel qui ont leur propre tendance à s'imposer et avec lesquels il faut composer (une belle boîte de crayons, ou un pinceau, du jaune, du papier qui se troue, du bois, des cordes, du métal qui rend des sons bizarres quand on tape dessus). Pas encore de dialectique de la conscience du monde et des autres, mais la confrontation précoce et jouissive d'un petit corps mental avec un système « marqueur/surface », ou « pointe colorée/blancheur », ou « noir creusé et gratté sur clarté vide ». Lorsque l'enfant dessine, autrui est maintenu à distance ou en marge. Autisme banal sans doute nécessaire au surgissement de l'autre, d'autre chose ou du « tout autre », et juste avant qu'apparaisse la troisième dimension : celle du nom que l'enfant va poser sur la chose sortie de ses doigts. Gribouillage, sommaire bonhomme, paysage, maison ou forme non identifiable, l'enfant va nommer ce qu'il a dessiné. Parfois saisir un mot que l'indétermination a suggéré. Il dit : « C'est un bateau, un ours... un soldat, un monstre... » L'acte enfantin de dessiner est une genèse permanente : créer, nommer. Dérisoire et divin enfant !

L'enfant a dit : « Je ne ne dessine plus parce que je ne sais pas ! » N'est-ce pas plutôt cette jubilation créatrice, cette participation enfantine au monde qui consistait à fabriquer, à main levée, des bouts de monde minuscules qui est soudain interdite ou rendue impossible ? Car il y a un septième jour ! Repos définitif de la main qui aura à jamais perdu ses audaces infantiles : dessiner une bataille, un combat naval, un voyage en tapis volant, la carte détaillée d'un territoire imaginaire. Tordre, gratter, sculper. Certains ne dessineront plus jamais. Le « devenir artiste » est sans doute la preuve qu'un jour, à peine plus tard ou beaucoup plus tard, l'interdit peut être levé, que l'« érotique » graphique, la jouissance prise à tracer, colorer, voir apparaître n'étaient pas complètement mortes.

L'approche psychologique du dessin d'enfant s'est souvent contentée de considérer les productions enfantines comme des sortes de tests projectifs, recherchant méticuleusement ce que l'enfant pouvait y exprimer de lui-même, et, bien sûr, de ses... « problèmes » ! Le dessin apportant à l'occasion une aide thérapeutique précieuse. Ou bien la psychologie s'est ingéniée à reconnaître et à classer les dessins, et donc les enfants, en fonction de stades évolutifs permettant d'éclairer un développement plus général de la relation aux autres et au monde. Tel dessin n'est intéressant qu'en ce qu'il témoigne par le traitement du sujet du point où en est l'enfant. Par chance, de grands psychanalystes comme Daniel Widlöcher ou Donald Winnicott ont su aborder le dessin d'enfant avec une empathie profonde qui débordait plus ou moins leur propre théorie de l'esprit infantile. La très grande variété de dessins étudiés par Widlöcher fait apparaître que le dessin d'enfant, aussi prévisible soit-il, comporte des éléments irréductibles. Avec son concept d'« espace transitionnel », Winnicott fait bien sentir quel drame se joue lorsque le premier enfant venu fait le plus médiocre des dessins : la feuille de papier est cet espace dangereux, entre intériorité et monde extérieur, entre un narcissisme archaïque et la considération d'un univers objectal, entre familier-familial et étrangeté, entre ce qui n'est que pulsion et le nécessaire adoucissement des forces par les formes ou des cris par les signes.

Le transitionnel, qu'il soit un chiffon très doux et odorant (objet transitionnel) ou une feuille de papier que l'enfant couvre de couleurs (espace transitionnel), est en même temps un immense désert ou un *no man's land* pourtant hantés par des présences, des larves. Une vaste zone de tensions où les lignes s'étirent entre un vieil autisme et une fragile communication. En général, la psychologie n'a pas su ou pas voulu mettre en relief la part authentiquement artistique de certains dessins, même si cela ne tient qu'à un détail. Pourtant, parfois, quelque chose nous trouble : une singularité, une beauté, une pauvreté étonnante de moyens, une incongruité. Mais cette pente artistique ne signifie pas du tout que les enfants sont des artistes, puisqu'ils ne font encore qu'esquisser, sans y attacher d'importance. Efforts, apprentissage, acquisitions, mutations et ruptures seront nécessaires pour qu'on puisse parler de création.

Le « devenir artiste » est en partie le prolongement et la confirmation de cette tendance. Paul Klee, par exemple, parvient à une sorte de spontanéité d'enfant-artiste qui est avant tout une question d'ascèse, de méditation et de travail. Matisse, très âgé, avec une légèreté dont pas un enfant réel n'est capable, arrive enfin à simplifier toutes les formes, à demander à la couleur de n'être que de la couleur, et se livre à d'humbles découpages.

On emmène des enfants voir une exposition d'art moderne. On est étonné de l'évidence avec laquelle ils reçoivent des œuvres qui ont eu en leur temps, et ont aujourd'hui encore, tant de mal à se faire admettre par un public cultivé. Aussitôt ils se montrent capables de refaire eux-mêmes du Miró, du Klee, du Rouault, du Picasso, et ils ne s'en privent pas, avec cette bonne volonté et cette assurance tranquille propres à l'enfance. On pourrait croire qu'ils sont entrés de plain-pied dans la démarche complexe de ces artistes. Or, rien n'est moins sûr ! Même si les enfants produisent mimétiquement des dessins abstraits, non réalistes ou violemment expressionnistes, ils ne peuvent que rester extérieurs au processus, tant qu'on n'a pas pris le temps de resituer, pour eux, ces œuvres dans une histoire et une problématique de l'art. Et pourtant... Les enfants établissent bel et bien un contact spontané avec des créations modernes. Sans doute parce qu'ils saisissent, intuitivement, ce qui relie ces œuvres à la grande liberté d'enfance dont ils ne se sont pas encore complètement défaits. En somme, en sautant par-dessus les enjeux plastiques ou les défis esthétiques, ils perçoivent l'Enfantin qui a été une des conditions de possibilité de l'œuvre moderne. Leur jubilation, comme l'écho d'une érotique primordiale. Chaque artiste moderne, quels qu'aient été ses difficultés ou combats acharnés, quelle que soit la cruauté de ses sujets, nous rappelle aussi ce mode de jouissance que les enfants connaissent bien, en toute inconscience.

Un enfant dessine, seul dans son coin : c'est un événement. Ce qui se passe durant ce moment tellement banal a des analogies avec ce que réalise l'artiste moderne. Mais cela rappelle aussi d'archaïques tentatives faites aux premiers temps de la culture et de l'humanité. Le mouvement de la main, l'oscillation de l'avant-bras, la découverte enchantée de la ligne, et la poursuite de ligne, qu'elle soit trace ou fissure sur la paroi de la caverne. Toute une anticipation et tout un archaïsme se tiennent dans la mémoire de la moindre petite main. Un geste remonte du fond des âges, d'une sorte de pénombre de l'âme où tout était déjà là. Le même geste se transporte dans le temps et rejoint la création la plus libre, la plus détachée. Si l'enfant qui dessine nous émeut, c'est parce qu'il se fait, sans s'en douter, à la fois « premier homme » et plasticien d'avant-garde.

Examinons une collection de dessins d'enfants. N'y cherchons pas, comme on le fait souvent, des ressemblances mais des différences. Cherchons en quel point, quel angle, quel petit coin, ce qui a été dessiné échappe aussi bien aux stades de développement mental ou moteur qu'à une logique d'exécution qu'on croit si bien connaître. On a des chances de trouver les indices d'une minuscule folie, d'une audace à peine voulue, d'un écart, d'un excès à peine visible. On détectera une irrégularité, une singularité que tel enfant, à tel âge, a laissé échapper. Certains éléments très en avance, d'autres très en retard sur l'âge réel qu'il a à ce moment-là. Taches de couleur projetées sans raison sur un visage, saletés ou bavures sur une forme soignée, trous, piqûres, éléments incongrus, ou encore des échappées inexplicables par le bord de la feuille, comme si le secret du dessin de ce jour-là se trouvait dans un vide extérieur. La non-coïncidence entre le nom donné et la chose représentée permet un autre type de fuite. Ces minuscules différences sont passionnantes : elles nous rappellent que chaque enfant est unique et qu'il lui arrive des choses qui n'ont rien à voir avec la régularité d'une croissance ou d'une évolution. Ces incongruités ou trouvailles sont des graines qui, dans neuf cas sur dix, ne germeront jamais, mais on peut se demander si, lorsqu'un artiste « devient lui-même », c'est-à-dire élabore son style, son univers, ce n'est pas une telle graine qui, longtemps oubliée dans la nuit et le silence, s'est mise à germer... Relever les empreintes de l'Enfantin dans l'Art est une tâche immense, car il est partout, comme source et comme énergie. Ce foisonnement d'empreintes donne le vertige, un peu comme lorsque dans une clairière on découvre que des centaines d'animaux sauvages sont passés silencieusement et que les traces imperceptibles de leurs pattes ou de leurs sabots subsistent en creux dans la glaise ou en impressions légères sur la roche. C'est l'Enfantin qui fait que l'œuvre ne résulte pas d'un simple procédé, aussi élaboré soit-il, mais qu'elle est débordée, emportée par un mouvement qui ne se compare à aucun autre.

Günther Grass disait que derrière le plus volumineux roman se cache un conte très simple. De même, derrière un paysage impressionniste, un visage torturé de Bacon ou une aquarelle abstraite se tient un peu d'Enfantin. La modernité pourrait en partie se définir comme tendance à admettre l'Enfantin et donc à lui faire une place, à le considérer comme « préoccupant », à le laisser nous entraîner dans une certaine direction. Cette tendance peut se muer en une attente ou une recherche plus systématique. Elle consiste aussi à se sentir « petit » par rapport au matériau et à accepter que tout un monde opaque et concret l'emporte sur le sujet ou sur l'intention. En somme, la modernité implique de s'abandonner à des états de faiblesse, voire d'extrême faiblesse, à des états maladifs, à des situations d'écrasement ou de folie qui vont se métamorphoser en puissance (non de l'artiste mais de l'œuvre). Renversement de la faiblesse en force. Le petit produisant sous nos yeux quelque chose de grand. Un artiste étant à la fois un être fragile et un athlète. Nain et géant.

Ainsi, tout nom d'artiste, lorsqu'il renvoie de façon métonymique à l'ensemble d'une œuvre, est un nom d'enfant. Picasso, Proust, Mozart sont des noms d'enfants : il y a une vibration persistante dans leur œuvre qui parle non de leur propre enfance (surtout pas !) mais de l'enfance de tout un chacun. L'enfance réelle de Proust, entre 1871 et 1881, ne nous intéresse que dans une perspective critique, mais ce que la *Recherche du temps perdu* tire, et remonte de très profond, à l'aide du filet de l'écriture, c'est l'intuition solitaire et sauvage de la durée dont seule l'enfance a été fugacement capable. L'enfance de n'importe qui ! Mais seul Proust est parvenu à offrir à « tout le monde » une pareille écriture, de tels mots, une telle sensibilité, dont les graines avaient été semées dans l'enfance. Ce qui est retrouvé, on peut évidemment l'appeler le Temps, mais il s'agit plutôt d'un état perceptif ou attentif, d'une position de guetteur solitaire, de rapprochements dont l'enfant réel ne savait que faire, mais qui soudain, avec la littérature, trouvent leur langue.

Une seule photographie de Picasso nous dit l'essentiel : on voit le colosse, torse nu, bras croisés, en short, au milieu des pauvres objets de son atelier, maître non seulement d'un style mais de changements à volonté de styles qui sont encore du Picasso ; et, même s'il a atteint un âge avancé, on voit aussi un gosse au regard pénétrant et espiègle, attentif à des lignes qui échappent à la perception commune, avide de trouvailles ou concevant son travail de peintre comme trouvaille perpétuelle, sculptant ses paquets de cigarettes ou de la mie de pain, une tête de taureau avec une selle de vélo et un guidon, dessinant sur la nappe et affirmant « je ne cherche pas, je trouve ». L'enfant, lui aussi, ne cesse de « trouver », dans les recoins obscurs, la substance des choses, le sirop touillé bien rouge sur la toile cirée, sur son corps, dans les trous, les bruits, les têtes des gens qu'il observe. Mais il n'est pas encore « équipé » pour faire quelque chose de ses innombrables trouvailles. Il n'est pas artiste ! Picasso, comme tout grand artiste moderne, a élaboré sa méthode. Il a approximativement délimité son champ et il peut réaliser, avec force, ce qui provient d'une authentique faiblesse face à la peinture. Ainsi, il peut dire : « La peinture est plus forte que moi, elle me fait faire ce qu'elle veut ! » ou bien : « C'est la peinture qui décide ! » Quitte à provoquer, souverainement, en insistant sur l'aléa et sur le côté ludique de son activité : « Quand je n'ai pas de bleu, je mets du rouge ! » Encore le fantôme d'Héraclite. On met de la couleur comme on lance les dés : royauté d'un enfant.

L'Enfantin dans l'Art, c'est aussi la confusion des âges ou, si l'on veut, le « sans âge » de l'artiste. Cette coïncidence archaïque ou énigmatique du vieillard et de l'enfant. Touiller la pâte, piétiner dans la couleur, barbouiller et être barbouillé, les mains bleues, jaunes, gratter, chercher, tordre, une manière enfantine de se mêler à la matière tout en lui donnant forme et dont le degré zéro est le jeu de l'enfant avec le sable. Mais il faut disposer d'un profond et vaste savoir, s'être constitué tout un herbier d'observations, avoir écouté ou regardé les maîtres, avoir acquis des connaissances, des savoir-faire. Le grand peintre est un gamin à demi enfoui dans le sable qui creuse et dessine, mais il connaît et possède toute l'histoire de la peinture, cette réserve immense de techniques et de thèmes : crucifixions, crânes, batailles, saints et démons. Il est le gosse qui « fait des pâtés » et le sage qui sait et qui rit dans sa barbe. C'est pourquoi cela n'a pas beaucoup de sens de parler d'un artiste « à la fin de sa vie » ou vieillissant. Car le grand artiste qui vieillit s'enfantinise en même temps. Ce qui est exactement le contraire de « retomber en enfance ». Il vaut mieux dire « Picasso vieux », « Matisse vieux », « Hugo vieux », « Eric Rohmer vieux », afin de découvrir quelles audaces enfantines donne encore parfois le grand âge.

À l'inverse, extrême jeunesse et fulgurance peuvent aussi permettre à l'Enfantin de surgir. L'œuvre tellement abondante, réalisée en moins de dix ans, par Jean-Michel Basquiat révèle un paradoxe : la fausse puérilité de ses thèmes, l'apparente naïveté de l'exécution des éléments disposés sur ses toiles dissimulent à quel point tout ce qu'il a produit est un aboutissement.

L'Enfantin de Basquiat est le résultat de cette élaboration : accumulation de techniques, intériorisation d'époques de la peinture. Il est d'autant plus significatif que Basquiat se situe à la toute fin de la modernité et qu'il meurt aussi jeune que Picasso est mort âgé. L'Enfantin de Basquiat n'est pas à chercher dans le fait que ses tableaux aient l'air de dessins d'enfant, mais dans sa parfaite indifférence à cette apparence. Car l'extrême simplicité, la pauvreté et le caractère « brut » de son travail étaient inséparables de nombreuses allusions savantes, de références et connivences qui hantent ses œuvres. La connaissance approfondie que Basquiat avait acquise, dès son enfance, de l'histoire de la peinture, ainsi que le point où en étaient les arts plastiques, à New York, entre 1980 et sa mort, en 1988, étaient les conditions de possibilité d'un pareil élan, d'un geste créateur aussi épuré. Il fallait que la modernité soit passée par l'expressionnisme et le néo-expressionnisme, par le surréalisme, le primitivisme et l'abstraction, pour que ses tableaux se multiplient avec une telle désinvolture enfantine. Des thèmes ou sujets qui appartenaient à Picasso, Gauguin ou Munch (masque, crâne, œil, visage simplifié à l'extrême, réduit à son cri ou à ses dents) sont non seulement esquissés avec une insouciance déconcertante mais emportés par une jubilation graphique ou, plus exactement, « graffitique » et une jouissance de la couleur. Quel qu'il soit (mur, toile sommairement tendue ou planches mal jointes), le support semble commander plus que jamais le geste, comme si peindre c'était d'abord céder à ce mystérieux appel qui vient des surfaces immaculées, des parois vierges que l'on a envie de couvrir de signes, de caricatures, de lignes, de taches et de traces. Il y a, à l'origine de toute image, cette pulsion humaine de marquer, griffer, voire souiller la blancheur, et les enfants y cèdent avec facilité lorsqu'ils révèlent le pauvre visage fait d'un rond et de trois points pour la bouche et les yeux qui attendait dans le bois de la table ou une vitre couverte de buée. L'enfance sent bien que chaque mur espère son graffiti ou son tag.

Basquiat a réalisé en un temps record tous les possibles que l'art moderne avait explorés avec plus de lenteur. Une exploration accélérée. La drogue et la mort aux trousses. Comparé à Basquiat, même Picasso est lent et particulièrement méticuleux. Basquiat n'a pas besoin de méticulosité : il est parvenu à un stade d'exactitude intuitive. Vitesse de ses gestes, vitesse de sa vie brûlée, droguée et tellement courte, mais présence soudaine et aveuglante de l'Enfantin dans ses œuvres. Un Enfantin dissimulé sous de infantilisme trompeur. Car cette spontanéité simpliste, cette maladresse délibérée ne concernent que les figures : elles masquent l'extraordinaire subtilité du mouvement d'ensemble. L'accumulation est systématique : lettres, écriture, lignes, mots énigmatiques, bonshommes mal dessinés sont des pierres sur lesquelles Basquiat court pour franchir un torrent, mais ces pierres disparaissent sous chacun de ses pas. Elles ne comptent pas. Il n'y a rien à interpréter même si des signes récurrents ou des allusions à des personnages connus semblent nous y inviter. Pas besoin de lire ni de savoir lire ce que Basquiat écrit sur ses toiles. Comme si un enfant avait recopié des mots sans les comprendre. Tracer sommairement des lettres. Faire des lignes de *A*... La peinture de Basquiat n'est pas la parodie d'un commencement. Elle n'est pas l'imitation du geste des débutants. Elle est cette précipitation mortelle qui, seule, à ce moment-là, témoignait de ce que l'art moderne, si proche de s'achever, pouvait encore et toujours « faire revenir ».

6. LE PHILOSOPHE AUTOBIOGRAPHE

« J'ai peu à peu tiré au clair », disait Nietzsche, « ce qu'a été jusqu'à présent toute grande philosophie : la confession de son auteur, et, qu'il le veuille ou non, en quelque sorte ses Mémoires » (*Par-delà le bien et le mal*). Est-ce pour cette raison que si peu de philosophes ont fait le choix d'une autobiographie assumée ? Ceux qui nous ont livré un peu de leur vie l'ont fait de manière détournée, parcellaire, avec un grand silence sur leur propre enfance. C'est pourquoi *Les Mots* de Sartre sont un document exceptionnel et déroutant. Le philosophe se penche sur son enfance mais dans l'intention de la malmener, de l'identifier, avec une rage jubilatoire, à tout ce contre quoi le penseur engagé s'est construit, ce à quoi il a dû s'arracher pour « se faire ». Ce qui frappe dans *Les Mots*, c'est la façon dont Sartre, occupé à reconstruire de l'infantile, par l'écriture, avec haine, amour et fascination, passe largement à côté de l'Enfantin. Comme si Sartre, se repérant sur le philosophe et sur l'homme qu'il est devenu, devait régler son compte à sa propre enfance, nous montrant au passage combien les enfants le gênent, l'empêtrent mais le fascinent.

Je prendrai pour point de départ une photographie relativement peu connue de Sartre. Elle pourrait être intitulée : « Sartre à l'enfant ». Elle a été prise en 1938. L'auteur de *La Nausée* pose en souriant, costume et cravate sombres. Les légendaires lunettes rondes soulignent le strabisme. Il est classiquement encadré par des meubles chargés de livres mais... il tient, soutient ou retient dans ses bras un enfant. C'est un petit garçon d'environ trois ans, qui semble un peu agité : son filleul, le fils de son amie Gégé Prado.

Qu'est-ce qui m'attire, m'intrigue et me trouble à la fois dans cette photo ? Est-ce la présence incongrue de cet enfant, placé un peu malgré lui dans les bras du parrain philosophe, comme si Sartre ne faisait que le soulever et le porter quelques secondes, le temps de la pose, d'un cliché ?

Il y a si peu d'enfants dans l'imposante iconographie photographique sartrienne ! Il suffit de feuilleter l'album de la Pléiade consacré à Sartre pour constater que le seul enfant photographié est Sartre lui-même : Sartre à trois ans et demi, avec boucles et col marin ; Sartre à un an et demi, avec jupe de dentelle ; Sartre à quelques mois, tout nu sur un coussin fleuri ; Sartre dans les bras de sa mère en deuil... Portraits conventionnels d'une enfance début de siècle. Illustrations sans intérêt pour *Les Mots*, à moins qu'il ne soit désormais nécessaire de montrer, pour la coiffure d'un petit garçon, ce qu'étaient des « anglaises » ! Mais, aussitôt tournées les quelques pages consacrées à ces portraits infantiles, on ne le voit plus que dans la compagnie exclusive des adultes. Une impression globale de sérieux : rayonnement mondial de la pensée, voyages et rencontres, milieux prestigieux, puissants de ce monde recevant notre philosophe (Castro, Mao, etc.), et « grande affaire » de l'engagement, de l'intellectuel confronté aux « grands problèmes » de l'après-guerre. Littérature, théâtre, et tant de lieux où l'on disserte gravement. Mais pas d'enfants. Pas d'enfance.

Le léger trouble que me cause cette photo

vient-il seulement du fait que Sartre paraît vaguement embarrassé par ce petit garçon? De son imperceptible maladresse lorsqu'il s'agit simplement de « prendre un enfant dans ses bras »? Est-ce parce que je crois lire dans ses gestes une absence presque palpable de paternité (même occasionnelle, même virtuelle)? Je pense plutôt que mon malaise tient à ce qu'à mes yeux l'écriture sartrienne et le « style de Sartre » sont inséparables d'une capacité absolument originale d'approcher *quelque chose* de l'enfance, de révéler la monstrueuse part d'enfance qui persiste et insiste chez n'importe quel être humain, alors qu'en même temps je sais que Sartre éprouve un besoin vital (névrotique-politique) de se débarrasser de l'enfance, de lui régler théoriquement son compte, de la réduire à une série de gestes parodiques, de la sur-infantiliser et de la « désinfantiniser » selon des rétrospections vengeresses, et en dépit d'une terrible fascination. « Le lecteur a compris que je déteste mon enfance et tout ce qui en survit », écrit-il dans *Les Mots*, point culminant de la démarche qui ne s'intéresse plus à l'enfance de doubles littéraires (Baudelaire, Jean Genet, Flaubert...) mais bien à la sienne. Tout se passe comme si je voyais simultanément deux Sartre sur la même photo: le Sartre dont le style singulier et les procédés descriptifs d'une phénoménologie très fine et très personnelle permettent de rejoindre les vécus mouvants et opaques d'une conscience pré-individuelle (et donc de produire de l'Enfantin) et le Sartre qui rêve de balancer toute la mômerie originelle, de liquider le vieil enfant, ce bouffon précoce que je fus avant de devenir ce que je suis. Deux Sartre : d'une part, le fruit sec, qui théorise de façon plus ou moins convaincante (en accord avec sa compagne) la non-nécessité de la procréation, reprenant ainsi une longue tradition qui, de Théophraste à Schopenhauer et Nietzsche, estime que le penseur-créateur ne peut et ne doit pas « engendrer », et d'autre part celui que j'appellerais volontiers « Sartre éternel enfant », joueur, turbulent, changeant, électron libre, solitaire, malin, à la fois charmeur et méchant, aimant dire les choses crûment, s'emportant, se reprenant, combattant mais sachant toujours « faire passer de l'air pur » dans la pensée. Bref, le Sartre énergumène, le Sartre artiste, capable, en tant que « philosophe écrivain » et « écrivain philosophe », de s'enfoncer dans le marécage des perceptions enfantines du monde, en vue de faire émerger et d'interroger une « conscience transcendantale ». Comme il l'écrit en 1938, dans l'*Esquisse d'une théorie des émotions* : « Si nous voulons fonder une psychologie, il faudra remonter plus haut que le psychique [...], jusqu'à la source de l'homme, du monde, du psychique : la conscience transcendantale. C'est cette conscience qu'il faut interroger, et ce qui donne du prix à ses réponses, c'est qu'elle est précisément mienne. »

Vaste programme : il faut remonter à une source ; il faut laisser parler et répondre une conscience conçue comme un champ transcendantal où le sujet ne s'est pas encore constitué ; et l'Enfantin (même si Sartre n'emploie pas ce terme) est un des noms possibles pour cette source et pour cette parole qui ne peuvent « jaillir » que dans une écriture. Et le style-Sartre qui consiste, comme le rappelle Deleuze, « en une syntaxe violente, faite de cassures et d'étirements », de « lacs de non-être et [de] viscosités », permet, par excellence, de produire de l'Enfantin.

Si cette photo de « Sartre à l'enfant » me trouble, c'est parce qu'elle me semble soulever une question légèrement différente de la sempiternelle problématique : Sartre ET l'enfance. De quelle façon compliquée, embarrassée, ambiguë, mais en même temps exacte et créatrice, Sartre tient-il et retient-il l'enfance, dans ses bras, son écriture, sa pensée ? Le thème, mille fois traité, donne lieu à un déferlement de références connues. Aussitôt, c'est une ribambelle qui accourt : le Poulou des *Mots*, bien sûr, le petit Jean Genet, « l'enfant sage devenu voyou », le petit Baudelaire, le petit Flaubert, idiot de la famille, mais aussi Lucien Fleurier, futur salaud antisémite de *L'Enfance d'un chef*, et le Sartre gamin séducteur de petites filles qui apparaît dans les *Carnets de la drôle de guerre*, différent du jeune prodige des *Mots* lui-même différent de Lucien Fleurier, ne serait-ce que parce que « son père a eu le bon goût de mourir à temps », etc. On a déjà presque tout dit de ce troupeau d'enfants sartriens, d'enfants sartrisés, d'enfants de papier dont l'enfance est rétrospectivement reconstruite.

Sartre et l'enfance ? L'affaire semble entendue puisque l'enfance serait essentiellement ce moment terrible où une conscience en gestation, faisant allégeance à une volonté adulte extérieure et opaque, à un regard braqué sur elle, se ferait elle-même, dans une solitude grouil-lante de relations. Elle se ferait pour et contre ces puissances (autant qu'elle se laisserait faire par elles). Voleur, poète, écrivain, anarchiste... Condamnée à cette immense liberté ambiguë, pataugeant dans le paradoxe, elle s'élaborerait elle-même comme « projet », ce mélange complexe de dépassement volontaire (volontariste ?) et de régressions secrètes, d'arrachement douloureux et de répétition obscure. Rien d'innocent dans cet « être enfant », modèle, maquette et marionnette du futur adulte, naïf expert en rouerie, petit bonhomme rongé par la mauvaise foi qui fait ce qu'il peut pour s'en sortir ! « Voilà mon commencement : je fuyais, des forces extérieures ont modelé ma fuite et m'ont fait. »

Ce n'est pas le jeu des enfants qui captive Sartre, mais leur double jeu. Une enfance ne serait que cette lente mise au jour de la carcasse de l'adulte « truqueur », la préfiguration, par exemple, de l'écrivain nommé Sartre qui en 1938 prétend savoir si bien « jouer » à être littérairement Roquentin, tout en tirant simultanément son épingle du jeu en « jouant » aussi à être l'analyste et le démystificateur de telles situations. Comme dit Sartre : « Quel beau coup j'ai fait avec *La Nausée*! » L'art de gagner sur tous les tableaux. Mais là-bas, accroupi dans une obscure arrière-enfance, il y a un gamin doué qui manipule déjà son public familial, peut-être moins ébahi qu'il ne le laissait croire. L'enfer, c'est peut-être les autres, mais c'est surtout... la même chose ! Tous ces enfants sartrisés sont si peu enfantins. On achève bien les enfants ! Voilà, ça y est : on a fini par le désarçonner, ce vieux singe accroché à ma nuque depuis toujours et qui me parodiait par anticipation. Pas de mots assez durs pour parler de ses mots : « Donc, je suis un caniche d'avenir ; je prophétise. J'ai des mots d'enfant, on les retient, on me les répète : j'apprends à en faire d'autres. J'ai des mots d'homme : je sais tenir, sans y toucher, des propos "au-dessus de mon âge". Ces propos sont des poèmes ; la recette est simple : il faut se fier au Diable, au hasard, au vide... » À force de chercher chez le petit Poulou tout ce qui ressemble au grand Sartre, le petit Poulou a succombé. Pas d'attendrissement, pas d'empathie non plus : rage et jubilation. Il a fallu à Sartre dix ans de préméditation et une langue acérée comme un scalpel pour s'amputer de cette enfance-là. Moins cruellement, il avait déjà démontré comment quelques grands artistes n'étaient devenus eux-mêmes (ou plutôt ce que nous disons d'eux, la façon dont nous les lisons) qu'à travers un règlement de comptes interminable et vain avec leurs premières années.

Mais que me manque-t-il, après une énième relecture des *Mots*? Ou même du *Baudelaire*, sans parler du *Genet*, et quelle que soit mon admiration pour les dispositifs signifiants ainsi élaborés... Pourquoi cette impression que dans ces entreprises biographiques ou autobiographiques non seulement Sartre passe à côté de l'enfance, de l'Enfantin, mais qu'au fond son propos n'était pas du tout d'atteindre l'enfance? Pourquoi la formidable machine d'explicitation sartrienne, la machine à sélectionner ou reconstituer des postures infantiles, la machine à reconstruire d'anciennes situations adulte/enfant déterminées-déterminantes m'inspire-t-elle autant d'amertume? La perfection et l'évidence de l'objet critique me donnent l'impression qu'il s'agit non pas d'enfance mais d'élucubrations adultes, situées dans une époque particulière et pleine d'artifices. Élucubrations bien trop savantes, trop maîtrisées pour qu'un peu d'Enfantin pointe son museau. Et cela, en dépit du génie de Sartre qui sait si bien faire surgir dans sa « peinture démonstrative » des éléments qui relèvent pleinement de l'enfance: solitude, ennui, déréliction, vacuité, jeu, provocation... Parlant de Baudelaire, il cite ces lignes de *Mon cœur mis à nu*: « Sentiment de solitude, dès mon enfance. Malgré la famille — et au milieu des camarades, surtout — sentiment de destinée éternellement solitaire. » Notations fragmentaires de Baudelaire, accordées à la sensation enfantine brute. Mais Sartre choisit ici de ne pas du tout descendre au cœur d'une telle solitude hébétée, modeste et surtout insensée. Une solitude comme Poulou a dû en connaître, lui aussi.

Sartre reprend cet élément sensible, la solitude, mais il l'installe immédiatement dans une logique signifiante, il l'intègre rigoureusement à un « projet » de vie. Il instrumentalise à des fins de démonstration cette solitude tout en prétendant que Baudelaire l'aurait lui-même précocement instrumentalisée pour des raisons de survie. Une solitude qui n'était donc pas là pour rien... Il s'agit non plus de la vaste et rêveuse solitude de toutes les enfances, celle dont parle si bien Bachelard (« en ces solitudes heureuses, l'enfant rêveur connaît la rêverie cosmique, celle qui nous unit au monde »), mais d'une « solitude pour », d'une solitude qui doit prendre sens et importance dans une vie en train de se faire, chez un sujet toujours déjà en train de se choisir. Bien sûr, la splendeur des formules sartriennes emporte l'adhésion et entraîne le lecteur. Dès le début du *Saint Genet*, Sartre dévoile son *a priori*: « Ce qui compte, c'est que Genet a vécu et ne cesse de vivre cette période de sa vie comme si elle n'avait duré qu'un instant. Or, qui dit "instant" dit instant fatal : l'instant, c'est l'enveloppement contradictoire de l'avant par l'après. On est encore ce qu'on va cesser d'être et déjà ce qu'on va devenir. »

Il est vrai que parler authentiquement de l'enfance implique d'aborder la question de l'« instant » : l'existence enfantine consiste en effet en une succession d'instants, mais qui ne sont pas vécus du tout comme des basculements, comme des portions de temps déjà « orientées vers » ou installées sur un axe, entre passé et avenir... L'instant enfantin est bien plutôt un gouffre, un enfoncement dans une durée sans limites précises, une flaque, un grouillement non signifiant de perceptions, hors de toute possibilité de communiquer. L'instant enfantin a quelque chose d'animal, de végétal, de discontinu. Or il est frappant que Sartre tienne si fort à en faire quelque chose de « fatal » !

S'il s'agissait de dire l'enfance, il faut bien constater qu'on est ici très loin de la réussite surprenante de Pierre Loti, lorsque, dans *Le Roman d'un enfant*, il décide justement de restituer, dans une écriture appropriée, ces instants premiers, cet Enfantin englué dans une durée bourbeuse et lointaine. Loti explique qu'il renonce à écrire une « histoire fastidieuse » et qu'il se contente de noter, « sans suite ni transitions, des instants qui m'ont frappé d'une étrange manière — qui m'ont frappé tellement que je m'en souviens avec une netteté complète ».

Dans son étude sur Sartre intitulée *L'Ordre d'une vie*, Philippe Lejeune rappelle cette formule de Gide : « Le plus gênant, c'est de devoir présenter comme successifs des états de simultanéité confuse. » Et Lejeune montre que Sartre, pour écrire *Les Mots*, puise bel et bien dans le grand bourbier des « simultanéités confuses » caractéristiques de toutes les enfances, mais en y introduisant, de force, un ordre de succession, de la chronologie arbitraire, de la détermination. Lejeune ajoute : « On regarde de plus près les indications chronologiques, et on se frotte les yeux. » En effet, Sartre est complètement indifférent à la reconstitution biographique, et il ne s'intéresse nullement aux « souvenirs d'enfance » (d'où cette chronologie fantaisiste si souvent pointée), mais il n'a pas non plus le projet d'approcher l'Enfantin. *Les Mots* n'est vraiment pas un livre de l'enfance. Ni « de », ni « sur », ni « à propos de »... Il s'agit d'un texte urgent, diabolique d'intelligence, où un adulte, grand intellectuel, célèbre philosophe-écrivain, fabrique une marionnette qu'il présente comme « lui-même enfant ». Mais son propos n'est pas l'enfance. Il s'agit essentiellement de se libérer d'une illusion qui perdure, d'une névrose, d'une croyance, d'un statut, d'une culpabilité, d'un rôle social, bref, de tout ce qu'on voudra mais pas d'enfance. Problème d'adulte traité avec des moyens d'adulte. Et vraie-fausse prise en otage d'une enfance réelle-fictive. Il est cependant étonnant que Sartre, revenant si minutieusement à ses premières années, n'ait pratiquement jamais laissé son propre don d'écriture, son immense talent d'écrivain capter, de temps à autre, un peu de ces confusions, de ces simultanéités, de ces ambiguïtés animales, de ces clartés troublantes. Est-ce parce que la crispation et la rage étaient trop grandes ? On a parfois l'impression que, dans ce livre, le style, tout le style (et quel style !), est mis au service d'une cause unique : le démontage de l'intellectuel, l'assassinat enjoué du littérateur. Entreprise d'autodérision et d'autodémystification qui se voudrait terminale. L'enfant Poulou ne serait que le frêle modèle précoce de l'imposture de l'intellectuel, avant sa... guérison (par l'écriture !). *Les Mots* furent pour Sartre, au milieu des années soixante, un livre stratégique, en rapport avec la place politico-intellectuelle qu'il occupait et refusait alors. Cela nécessitait d'aller droit au but, vite et bien. Pas de temps à perdre. Pas un mot inutile. Pas d'images superflues.

Or, l'Enfantin ne peut revenir, remonter, livrer ses fragments ou ses éclairages fugaces que si on se donne le temps, si on se prépare à l'accueillir sans rien forcer et sans certitudes. Bribe par bribe. En installant seulement une surface d'écriture où les éclats et les simultanéités confuses peuvent aléatoirement se révéler. De façon évidemment a-chronologique. C'est ce que fait Nathalie Sarraute avec le subtil piège d'*Enfance*. C'est ce à quoi parvient Walter

Benjamin avec la patiente collection des fragments d'*Enfance berlinoise.* C'est ce qu'a tenté Michel Leiris, que Sartre admire pour cela, avec *L'Âge d'homme,* croyant sincèrement courir un risque à dire l'Enfantin selon une règle du jeu. Mais Sartre, écrivant *Les Mots,* ne conçoit aucunement sa démarche comme attente et imprégnation d'une authentique enfance, ni comme une « recherche ». Plan et structures sont décidés *a priori,* et nullement « retrouvés ». Ce qui est prélevé sur le corps difforme de la vieille bête enfantine est sévèrement sélectionné afin de répondre aux critères fixés. Il s'agit bien d'évacuer (paradoxalement encore à l'aide des mots et d'une maîtrise inouïe de la langue française) le grand-père-Dieu-le-père, l'enfant, l'origine bourgeoise, la littérature comme cléricature et tout un religieux laïc latent. Enfin libre ! D'où le fameux « j'ai changé... », vaguement optimiste ; ou bien, plus énigmatique : « Je raconterai plus tard quels acides ont rongé les transparences déformantes qui m'enveloppaient, quand et comment j'ai fait l'apprentissage de la violence... »

En effet, très peu de violence dans l'enfance de Poulou, si sage et si attentif aux attentes des grandes personnes. Rien de cette violence bête, aveugle et sourde qui est un trait majeur de l'Enfantin. Et si des animaux pointent leur museau (caniche, singe, méduse), leur évocation ne sert qu'à accabler Poulou, à souligner son côté *grimacier,* savant ou soumis. Le singe n'est que le stade au-dessous du bouffon : « Je bouffonnais pour plaire... Je me sentais délicieusement ennuyeux. Tout destinait cette activité nouvelle à n'être qu'une singerie de plus. » Et la singerie est aussi, chez cet enfant-là, une sorte de platonisme puéril et condamnable : « Cet idéalisme dont j'ai mis trente ans à me défaire. » En résumé, une liquidation adulte très réussie ! D'autant plus réussie que son échec simultané la magnifie encore, la parachève. D'où des habiletés telles que : « Je ne suis pas dupe : je vois bien que nous nous répétons. » Reste que cette formidable leçon d'autoanalyse et d'autothérapie existentielle (et socio-politique), au terme de laquelle on sait que « l'enfant merveilleux s'est dissous dans la chaux vive », semble n'avoir laissé, sur la table désormais rase, que bien peu de blocs d'enfance. Le Sartre qui se dit « guéri » ou « changé » semble très loin de l'Enfantin... À moins que...

Peut-on sérieusement affirmer qu'aucune bribe d'Enfantin ne subsiste ou n'insiste dans l'épaisseur du texte sartrien ? Même dans *Les Mots,* il arrive que la plume acérée et tellement rapide, toute à son enquête démystifiante, réussisse à aller encore plus vite que la pensée. Plus vite que l'intention première. Car l'écriture de Sartre, comme une plante carnivore, sait depuis toujours s'ouvrir, laisser approcher, puis capturer certaines sensations par surprise, ou bien capter des ondes plus secrètes. C'est le style même de Sartre (« lacs de non-être et viscosités ») qui permet cela. Une transcription singulière de l'attention aux choses, loin des conventions narratives. Une façon de rendre palpable des situations étranges ou décalées en produisant des images « qui sont des actes et non des descriptions ». Savoir trouver les mots, mais surtout organiser entre eux de légers carambolages significatifs ou pertinents. Laisser la phrase étaler sa chair, et puis trancher net ! Véritable écriture phénoménologique, impliquant à la fois une grande maîtrise et une sorte de laisser-aller très intuitif.

Dans *L'Âge de raison*, où l'enfance est si rare, presque absente (ou alors négativement, avec la question de l'avortement de Marcelle, et le vague dégoût qu'inspire au narrateur son état de femme gravide), on avait déjà la surprise de saisir au détour d'une rêverie de Mathieu une stupéfiante évocation de l'enfance : du pur Enfantin ! « C'était un jour de sottises. Il croupissait dans la chaleur provinciale qui sentait la mouche, et justement, il venait d'attraper une mouche et de lui arracher les ailes. » Cette chaleur provinciale à l'odeur de mouche nous enchante soudain. Formule absurde mais tellement évidente. Et ces minutes de désœuvrement enfantin suspendues dans le temps s'imposent alors, par leur vide même, leur absence de toute destination, leur non-sens. Nous sommes dans l'intensif, en plein voyage dans l'immobilité. Opposant le bloc d'enfance au simple souvenir, Deleuze explique que « le bloc d'enfance fonctionne tout autrement : il est la seule vraie vie de l'enfant ; il est déterritorialisant ; il se déplace dans le temps, avec le temps, pour réactiver le désir et en faire proliférer les connexions ; il est intensif, et même dans les plus basses intensités en relance une haute ».

Dans l'évocation de l'enfance de Mathieu, après la capture de la mouche et l'arrachage distrait de ses ailes, on voit se mettre en place un étonnant dispositif, « tête de mouche-grattoir » ou « insecte-allumette ». Ensemble de gestes, de corps, de visions, d'odeurs (soufre et mouche) : le voilà, le bloc d'enfance ! « Il avait constaté que la tête ressemblait au bout soufré d'une allumette de cuisine, il était allé chercher le grattoir et il l'avait frotté contre la tête de la mouche pour voir si elle s'enflammerait. Mais tout cela négligemment : c'était une piètre comédie désœuvrée. Il ne parvenait pas à s'intéresser à lui-même. » Tout le génie de Sartre écrivain est là. Un formidable potentiel littéraire : piège à Enfantin idéal. En deçà de toutes les intentions démonstratives, de toutes les reconstitutions.

Il faudrait reprendre la comparaison entre *L'Enfance d'un chef* et *Les Mots* afin de constater à quel point, dans *Le Mur*, l'Enfantin émerge d'autant mieux que la radicalité démonstrative est moins présente. Des impressions saisies dans toute leur matérialité. Des sensations confuses.

Des ambiguïtés. La langue de Sartre, toujours rigoureuse, sait soudain s'alanguir, s'offrir à ce qui vient, au hasard de ce qui remonte... Surtout lorsque se révèle l'étrange point de tangence entre ce qu'on peut appeler les « essais » ou « expérimentations » de l'enfance profonde et une intuition encore préphilosophique de l'Existence, comme dans l'épisode du marronnier où Lucien Fleurier, dans la touffeur des après-midi, fait la découverte involontaire et sans lendemain de l'« en-soi » : « Quand Lucien disait à maman : "ma jolie maman à moi", maman souriait, et quand il avait appelé Germaine : "arquebuse", Germaine avait pleuré et s'était plainte à maman. Mais quand on disait : "marronnier", il n'arrivait rien du tout. Il marmotta entre ses dents : "sale arbre" et il n'était pas rassuré mais comme l'arbre ne bougeait pas, il répéta plus fort : "Sale arbre, sale marronnier ! Attends voir, attends un peu !" et il lui donna des coups de pied. Mais l'arbre resta tranquille, — tranquille comme s'il était en bois. » Bonheur d'écriture. Fécondité stylistique. Quelque chose de l'Enfantin émerge vraiment ici, brisant la grille convenue du simple souvenir d'enfance. Ce qui se dit n'a rien à voir avec du souvenir ou de la reconstitution : oui, maman correspond bien aux syllabes avec lesquelles je la nomme ; mais Germaine n'est pas une arquebuse ; et le marronnier a cette résistance effroyable des choses, ce qui me fait accéder à l'idée même de l'inerte.

On ne peut alors que remarquer l'analogie entre une écriture qui retrouve et atteint quelque chose de l'Enfantin et la fameuse révélation ontologique qui a lieu au cœur de la morne vie de Roquentin, dans *La Nausée.* D'un marronnier l'autre ! Car, au fond, il en a fallu à Roquentin de la vraie solitude opaque et de l'ennui comme on s'ennuie dans l'enfance pour qu'enfin la nausée le submerge ! Il lui a fallu balayer tous les référents et revenir à une absence de « sérieux perceptif », caractéristique de l'enfance, pour devenir enfin la racine de marronnier. Certes, Sartre fait habilement alterner les notations violentes et nauséeuses avec leur commentaire quasi philosophique. Cependant, à travers sa tentative de rendre par des mots la façon dont nous pouvons voir les choses puis tous les existants, sur un mode confus et hébété, « à l'état sauvage », il nous livre, malgré lui peut-être, une authentique écriture de l'Enfantin.

Cette écriture d'enfance se trouve moins dans *Les Mots* qu'ailleurs, éparpillée, diffuse, coïncidant avec un autre projet, celui de saisir une conscience dans une immanence absolue, première, pré-égologique. Et il faut avoir encore beaucoup d'enfance en soi pour élaborer le langage correspondant à ces clartés et obscurités originelles ! Si l'Enfantin est une esthétique moderne qui a su opérer ce mouvement rétrospectif vers une enfance non pas « souvenue » mais « retrouvée » dans et par une écriture (ou une démarche plastique) ; si l'Enfantin est défini comme des blocs d'enfance à la fois étincelants et muets, qu'il faut faire surgir dans un langage singulier, on peut alors affirmer que le style sartrien, au sens très général de « démarche » sémiotique et sémantique, représente un accès possible à l'enfance, et cela même lorsque ce n'est pas du tout d'enfance qu'il est question.

J'ai dit qu'il y avait bien peu d'enfance dans *Les Mots*, mais on peut faire de ce texte trop parfait une autre lecture : plus enfantine, plus neutre et comme désolidarisée du projet politico-biographique. Y surgissent en effet de véritables instants enfantins : des instants-événements. « Je suis un chien : je bâille, les larmes roulent, je les sens rouler. Je suis un arbre, le vent s'accroche à mes branches et les agite vaguement. Je suis une mouche, je grimpe le long d'une vitre, je dégringole, je recommence à grimper. Quelquefois, je sens la caresse du temps qui passe, d'autres fois — le plus souvent — je le sens qui ne passe pas. » Splendide ! On y est ! Une mouche ! C'est très proche de l'hirondelle de Pierre Loti ou de la loutre de Walter Benjamin. De « hautes intensités » sont déclenchées à partir des intensités les plus faibles. Devenir-oiseau. Devenir-loutre. À ceci près que Sartre ne peut se résoudre, comme Benjamin ou comme Loti, à accorder à de tels instants une valeur pour eux-mêmes, une valeur pure. Il lui faut unifier, totaliser, traquer l'« universel singulier », toujours, comme le dit Philippe Lejeune, « le néant aux trousses » !

On se prend alors à regretter un Sartre auteur de textes fragmentaires, de notations fugaces et confuses, un peu comme ce qu'il avait entrepris en 1951, mais à propos du voyage, de l'errance subjective et de l'Italie, avec *La Reine Albemarle ou le Dernier Touriste* (qu'il commentait en disant: « j'ai voulu quelque chose et puis j'ai abandonné »). Enfin, on se prend à rêver à un Sartre se penchant sans *a priori* sur l'enfance, sur l'enfant qu'il fut; un enfant non pas marionnettisé et réduit au seul Poulou, mais fait de toutes les enfances, qui les vaut toutes et que vaut n'importe quelle enfance.

VIII. ADIEU !

Vient un moment où il faut se défaire de l'enfance. Moment non voulu, parfois inaperçu. Un être de chair se détache de nous. Nous ne savons pas ce qu'il va devenir. Nous ne pouvons désormais plus rien pour lui. Adieu ! Il est seul désormais et nous voilà bien seul aussi, mais il s'agit de deux solitudes différentes. Celui qui part, celui qui reste. Un jour, alors que la vie nous emporte, alors que tout ce qu'on fait, clame ou proclame est orienté vers la suite, voilà qu'à l'instant le plus inattendu on songe à sa propre enfance comme à un effondrement du temps, un trou derrière soi, un vieux film dont des scènes saccadées passent et repassent dans le plus grand désordre. Ni regrets ni nostalgie, mais une faille invisible qu'on va devoir emporter partout avec soi. On ignore encore que l'enfantôme fera plus tard d'imprévisibles apparitions. Vraiment parti et pourtant toujours là. Dans nos muscles, notre chair. Pris dans nos nerfs.

Une fois, en pleine rue, cerné par la rumeur de la ville et le rugissement des moteurs, le lourd combiné du téléphone public plaqué contre mon oreille, j'ai entendu, après de longues sonneries, à des centaines de kilomètres de distance, la voix de ma mère, que je n'appelais que très rarement à cette époque, s'inquiéter, s'étonner, puis, rassurée, me répondre paisiblement, me demander si j'allais bien, si je me nourrissais correctement, si je pensais à mettre un foulard avec cet automne humide. Je n'étais plus un jeune homme et j'avais quitté le domicile familial depuis longtemps déjà. Tout s'était éloigné à grande vitesse. J'écoutais les mots de ma mère prononcés dans le silence d'un appartement où je n'habiterais plus jamais. Elle me donnait de pauvres nouvelles, le temps, les voisins, « Nous ça va... Mais toi ? ». Elle me disait que mon père était assis près d'elle, qu'ils étaient en train de boire le café en lisant le journal, comme toujours à cette heure-ci. Je pensais : « Comme avant. » Et dans le vacarme qui m'entourait, je les voyais l'un à côté de l'autre, près de la fenêtre, dans une clarté grise et une sorte de silence, tels qu'ils étaient déjà, durant mon enfance, lorsque je vivais avec eux, et que j'appelais cet endroit « chez nous ». Pourquoi, passant près d'une cabine publique, avais-je eu brusquement l'idée de composer le numéro de ce que j'appelais malgré moi « la maison » en sachant fort bien que ce n'était plus du tout la mienne ?

Je n'avais pour ainsi dire rien laissé derrière moi et ne m'étais jamais soucié de ce que mon départ, le « départ des enfants », pouvait signifier pour une mère. Et ce jour-là, au milieu d'une journée de travail, comme en rêve, j'avais tapé ces chiffres toujours sus par cœur. La voix maternelle avait jailli au milieu de nulle part. Elle s'efforçait de ne plus s'adresser à l'enfant en allé — mais à qui ? —, et je lui répondais avec l'assurance un peu forcée ou l'enjouement de celui qui vole au loin de ses propres ailes.

Le téléphone ne supprime pas la distance, il ne rapproche pas les êtres chers dont on s'est éloigné ou séparé. Ce qu'il rapproche douloureusement, c'est la distance elle-même. Il vous la plaque contre le visage comme un poulpe humide. J'étais ailleurs désormais. Et pour toujours. J'habitais l'Ailleurs. Des inconnus pressés passaient près de moi. Quelqu'un attendait que la cabine soit enfin libre. Très loin, là-bas, accroupi sur le tapis, dans l'ombre du vieil appartement, le bruissement des pages de journal et les toussotements de mon père, un enfant invisible se mourait sans vraiment mourir ni faire de bruit. Il ne tenait compagnie à personne. On ne s'occupait pas de lui. J'attendais que ma mère raccroche la première. Elle attendait aussi. C'était insupportable et insensible, comme une rage de dents sous anesthésie. « Oui, à bientôt, à très vite... Quand ? Je ne sais pas... » Ma gorge et mon cœur disaient « adieu, adieu... ». J'ai raccroché. Je me suis éloigné de la source tarie de la voix de ma mère. Un peu de buée dans le vacarme. Pour moi seul, j'aurais voulu murmurer « même pas triste ! » comme les gosses crient « même pas mal ! » alors que des larmes leur montent aux yeux. Drôle de coin de trottoir pour un tel adieu, mais ce fut mon adieu à l'enfance. Adieu dont on ressent, avec le temps, les multiples répliques. Un phénomène sismique et affectif dont il n'y a strictement rien à conclure, soumis que nous sommes à l'imprévisibilité des tremblements.

Les enfances heureuses ne sont pas forcément celles auxquelles il est le plus dur de dire adieu. Aux grands malheurs d'enfants qu'on a laissés derrière soi, on ne sait même plus quel genre de signe on peut faire. À cette paralysie correspond une douleur singulière. Deux êtres pétrifiés se tiennent de chaque côté du temps. Ils se tournent le dos. Lequel est le petit ? Lequel est le grand ? On en crève discrètement. Une vie contre une autre. Enfance deux fois morte. Pas de remède.

Bien des années après les adieux plus ou moins ratés à notre propre enfance, il nous faut changer de rôle, et voir partir ceux qui ne sont plus des enfants mais qui seront pourtant toujours les nôtres. Ils sont nos tout-petits que la vie a rapidement maquillés en grands escogriffes, avec leurs beaux gestes de maîtres du monde, leurs sourires de flibustiers. La petite fille pensive, qui se tenait dans l'ombre, on découvre son corps de femme désirable dans le miroir magique. Un corps qui la préoccupe et fait qu'elle veut voir le monde, en être vue. Alors, adieu, adieu... Qu'il en soit ainsi! Un adieu toujours approximatif, car l'enfance qui s'en va n'a nul besoin de partir vraiment. Elle ne s'est encore qu'à peine éloignée, mais on sent que déjà elle est ailleurs. On voudrait que ce soit une grande nouvelle. C'est aussi une mauvaise nouvelle qu'on cache vite sous un vieux tapis de sourires heureux. Devenue vieille, ma mère m'a un jour raconté: « Je n'ai vraiment réalisé que vous étiez partis que le jour où j'ai fait piquer le chien. » Elle me confiait cela en employant le nom tellement familier du chien. « Bien vieux, puisque nous l'avions pris lorsque vous étiez tout petits. Malade. Paralysé. Il souffrait, gueule ouverte, langue pendante. L'air de sourire. Je l'ai conduit chez le vétérinaire. Il m'a regardée. Il sentait ce qu'on allait lui faire... » C'est en revenant, sans le chien, que l'ampleur du vide était apparue à ma mère. Vains sanglots en guise d'adieu.

Jeunes, les parents ne considèrent la vie que comme « une vie avec des enfants », à perte de vue. En tout cas pour une période dont ils ne voient pas le bout. Mais la précipitation du temps reste la même. Soudain, le moment est venu. Un long fil d'adieu courait depuis longtemps à travers les instants. La longue époque passée dans la compagnie de l'enfance est soudain derrière nous. Reste le fil. Cassable. Incassable. Parfois, l'adieu s'annonce mais ne vient pas. On ne prononce jamais clairement le mot. À moins qu'il ne se soit prononcé tout seul sans que personne ne s'en soit aperçu. Le rêve alors prend le relais. Un jour, comme une répétition minimaliste au théâtre de l'abandon, ma femme a fait un rêve troublant. Dans ce rêve, aidée par notre fils encore petit, elle avait passé beaucoup de temps, me dit-elle, à s'occuper d'un papillon. Ce papillon était un être merveilleux, blanc, fragile. Larve lointaine. Il battait à présent vigoureusement des ailes dans la cage des doigts qui s'efforçaient de le retenir. Il fallait à la fois le laisser s'agiter et le protéger. Alors, ma femme proposait à l'enfant d'amener le papillon au bord du ruisseau et de lui permettre de voleter un moment. Elle souhaitait montrer à l'enfant la beauté de l'envol de « leur » papillon, son ascension momentanée dans la lumière. Comme le couronnement de leurs efforts et de leurs soins. L'eau coulait. Il faisait beau. L'enfant suivait le battement des ailes, heureux. Quand le papillon s'est mêlé aux centaines d'autres papillons blancs près du ruisseau, après avoir éprouvé le sentiment de la beauté de la vie, la joie du mouvement, légèreté et nécessité confondues, ma femme a réalisé : « Mais il s'en va, il s'en va... il part avec les autres... » Un complet désespoir qu'elle n'avait pas vu venir. Une profonde tristesse. Mais le pire dans ce rêve, me dit-elle, n'était pas qu'il s'en aille : « Même s'il revient, oui, même s'il revient un jour, on ne saura pas que c'est lui ! songeait-elle. Blanc, il sera comme tous les papillons blancs, on ne le reconnaîtra pas. » Alors adieu ! Un papillon ou un « enfant fait ». Un jeune homme. Un homme. Adieu ! Le petit qu'on a élevé, on le voit s'envoler seul dans une lumière aveuglante qui le fait ressembler à tous les autres. On cherche alors les signes qui prouvent que c'est pourtant bien lui, que ce sera toujours lui. Sa voix, un geste. Et soudain une moue de gosse, le sourire désarmant qu'il faisait quelquefois. Clarté soudaine de l'Enfantin. C'est toujours au moment où ils s'en vont qu'ils sont le plus beaux, comme si cette beauté était la révélation tardive d'un bonheur qu'on ne réalisait pas quand on le vivait. Battement des adieux. Aucun bruit.

Combien d'adieux minuscules jalonnent le chemin depuis le début ? Depuis toujours ? On ne cesse de se défaire de l'enfance. La sienne, celle de ses enfants, et surtout l'enfance anonyme et vaste par laquelle, croit-on, tout a débuté. On ne sent plus comme on sentait. Adieu, dès que la dure réalité commence à m'étreindre. Adieu, dès que j'avance sur mes deux pieds. Absence de bras, de poitrine chaude, de parfum. Absence de la main qui me retenait, m'entraînait, me montrait les choses tandis que la voix familière prononçait les mots. La main qui quelquefois me secouait avec vigueur, « c'est pour ton bien, tu comprends... ». Tenir debout tout seul. Vaciller sans que personne ne s'en inquiète. Recroquevillé au fond d'un lit comme d'un berceau trop grand posé au milieu d'une chambre d'hôtel, dans la lueur du téléviseur et la rumeur d'une ville inconnue. Avoir mal ou peur ou honte dans la plus complète solitude. L'ancienne insouciance, un parapet tiédi par le soleil qui n'a jamais existé. Il est minuit dans la vie. La vieille garde effondrée comme un château de cartes. En première ligne désormais. Plus personne devant. Personne autour. Les ailes blanches de l'envol solitaire devenues ternes et lentes. À présent, nord jusqu'au bout. On se dit qu'au moment d'en finir mieux vaudra éviter les enfantillages, devenu méconnaissable, pour tous comme pour soi-même.

Mais avant le final, combien d'adieux imperceptibles ? Mal dits. Mal entendus. « Ne t'en va pas ! Pas tout de suite. Emmène moi. Reste encore un peu. » Pleurs. Pleurs d'enfant dans le noir. Le petit ne veut pas que son père le laisse à la crèche ou à l'école, les premiers jours. Détresse sans limites. Son visage déformé par les cris et les larmes. Il s'accroche au cou, à la veste, aux jambes. Il est perdu, il hurle. Le père troublé mais pressé arrache, doigt par doigt, les mains suppliantes de l'enfant. « Mais si, sois un grand, sois raisonnable... À ce soir, allons, allons... » Dans son dos la plainte diminue. Porte claquée. Adieu. J'ai vu mon fils, devenu père, déchiré au moment de laisser son enfant comme j'avais pu l'être de le laisser, lui, autrefois. Certains enfants ne crient pas. Calmes et sages. Ils chantonnent, jouent sans bruit, esquissent un geste de la main ou font un pâle sourire au moment où les parents partent en voyage. Ils écoutent à peine les paroles, « Nous reviendrons bien vite, tu sais... ». On les laisse. C'est comme ça. L'adieu est au cœur de leur calme. Le cri caché dans la ritournelle ne sortira jamais. « Ne me laissez pas... Emmenez moi avec vous. » À très vite ! Lenteur des jours. Ciel vide. C'est alors que se révèle le charme des « délaissés ». Liens distendus, amarres larguées, une autre aventure enfantine commence. Forcément solitaire, celle-là. Avec ou sans adieu, l'appel des grands chemins. Le plaisir des marges. Quitté, l'Enfantin a de singulières ressources et quelques ruses.

Un dernier rêve... Ses fragiles images tenant lieu du livre impossible, celui qui dirait tout. Je rêvais que je proposais à mes deux fils, avec une insistance gênante, une dernière partie de tennis. La dernière pour moi. Je savais obscurément que je ne jouerais plus jamais. Je sentais qu'ils n'en avaient aucune envie mais ils acceptaient du bout des lèvres. Le court de tennis se trouvait dans la montagne, sur un replat, et il fallait monter le long d'un sentier escarpé pour l'atteindre. Mes fils tentaient de ne pas me montrer leur impatience ou leur ennui. Ils grimpaient, me précédant de quelques pas. Parvenu enfin sur les lieux, je découvrais l'abandon général. Le grillage rouillé. L'herbe poussée sur la terre battue. Les feuilles mortes prises dans les mailles du filet à demi effondré. Persistant à vouloir jouer, je m'apercevais que nous avions oublié les raquettes. Mes fils s'asseyaient face au paysage, leur silence agacé m'accablait. Sans me décourager, je leur demandais de m'attendre, prétendant redescendre dans la vallée en courant et remonter avec balles et raquettes afin que notre petit match puisse avoir lieu. Eux d'un côté, moi de l'autre. Pente dévalée, précipitation, peur panique qu'à mon retour il n'y ait plus personne. Quête éperdue de raquettes. Je finis par en trouver de très vieilles, auxquelles il manque des cordes, derrière un radiateur, dans la salle de classe de ma première institutrice qui, elle, n'a pas changé du tout et à laquelle je bredouille que je ne peux pas rester. Au moment de reprendre le sentier en courant le plus vite possible, je constate que mes jambes ne me portent plus. Paralysé ! « C'est foutu, me dis-je, foutu ! » Je me couche dans les rochers et pense que je vais mourir. Et puis je me retrouve sur le terrain de tennis. Seul. Mes fils ne m'ont pas attendu. Tout est désert. La nuit tombe sur la montagne. Sur le sol, autour du filet de feuilles mortes, plus d'herbe, mais du sable. Je finis par m'accroupir au milieu de ce grand bac à sable, songeant tristement que, même si nous avions joué, les balles n'auraient pu rebondir. C'est alors que je découvre dans le sable, sous ma main, la petite clef argentée d'une voiture miniature de marque américaine qu'enfant j'ai-mais par-dessus tout. Une lourde Buick, avec des phares qui s'allument, et dont il fallait remonter le mécanisme à l'aide de cette jolie clef en forme de bonhomme tendant un bras en avant ou montrant quelque chose du doigt. Je comprends que cette clef ne me sert plus à rien car la voiture jouet est sans doute enfouie profondément quelque part, introuvable. Je creuse un trou avec mes ongles et j'y mets la clef. Aussitôt, je rebouche le trou, tasse un peu le sable et lisse du plat de la main la surface devenue humide. La nuit est là. Mes enfants sont partis. L'enfance enfouie.

Combien de temps mettra le bonhomme métallique au bras tendu à s'extraire de sa tombe sablonneuse ? Et combien de fois, au cours de ma vie, ferai-je spontanément le geste de tourner cette petite clef magique, comme si je m'acharnais à remonter le mécanisme invisible ?

INDEX

DU MÊME AUTEUR

Littérature

VITESSES POUR TRAVERSER LES JOURS, Lettres nouvelles/Maurice Nadeau, 1980.

PREMIERS PERSONNAGES DU SINGULIER, Robert Laffont, 1984.

LA PART DU SPHINX, Robert Laffont, 1987.

LA VIE COURANTE, Maurice Nadeau, 1996. Prix Autres 1996 (Folio n° 4159).

NAISSANCES, Gallimard, 1998 (Folio n° 3384).

LA PETITE CHARTREUSE, Gallimard, 2002. Prix du Livre Inter 2003 (Folio n° 3391 ; Folioplus classiques n° 76 ; Belin).

« Vilaines filles » *in* POUPÉES, sous la direction d'Allen S. Weiss, Gallimard/Halle Saint-Pierre, 2004.

LE RIRE DE L'OGRE, Gallimard, 2005. Prix du roman Fnac 2005 (Folio n° 4478).

CŒUR DE PIERRE, Gallimard, 2007 (Folio n° 4858).

LA DIAGONALE DU VIDE, Gallimard, 2009 (Folio n° 5251).

L'IDIOT DE SHANGHAI et autres nouvelles, Gallimard, 2009 (Folio 2 € n° 4960).

MARÉE BASSE : méditation sur le rivage, sur ce qu'on y trouve, et sur le temps sans emploi, J. Millon, 2009.

ENFANCE OBSCURE, Gallimard, 2011 (Folio n° 6155).

L'ÉTAT DU CIEL, Gallimard, 2013 (Folio n° 5989).

Essais

LA PETITE FILLE DANS LA FORÊT DES CONTES, Robert Laffont, 1981. Nouvelle édition augmentée en 1997.

LOS CUENTOS DE LOS HERMANOS GRIMM, Editorial Crítica, Barcelone, 1988.

L'ARCHIPEL DES CONTES, Aubier, 1989.

LIGNES DE VIE. Récit et existence chez les romantiques allemands, José Corti, 2000.

POURQUOI MOI JE SUIS MOI, Gallimard, 2014.

Biographie

L'OMBRE DE SOI-MÊME. VIE ET ŒUVRE DE E.T.A. HOFFMANN, Phébus, 1992.

Monographies

L'OMBRE ET LA VITESSE. Sur Adalbert de Chamisso, José Corti, 1989.

TEINTES PASTEL ET ENCRE NOIRE. Sur Ludwig Tieck, José Corti, 1993.

RONDE DE NUIT. Sur Bonaventura, José Corti, 1994.

LE THÉÂTRE DES INFLUENCES. Sur Schiller, José Corti, 1996.

LA TRAVERSÉE DU ROMANTISME. Introduction aux contes romantiques allemands, Mercure de France, 1997.

LE GOÛT DE L'ENFANCE, coll. Le Petit Mercure, Mercure de France, 2014.

Livres d'art

LA TENTATION DE LA MAPPEMONDE, éditions Le Verbe et l'Empreinte, 2002.

PORTRAIT DE MIQUEL BARCELÓ EN ARTISTE PARIÉTAL, avec la collaboration d'Éric Mézil, photographies d'Agustí Torres, Gallimard, 2008.

ANSELM KIEFER, La solitude du geste, Éditions Yvon Lambert, 2010.

TROUÉES DE MÉMOIRE, sur Niklaus Manuel Güdel, Éditions Notari-art contemporain, Genève, 2012.

Jeunesse

COMME DEUX GOUTTES D'EAU, illustrations de Fulvio Testa, Gallimard Jeunesse, 2004.

LE MONSTRUEUX, illustrations de Stéphane Blanquet, Gallimard Jeunesse, 2007.

Composition Cmb Graphic/PCA
Impression Maury Imprimeur
45330 Malesherbes
le 24 mai 2016.
Dépôt légal : mai 2016
Numéro d'imprimeur : 209522.

ISBN 978-2-07-079263-4. / Imprimé en France.

300533